FOULEI

傅雷谈文学

傅雷 著

江苏凤凰文艺出版社
JIANGSU PHOENIX LITERATURE AND ART PUBLISHING, LTD

图书在版编目（CIP）数据

傅雷谈文学 / 傅雷著. — 南京：江苏凤凰文艺出版社，2017.4
ISBN 978-7-5399-6085-2

Ⅰ. ①傅… Ⅱ. ①傅… Ⅲ. ①文学评论－文集 Ⅳ. ①I06-53

中国版本图书馆 CIP 数据核字(2017)第 032815 号

书　　名	傅雷谈文学
著　　者	傅　雷
策　　划	黄孝阳
责任编辑	胡　泊
出版发行	凤凰出版传媒股份有限公司 江苏凤凰文艺出版社
出版社地址	南京市中央路 165 号，邮编：210009
出版社网址	http://www.jswenyi.com
经　　销	凤凰出版传媒股份有限公司
印　　刷	江苏凤凰通达印刷有限公司
开　　本	718×1000 毫米 1/16
印　　张	16
字　　数	270 千字
版　　次	2017 年 4 月第 1 版　2017 年 4 月第 1 次印刷
标准书号	ISBN 978-7-5399-6085-2
定　　价	36.80 元

（江苏凤凰文艺版图书凡印刷、装订错误可随时向承印厂调换）

目录

傅雷自述

略　　传

我于一九〇八年三月生于浦东南汇县渔潭乡，家庭是地主成分。四岁丧父；父在辛亥革命时为土豪劣绅所害，入狱三月，出狱后以含冤未得昭雪，抑郁而死，年仅二十四。我的二弟一妹，均以母亲出外奔走，家中无人照顾而死。母氏早年守寡（亦二十四岁），常以报仇为训。因她常年悲愤，以泪洗面；对我又督教极严，十六岁尚夏楚不离身，故我童年只见愁容，不闻笑声。七岁延老贡生在家课读《四书》《五经》，兼请英文及算术教师课读。十一岁考入周浦镇高小二年级，十二岁至上海考入南洋附小四年级（时称交通部上海工业专门学校附小），一年后以顽劣被开除；转徐汇公学读至中学（旧制）一年级，以反宗教被开除。时为十六岁，反对迷信及一切宗教，言论激烈；在家曾因反对做道场祭祖先，与母亲大起冲突。江浙战争后考入大同大学附中，参加五卅运动，在街头演讲游行。北伐那年，参与驱逐学阀胡敦复运动，写大字报与护校派对抗。后闻吴稚晖（大同校董之一）说我是共产党，要抓我，母亲又从乡间赶来抓回。秋后考入持志大学一年级，觉学风不好，即于是年（一九二七）冬季自费赴法。

在法四年：一方面在巴黎大学文科听课、一方面在巴黎卢佛美术史学校听课。但读书并不用功。一九二九年夏去瑞士三月，一九三〇年春去比利时作短期旅行，一九三一年春去意大利二月，在罗马应“意大利皇家地理学会”之约，演讲国民军北伐与北洋军阀斗争的意义。留法期间与外人来往较多，其中有大学教授，有批评家，有汉学家，有音乐家，有巴黎美专的校长及其他老年画家；与本国留学生接触较少。一九二八年在巴黎认识刘海粟及其他美术学生，常为刘海粟任口译，为其向法国教育部美术司活动，由法政府购刘之作品一件。一九二九年滕固流亡海外，去德读书，道经巴黎，因与相识。我于一九三一年秋回国，抵沪之日适逢九一八事变。

一九三一年冬即入上海美专教美术史及法文。一九三二年一月在沪结婚。一九三二年一月二十八日事变发生，美专停课，哈瓦斯通讯社（法新社前身）成立，由留法同学王子贯介绍充当笔译，半年即离去。当时与黎烈文同事；我离去后，胡愈之、费彝明相继入内工作，我仍回美专任教。一九三三年九月，母亲去世，即辞去美专教务。因（一）年少不学，自认为无资格教书，母亲在日，以我在国外未得学位，再不工作她更伤心；且彼时经济独立，母亲只月贴数十元，不能不自己谋生；（二）刘海粟待我个人极好，但待别人刻薄，办学纯是商店作风，我非常看不惯，故母亲一死即辞职。

一九三四年秋，友人叶常青约我合办《时事汇报》——周刊，以各日报消息分类重编；我任总编辑，半夜在印刷所看拼版，是为接触印刷出版事业之始。三个月后，该刊即以经济亏折而停办。我为股东之一，赔了一千元，卖田十亩以偿。

一九三五年二月，滕固招往南京“中央古物保管委员会”任编审科科长，与许宝驹同事。在职四个月，译了一部《各国古物保管法规汇编》。该会旋缩小机构，并入内政部，我即离去。

一九三六年冬，滕固又约我以“中央古物保管会专门委员”名义，去洛阳考察龙门石刻，随带摄影师一人，研究如何保管问题。两个月后，内政部要我做会计手续报账，我一怒而辞职回家，适在双十二事变之后。

一九三七年七月八日，卢沟桥事变后一日，应福建省教育厅之约；去福州为“中等学校教师暑期讲习班”讲美术史大要。以时局紧张，加速讲完，于八月四日回沪，得悉南京政府决定抗日，即于八月六日携家乘船去香港，转广西避难。因友人叶常青外家马氏为广西蒙山人，拟往投奔。但因故在梧州搁浅，三个月后进退不得，仍于十一月间经由香港回沪，时适逢国民党军队自大场撤退。

一九三九年二月，滕固任国立艺专校长，时北京与杭州二校合并，迁在昆明，来电招往担任教务主任。我从香港转越南入滇。未就职，仅草一课程纲要（曾因此请教闻一多），以学生分子复杂，主张甄别试验，淘汰一部分，与滕固意见不合，五月中离滇经原路回上海。

从此至一九四八年均住上海。抗战期间闭门不出，东不至黄浦江，北不至白渡桥，避免向日本宪兵行礼，亦是鸵鸟办法。

一九四七、一九四八两年以肺病两次去庐山疗养三个月。一九四八年十一月以上海情形混乱，适友人宋奇拟在昆明办一进出口行，以我为旧游之地，嘱往筹备。乃全家又去昆明。所谓办进出口行，仅与当地中国银行谈过一次话，根本未进行。全家在旅馆内住了七个月，于一九四九年六月乘飞机去香港，十二月乘船至天津，转道回沪，以迄于今。当时以傅聪与我常起冲突，故留在昆明住读，托友人照管，直至一九五一年四月方始回家。

经济情况与健康情况

母亲死后，田租收入一年只够六个月开支，其余靠卖田过活。抗战前一年，一次卖去一百余亩；故次年抗战发生，有川资到广西避难。以后每年卖田，至一九四八年只剩二百余亩（原共四百余亩）。一九四八年去昆明，是卖了田，顶了上海住屋做旅费的。昆明生活费亦赖此维持。我去昆明虽受友人之托，实际并未受他半文酬劳或津贴。一九四九年十二月二十日回上海后，仍靠这笔用剩的钱度日。同时三联书店付了一部分积存稿费与我，自一九五一年起全部以稿费为生。

过去身体不强壮，但亦不害病。一九四七、一九四八两年患肺病，一九五〇至一九五一年又复发一次。一九五五年一月在锦江饭店坠楼伤腿，卧床数月，至今天气阴湿即发作。记忆力不佳虽与健康无关，但是最大苦闷，特别是说话随说随忘。做翻译工作亦有大妨碍，外文生字随查随忘，我的生字簿上，记的重复生字特别多。以此，又以常年伏案，腰酸背痛已成为职业病，久坐起立，身如弯弓。一九五六年起脑力工作已不能持久，晚间不易入睡，今年起稍一疲劳即头痛。

写作生活

十五六岁在徐汇公学，受杨贤江主编的《学生杂志》影响，同时订阅《小说月报》，被神甫没收。曾与三四同学办一手写不定期文艺刊物互相传阅，第一期还是文言的。十八岁，始以短篇小说投寄胡寄尘编的《小说世界》（商务），孙福熙编的《北新》周刊。十九岁冬天出国，一路写《法行通信》十四篇（应是十五篇），五万余字，载孙福熙编的《贡献》半月刊。

二十岁在巴黎，为了学法文，曾翻译都德的两个短篇小说集，梅里美的《嘉尔曼》，均未投稿，仅当做学习文字的训练，绝未想到正式翻译，故稿子如何丢的亦不记忆。是时受罗曼·罗兰影响，热爱音乐。回国后于一九三一年即译《贝多芬传》。以后自知无能力从事创作，方逐渐转到翻译（详见附表）。抗战前曾为《时事新报·学灯》翻译法国文学论文。抗战后为《文汇报》写过一篇“星期评论”，为《笔会》写过美术批评，为《民主》《周报》亦写过时事文章。抗战期间，以假名为柯灵编的《万象》写过一篇“评张爱玲”，后来被满涛化名写文痛骂。

一九三二年冬在美专期间，曾与倪贻德合编《艺术旬刊》，由上海美专出版，半年即停刊。

一九四五年冬与周煦良合编《新语》半月刊，为综合性杂志，约马老、夏丏老等写文。以取稿条件过严，稿源成问题，出八期即停。

社会活动

少年时代参加五卅运动及反学阀运动。未加入国民党。抗战胜利后愤于蒋政府之腐败，接收时之黑暗，曾在马叙伦、陈叔通、陈陶遗、张菊生等数老联合发表宣言反蒋时，做联系工作。此即“民主促进会”之酝酿阶段。及“民进”于上海中国科学社开成立大会之日，讨论会章，理事原定三人，当场改为五人，七人，九人，至十一人时，我发言：全体会员不过三十人左右，理事名额不宜再加。但其他会员仍主张增加，从十一人，十三人，一直增到二十一人。我当时即决定不再参加“民进”，并于会场上疏通熟人不要投我的票，故开票时我仅为候补理事。从此我即不再出席会议。一九五〇年后马老一再来信嘱我回“民进”，均婉谢。去年“民进”开全国代表大会，有提名我为中委候选人消息，我即去电力辞；并分函马老、徐伯昕、周煦良三人，恳请代为开脱。

去年下半年，“民盟”托裘柱常来动员我二次，均辞谢。最近问裘，知系刘思慕主动。

其他活动

一九三六年夏，为亡友张弦在上海举办“绘画遗作展览会”。张生前为美专学生出身之教授，受美专剥削，抑郁而死；故我约了他几个老同学办此遗作展览，并在筹备会上与刘海粟决裂，以此绝交二十年。

一九四四年为黄宾虹先生（时寓北京）在上海宁波同乡会举办“八秩纪念书画展览会”。因黄老一生未有个人展览会，故联合裘柱常夫妇去信争取黄老同意，并邀张菊生、叶玉甫、陈叔通、邓秋放、高吹万、秦曼青等十余黄氏老友署名为发起人。我认识诸老即从此起，特别是陈叔通，此后过从甚密。

一九四五年胜利后，庞薰琹自蜀回沪，经我怂恿，在上海震旦大学礼堂举行画展，筹备事宜均我负责。

一九四六年为傅聪钢琴老师、意大利音乐家梅百器举行“追悼音乐会”。此是与梅氏大弟子如裘复生、杨嘉仁等共同发起，由我与裘实际负责。参加表演的有梅氏晚年弟子董光光、周广仁、巫漪丽、傅聪等。

一九四八年为亡友作曲家谭小麟组织遗作保管委员会。时适逢金圆券时期，社会混乱，无法印行；仅与沈知白、陈又新等整理遗稿，觅人钞谱。今年春天又托裘复生将此项乐谱晒印蓝图数份，并请沈知白校订。最近请人在沪歌唱其所作三个乐曲，由电台录音后，将胶带与所晒蓝图一份，托巴金带往北京交与周扬同志。希望审查后能作为“五四以后音乐作品”出版。

一九四四年冬至一九四五年春，以沦陷时期精神苦闷，曾组织十余友人每半个月集会一次，但无名义、无形式，事先指定一人做小型专题讲话，在各人家中（地方较大的）轮流举行，并备茶点。参加的有姜椿芳、宋悌芬、周煦良、裘复生、裘劭恒、朱滨生（眼耳喉科医生）、伍子昂（建筑师）（以上二人均邻居）、雷垣、沈知白、陈西禾、满涛、周梦白等（周为东吴大学历史教授，裘劭恒介绍）。记得我谈过中国画，宋悌芬谈过英国诗，周煦良谈过《红楼梦》，裘复生谈过荧光管原理，雷垣谈过相对论入门，沈知白谈过中国音乐，伍子昂谈过近代建筑。每次谈话后必对国内外大局交换情报及意见。此种集会至解放前一二个月停止举行。

新中国成立后，第一次全国文代听说有我名字，我尚在昆明；第二次全国文代，我在沪，未出席。一九五四年北京举行翻译会议，未出席，寄了一份意见书去。自一九四九年过天津返沪前，曾去北京三天看过楼适夷、徐伯昕、钱锺书后，直至今年三月宣传会议才去北京。去年六月曾参加上海政协参观建设访问团。

……

一九五七年七月十六日于上海

梦中

一、母亲的欢喜

久不提笔了。实在心绪太繁，思想太杂，要写也无从写起。春假归家一次，到校想写一篇归家杂记，可是只也写得一半，就以课忙丢了；其实也是思绪太乱的缘故吧！

春是早已过去了，“春色恼人”，也已成了陈话；可是夏日炎炎，很有令人疏懒倦睡的景味。

每天总是躺在藤椅里，拿着蒲扇，劈劈拍拍，赶赶蚊虫。无聊地随手捡本诗来，刚读了两首，便又放下，自言自语替自己解说：天热了，用脑本不相宜的。

我的书房，总算是一个又幽静又凉快，又爽朗的好地方了。宜乎“明窗静几”，用功个半天，那么两月也可有一月的成绩了。为何事实上总是翻开书来合上，其间不过半分钟啊！

昨天望他来，他竟没有来。失望中捡起他刚才的信：

复书昨晚方才收到。这几天天气很热，恐怕我这星期日未必能来，即使它晴好，实怕暑气逼人，请你谅我！你这个好宝货！我早就猜着了，不过起先不说罢了。不知现在却有几分可言？……蚊子不让我多说一些，祝你！……

ZF 七，十六灯下

读到“你这好宝货”一句，不禁使我想起他的诙谐的丰度，更不禁为好宝货三字，引起我一段幽藏的情绪。

我前信里提及恐怕我不久要到 N 城去的话。我还说：此行于我精神上很有些愉快，虽然长途坐船，于身体是很不相宜的。朋友，你猜猜我愉快些什么？他回信里没有猜，只盘问我，我也就在最近一信里，复了他一个字，——她，——于是他这封信竟说我好宝货了！

暑假归来，母亲就对我说起要到 N 城去吊丧的话，她说：K 表伯死了；你既在假中，不去似乎说不过去。不过天气这般热，这般远的水路，你虽然去，我总很担心，……当时的我，心弦颤动了。N 城中，K 表伯的同宗，不是有个她吗？母亲正替我担忧，我正庆幸这个好机会呢！坐船是我最怕的一件事，尤其是四五十里的长路，当这赤日当空的天气！可是为了求得一些精神上的愉快，就是牺牲些肉体的健康，也是值得的！

三四天后，母亲很高兴的告诉我，说她刚才从一个亲戚那里得了一个好消息：K 表伯的开丧期改了，那时你校里必已开学，不用去了。真好运气！……我也安心了！……怪不得他们的讣闻至今还没有来，……

当我听到……丧期改了，我顿时懊恼起来，满怀说不出的惆怅，可也不便十分显露出来，只茫然地顺口说了一句：“唔，怪不得讣闻至今还没来。……”

母亲是欢喜极了，可是她的纯洁的爱子之心，又哪里会梦想她儿子的别有怀抱的同她相反的心！

哟母亲的欢喜……

二、她　们

连日天气热极了，温度过了百度，白天里，——尤其是日中的时候，只觉得头昏脑胀，背上又给汗出的怪黏涩，怪痒的只不好过。

“一日之计在于晨”，清晨本是一天最好的时候，不料归家以来，非六点不肯起来。终夜的乱梦颠倒，把平旦清明之气都赶跑了。

只有傍晚时光，冷水浴罢，移只藤椅，拿把蒲扇，荷花缸畔，读读小诗。太阳才从东墙上隐去，晚风习习之中，把它的余威一下儿驱除尽了，仰起头，看看天空，蔚蓝中浮着一片片鱼鳞似的白云，微微的带些金色，远处还有几带红霞令人想像到斜阳古道中的庄严的庙宇，红墙上映着夕阳，愈显得伟大而灿烂。远方近处，还绵延着高低突兀的山脉，……自然的奇观，自然的伟大，自然的美丽，早已有无数的骚人墨客，吟之咏之，形容尽致了；还何用我这支笨笔，把自然玷污了呢！当然！只有低徊，只有赞叹！

“夕阳无限好，只是近黄昏。”

夜之神已姗姗地走近了，把一切一切都收藏了去。

快乐的时间本是加倍的过得快，何况夕阳同黄昏的距离又是如何的近啊。

她们去了，明月也随着不见了，繁星满天，空庭寂寂，黑漆漆的烦闷死人。因为失了光明的月，才引起沉闷的心绪，因为失了天真活泼的她们，才勾起我的怅惘。

小朋友！我的小朋友！
我们都是好朋友。
哥哥弟弟一齐来，
大家搀着，大家搀着，大家搀着手，
一步一步向前走，向着那光明的路上走！
小朋友！

大概是一个光明之夜吧！她们正唱着月明之夜。庭中白光满地，万籁无声，只有她们宛转曼妙的歌声：

明月呀！明月呀！

一个小皮球哇！

让我丢一丢哇！

下来吧！下来吧！

我陶然，我醉了，我对着月，对着那月中的桂树，对着那老太太们传说的树枝上的饭篮，树枝下的勇士、斧头，……我仿佛三魂渺渺，七魄悠悠，趁着微风，飘上青云，遨游月宫去了。

歌声寂然，戛然而止，幻想也忽然停止，意识也立刻恢复过来，才觉得此身仍在，未曾超脱，怅也何如！恨也何如！

月光中照着她们，皎洁而又天真，活泼而又幽娴，不禁使我联想到自己的凋零身世：既无兄弟，又无姊妹，孤零零地只剩母亲和我二人。回想到她们才唱的“哥哥弟弟一齐来”，余音在耳，怎能不使我感动至于流泪！

以生性孤傲的我，朋友之少，不用说了，只有一年一度的S妹，来住几天，T妹来玩几天，算解解她寄母和寄哥的寂寞。

S妹的年纪，比我小五岁。她家本同我家有些戚谊，而当她七岁那年的夏间，她以她母亲一时高兴的缘故，便称我的母亲为寄母了；以后每个年假，或暑假，总得到我家来小住数天。

她的性情：又活泼，又诚挚，又嫉妒，又多疑，又沉默，又多哭，又……总之：她是具有一切女性的性情。人家无意中一句闲话，会引起她的奇怪的猜疑。有一天，我为了一件事，斥责了仆人，不料她以为借女骂媳，躲在床上，哭了半天。我素来欢喜想什么讲什么，要骂人，要劝人，都欢喜直说，从不会打鼓骂曹。换句话说，就是人家打鼓骂曹来骂我，我也不会懂他是在骂我的。所以这天的事情，竟把我呆住了，不舒服极了。母亲知道了，也只摇摇头，没法想。可是到了晚上纳凉的时候，她倒又有说有笑，好像并没有日间那回事。……这种奇怪的态度，是女性的特征吗？是她们年龄上的生理变态吗？……可惜我没有研究过心理学或是生理学！

含羞和嫉妒，又是女子的两大特性吧！她们校里的作文簿，不是锁在箱子里，便是缴在教员那里；不是缴在教员那里，便是锁在箱子里；保存得差不多同情书——其实情书她们也未必是有，——一样珍重。假使有人设法偷看了，那可不得了！唠叨，哭，绝交，……件件都会做出来。推而至于算术簿，小楷簿，习字簿，……无不如此，不过作文簿看得最重罢了。

有一次，L妹对我说：S妹前天有一封给她同学的信，附在别个同学信里，托她转交的；在那信封口处，你猜她写了什么？……哈哈！她竟写道："拆视者我之爱妻也。"她还没有说完，我早已把一口的茶，喷了满地，还呛了半天。

她们又最欢喜私下论人，批评人，这个习惯我们也有的，不过总不及她们这样的尖刻。大概也是嫉妒之心利害的缘故吧！

她，S妹今年已于高小毕业了，程度也还不差。她家里是完全放任的，她的成绩，是全靠她天纵之资。不过因年龄的关系，差不多还谈不到用功与觉悟。

家庭的权威，是多么利害！社会的势力，又是多么可怕！小鸟似的她们快乐无忧的生活，不知还能继续几年！她们一忽儿哭，一忽儿笑的任性生活，使我见了，只代她们担心。

她现在的环境，总算很好，很如意的了；而她的生活，又是在光明灿烂的黄金时代，可是她曾屡次问我："人生究竟为的什么？"她这样又悲观，又深奥的问题，我实在回答不来，……而且她还时有厌世出世的语调，更使我奇怪，疑惑！

"人生究竟为的什么？"哟！这是一个多么神秘而艰深的问题啊！

不要羡慕小孩子，
他们的智识都在后头呢，
烦怅也已经隐隐的来了。

——繁星之　五八

三、一 个 影 像

烦噪的摇纱童子（我乡称一种夏夜的虫名）的叫嚣，夹入轻灵的织布娘子的声音（同前注），以梭，亚梭，倒很清脆，正如雨后初霁，淋湿的小鸟，在树叶中伸出头来，舒气时的歌声，可也只是声声的织成了我烦闷和怅望的情绪。

近来每天都觉得寂寞和烦闷，做事不高兴，只是痴痴地胡思乱想，灯下呆坐，便隐约地闪过一个影像：

大概在二年前的一个新年吧！我正在N城。

她娇憨地依着她的父亲，微倚着，正端相着我。无意间突然叫了我一声："哥哥！"我受宠若惊的应了一声，正见她痴痴地笑了，自然地面庞上泛起微红，自然地头也微微的垂下，身体也更靠紧她父亲一些。一双尖锐逼人的眼珠，还直射着我；怯着的我，立刻败退了，——顾左右而言他。

这真是一般少女的天真诚挚的爱情自然的流露，赤裸裸的，热烈的，圣洁的，由内心的，而正的的确确的在两年前的新年里的某一天，坦白地展现在我的面前；而又正隐隐约约地，若有若无的，时时重映在我的心板上。在脑海中屡现屡灭！

"回忆，哪堪回忆！"而这神秘的回忆，却竟是这般甜蜜！

以举目无亲的我，多愁多感，彷徨歧途，正像一叶扁舟，孤独的翻腾漂泊于惊涛险浪之中，一刹那间，电一般的闪过，正发见了彼岸，遇见了救星，一刹那，只有一刹那！可是已付与我的，是如何深切的慰安！

她，的确是一个活泼可爱的女孩子。她是我的表妹，不知道是何缘故，我一见她便觉恋恋，而她对于我，也时有依依的表现，就那天的情景看起来，而且我还发见过好几次，她在偷偷地望我，因为好多次我无意中看她，她也正无意地看我，四目相触，又是痴痴一笑。

她的性情，母亲是深知的，赞许的。她常常说："M真乖！什么礼性都懂得，……""娶媳妇真不容易！Z家的几位小姐，哼！一天到晚，躲在房里，……T家的M便不然，在家什么事都会做都肯做……而且又爱读书。"

春假归家，母亲提及K表伯母——M的婶婶，——要替我俩人作伐的话。母亲的意思，想等疏通好了对方的表伯，让我俩通通信，试试两人的脾气合不合；我呢，虽不希望早婚，但一颗漂浪无定的心，总须有个安顿，有个归宿。

我对于她的认识，还在她幼小之时，怕只五岁吧！因为那时我也只有九十岁。可也不过略一认识，并未注意过，直至前年重逢，才惊见她亭亭玉立的光艳的容姿，娇憨而又活泼的天真。我不会描写，我更不愿描写。我这颗热跃的心倾注的情，也让它变成烦闷和怅惘。

真不幸，K表伯突于端午后死了。K表伯母哀毁逾恒，当然一时不能想到那无关紧要的做月下老的事了。

尤不幸！K表伯的丧期改了，我俩一会的机会，都会绝望。

夜深了，还是梦中去吧！悲欢的事，一总向梦中去寻觅吧！

八月十三日夜写于四壁虫声中

九月十八日重修于暮色苍茫中

（原载一九二六年一月《北新》周刊第十三、十四期）

怀以仁

那天是正月十二，我伴了S妹到务本去投考；顺便跑到四马路新迁的《北新》里去买了几册小书，又交涉好了我屡催不至的《北新》，掌柜的很客气的让我把二十一到二十三亲自带走。

归来时是一个人了；又下起细雨来，上半时更是濛濛的越下越紧，令人格外觉得无聊。幸而车厢里人还不多，还能让我从从容容地念着《北新》。我把三册《北新》翻了翻，便发觉了触目的题目，那就是《怀以仁》了！以仁这名字我也见过几次了。不知在那一期的狂飙底封面上登过三个很大的字“王以仁”，接着便是一段许杰君的启事，像《北新》上所登的一样。当时我就怔了一怔，心里动了一动。但同舍的沈君说现在文艺界里很有以这种把戏为新书的广告，他又举出例来，（我现在也记不得了。）劝我不要上当，白替他们担心。但当我一发觉这《怀以仁》的题目时，我立刻觉得这个情形竟是很严重了，没有如沈君所说的一般，趣了！于是我就在连续的车身颠簸中把它读完，满怀充满着又怅惘又激昂又幽远的情绪。真是使我感动得忘其所以了！一站站下车的乘客在我面前走过我也不觉得，车中渐渐显得空廓与静寂的景象来也不觉得。只是抬起头来望到窗外的烟雨迷漫中的乡村，觉得十分难受！

接连着为俗务的纷扰，时局的恐怖，恋爱的痛苦所缠绕，脑子里一直没安息过。白天里胡思乱想，黑夜里噩梦连篇，神思恍惚极了。到今夜忽然想起，又把这篇《怀以仁》细细的重读了一过。紧张的心弦，怅惘的情绪，又都立刻回复过来。脑海里的波涛汹涌着，胸腔里的热血奔腾着，我再也按捺不住了……

“流罢！流罢！我生命的泉水呀！……

你这不可思议的内在的灵泉！你又把我甦活转来了！”

我的感触可说是多元的，一时实在不容易分析，尤其在像现在这样感情兴奋的时候。但我又怎能管得许多？……

我是未尝问世的青年；论理对于社会的滋味也尝得很少，对于人情的底蕴也窥探得不多。但事实上我已深深的喝过了酸辛之酒，炎炎的燃烧着愤恨之火。这当然因为我的身世环境与别人不同的缘故。但我个性的孤傲，狂热的同情，易感的多愁，顽皮的稚气，却很有几分像以仁呢！因此他眼中的敌人和不满，也和我眼中的敌人和不满相同。我常在校里和同舍的友人说起：“现代的青年的下场，大概不出以下几种：（一）醉生梦死，绝对的降服于社会的。（此派包括一切享乐或颓唐，得志或失意的人。）（二）努力奋斗，终于得到胜利的。（这当然是少数。）（三）屡战屡北，无力抵抗而屈服于社会的。（一）（三）同是战败者，但（一）是懦弱卑劣的人，无耻的落伍者；（三）是威武不屈，富贵不移的大丈夫，战败的英雄！（一）是应受嘲骂的，（三）是值得怜悯的……”谈话间我又常自拟：我将来一定要成为（三）种人吧!？这是无疑的，我执拗暴躁的脾气，又秉有倔强不屈的遗传性，我将来一定要遍体伤痕，暴尸沙场的！换句话说：我的将来就是过去的以仁和任叔之辈！以仁和任叔当时的环境，正如我现在的一样。不用说，现在的中国哪一处不是陈腐的臭气充满着？哪一事不是恶劣的绅士把持着？他们都是吃人的老虎，杀人不见血的恶魔。他们张牙舞爪等着我们去送命呢！

"……其实呢，我现在处世深了，似乎知道一点处世的秘诀：我和以仁对于世上所发生的事情每看得太认真了。因了看得太认真，那么不如意的时候便难免忧愤填胸了。因为做了二十世纪的中国人，是根本不要有责任心的呀！……"

这是一段多么中肯而沉痛的话呀！

"看得太认真了！"是的，"看得太认真了！"每次母亲骂市民的不顾公德，乡董的贪污纳贿，族人的无赖下流时，我总是劝她："不要把世事看得太认真了！"实在她的态度的激昂使我大大不安起来。但我自己当事时，却又不能自止，非痛骂一场，出口气，洩了愤不得舒服！在旁人看来，未免太傻了。"看得太认真了！"但中国现状糟到如此，就是这种傻瓜太少！以仁的"看得太认真了！"，正是人心还未尽死的表征！正是命还未绝，尚有一线生机！处世吗？处世的秘诀吗？我根本就不懂得。我以为现代人所称许的处世秘诀，实在是人类卑污虚伪怯弱的表现！

关于以仁的失恋，未免又引起我的"兔死狐悲"。这当然是一般少年所最易引起同情的问题。我虽未尝过失恋的痛苦，但陷于多角形中的苦闷，也正不下于失恋呢！

"我自从接到你的长信以后，抱着莫大的绝望！我不应该再和你通信了！你为了我和她竟时常烦闷而忧愁，现在你也不必这样了！你当我已过世了！当我没有……！你的前途真是无量呢！……也不必想着我了！……

"你不要误会我和你绝交，我也很爱着你呢！只是硬着头皮写这封信，写这封和绝交一样的信，也是为了你的身子起见呢！你这样多愁多虑起来，不要愁怀了你的身子的吗？……

"倘使你……，请不要得新而忘旧！……"

这是我从她前天的来信里所摘下的。她这种绝望的悲哀，矛盾的心里，活现于纸上！她这样真诚的爱情，深藏在内的无限的说不出的情愫，叫我只有凄然无语！我还能说什么呢？天下之伤心，莫过于欲哭无泪！天下还有甚么文字能写出我此时心中的委曲？还有甚么音乐能诉出我无告的悲哀？……

“嗟夫，以仁，我闻天台多名刹，你要我寻一个清净的所在，寄我这已死的残躯……”

哟！忏悔罢！忏悔罢！

我虽不识以仁，但他那“猴子脸”“八股先生”的神气，“掬着朱唇”的生气时的表情，“惨淡的灯光之下”的他酒醉时的悲哀，“死气也恐怕将近了”的忧痛，一一的在我面前闪闩着。我将要捉住它们，永远不让它忘掉！永远不让它忘掉!!

一九二六年三月一日深夜于浦左

（原载一九二七年三月十九日《北新》第三十期）

回忆的一幕

他来了，他来了。

好容易望到他来，突然的来，使我无限欢喜；而胸中蕴蓄的千言万语，竟不知在何时跑去，讷讷如我，又不善辞令，一时间相对无语，反倒冷落起来。

忽晴忽雨的天气，留了他一宵，半夜的长谈，自以为积愫一倾了；不料他刚走，又忽然想起了许多话，自悔他在的时候，何竟昏瞆健忘若此！又烦恼为何不多留他一天！

于是我便开始怅惘了。比他未来时更怅惘悒郁了！我想立刻写信吧，一转念，心乱如麻，实在无从写起。而且他才走，又要写信，他不要笑我发疯吗？过去的经验，也顿时消灭了我写信的勇气。

正在这个时候，我刚写了上面的一段，邻家的一位小客人，Miss X，正在庭中晾衣服，不时的拿杈竿，拿桠杈，从远处走到近处，又从近处走到远处。一时好奇心冲动，使我从门边偷偷地觑了她一眼，——我身子是没有离开椅子，——不料事情竟是这样巧：我立刻受着一双强烈的、尖锐的目光的射击。这一下可吓了我，赶紧低下头，摇动着笔，装做正沉思写东西的样子。勉强自己镇静自己，可是不中用！微弱的心房，早已跳动起来，拍拍的再也按捺不住。……

一口气写了下来，才觉得那扰乱治安的不安分子，攒出了脑海。

有好几次的经验了！想认识一个不相识的少女，而同时正发现反被她认识了去。……神秘！真是一件神秘到不可思议的事啊！

昨夜谈到十一点多，才倦极了睡熟。可也不时的从梦中惊醒，孤灯如豆，室中幽郁得引起我夜的恐怖。只觉得满身热烘烘的；心房剧烈的跳动，过分迅速的血流，增加了我不少的热度。梦些什么，再也想不起，只是空空洞洞的起了无谓的恐惧。

他的记性真好！数年前的往事，童年正盛时的趣剧，——这些事情，于我只有做梦时才会梦见，而他竟能一幕幕的道出。

喂！你还记得吗？……那件事，——同T的事。

唔——T的事？我实在想不起了，你说吧。

——课堂里的事！……两拳头！

哟，——是了！

三年前的一幕小小的惨剧，从心头的陈旧的帘幕中，渐渐地重现出来。

T，那位小朋友，真是一个天真烂漫的小孩子。微凹的面庞，稍凸的前额，笑时的眉眼，都成一丝，两个小酒涡衬托在嫩白的面颊上，K县的口音语调，……以及一切、一切的举动容止，都有使人陶醉的魔力。很多的同学，为他而颠倒，为他而兴波作浪的，着实的闹过一番。

很幸，——也可以说很不幸，我也是认识他，——十分的认识他中的一个。从那校里的某种交际习惯上，认识了他；从几次往来的绯红或碧绿的信笺上，十分的认识了他。关于他的信，我又想好好地藏起来，又想故意露些痕迹，叫人家知道。实在的，我很乐意别的同学，拿这件事情来和我开玩笑，虽然面上是假做骂他打他。当我听到人家把他的名字和我的名字联在一起的时候，真是心里舒服了许多，作出又得意又骄傲的样子，这些情形，正恰像一个已经订婚的青年，听人家拿他的未婚妻来和他取笑的时候的扭扭捏捏的样子，究会一样！

当时的我，实在以为幸福极了。因为不久之后，他和我的地位，变得更多接触的机会，而那件不幸的事情，也于不久之后便发生了。

我和他是同级，我的座位之前，便是他。左旁隔一个位子，便是Y，提及此事的Y。

上课的时候，大概总是上国文、上历史的课，我们总欢喜拿他——T——来消遣。一方面固然是教室生活太枯索，太沉闷了些；一方面实在是他生得太可爱了！

不知哪一天，我们照常偷偷的说笑着，故意拿别一个同学来和他作目标，算一个为我们情敌的暗示。现在说起来，实在也可笑，当时我们，——他们当然也不是例外，——实在以“他”为“她”了！所以一切嫉妒的心理，都尽量地在胸中燃烧着，到处都在找发泄的机会。虽然W校的校风，对于这事特别来得热烈些，可是这种情形，差不多是学校里的一种普遍的现象，任何学校都不免，不过盛衰有些不同罢了。而且彻底的说：我们此时，对于这种心理，这种情绪，今还存着，有时竟会更热切些。所以根据我们一些过去的经验，可以武断一句说：在一般未婚的青年，喜欢讲这种变态的恋爱，来解除他的枯寂，实在是很可能的，毫不足异的。我们现在既不是做讨论恋爱的文字，也就无须细细的去解剖他了。

那天同T究竟闹了什么把戏，也记不清楚了；不过的确戏侮得太过分了。种种的窘迫，使他善于退让的性子，也一时消灭了。他再也不能容忍而发怒了，他竟破口骂我们了。

不知怎样的一句骂我的话，引得大家注意起来，都望望他，望望我。他因难堪而骂我，我也因难堪而恼羞成怒了。兽性顿时发作起来，一变嬉皮笑脸的样子，为青筋暴胀骇人的样儿了。更不幸，他和我的地位间的交通太便了，我一时无名火冒起来，竟毫不迟疑地给了他两拳，在他的背上。

沉重的击声，使旁边人都惊骇起来，接着他便哭了，伏在书桌上深深的悲哀起来。

一霎时我的怒气已经跑掉了，而面上却更热起来，这是表示我内心已惴惴地不安了。

大家都埋怨我，尤其是 Y，说我不该打他，更不该打他这样重，他还是一个小孩子啊！

啊，是啊！他正是一个小孩子，正是一个可爱而又为我所爱的小孩子啊！一时的神经错乱，竟在一秒钟内做了这样一件蛮横无理的事，我正在悔恨的当儿，他哭得更厉害了，由呜咽而渐渐的要号啕了。我愈加恐慌了，因为方瞎先生——国文教员，——已渐渐注意起来，他终于皱着眉，瞪着一副阴阳眼而发问了。虽然大家都不响，可是做贼心虚，我赶紧做出镇静的样子，故意东张西望，像正帮助方瞎先生寻那答话的人。

幸运到底降临了，散课钟响了，大家陆续出走，我独心中盘算去补救这事的方法，也就有意无意的落在后面了。他呢，正在最后，这是当然的！眼睛都哭红了，还好意思当众人的面前走吗！

我一路走，一路想：那也容易得很，——谢罪，道歉，就得了！可是说说容易，要实行就不容易了。何况刚才这样打他，一忽儿又低首下心，拜倒他面前，不但我倔强的脾气不肯，就是他，余怒未息，也未必肯睬我。那又何必自讨没趣？……可是做了错事，除非不知，知了定得立刻改掉才好，胆大些！好了！等他不睬再说，我总得尽我的责任，……但是机会不容你踌躇，他早已进了自修室了。

虽然很好的机会，以后也还不时的碰到，可是一见面已是羞惭得说不出话来。怯弱，总是太怯弱了！连那放假那天的最后的机会，也错过了。一切都照我预料的：自从那天之后，我俩交情上，便划了一道鸿沟。角逐之场，也从此没了我的份。

那一年暑假，我离开了 W 校。假中不知怎样，竟放胆写了封谢罪信，他也居然能海涵，也复了我一信。两年来还时通消息，总算没有十分的隔膜。

我去年见过他，他已高了许多，面貌也改了些，扁圆的脸庞，竟变成长方形，一切举止也缺乏了醉人的能力，实在的，华年已过，不美了！

可是我还是十二分的恋他，花晨月夕，也时时记念他。Y昨夜提起此事，使我新愁旧恨，一齐涌上心头，一夜数惊，未曾安睡。

早上六点钟起来，Y正呼呼地好睡，我便写了一封五张八行的长信寄他。往事的回忆，尤其是童年初恋的回忆，实在的撕伤了我嫩弱的心。忏悔吧！忏悔吧！

信呢，应该到他的手里了。可是，他的信什么时候才能到我的手？……

发信至今，已是旬余，而鸿飞冥冥，真是怅望云天，凄楚曷极？

一九二六年八月二十七日在浦东家中

九月十一日复志于大同

（原载一九二七年一月《小说世界》第十五卷第四期）

介绍一本使你下泪的书

我想动笔做这篇文字的时候，还在好几天前；只是一天到晚的无事忙和懒惰忙，给我耽搁下来。而今天申报艺术界的书报介绍栏里已发现了四个大字《爱的教育》。刚才读到十三期《北新》也发见了同样的题目——《爱的教育》。论理人家已经介绍过了，很详细的介绍过了，似乎不用我再来凑热闹了。不过我要说的话，和《申报》元清君说的稍有些不同，而《北新》上的也只是报告一个消息，还没有见过整篇的文字谈到它的。而且在又一方面，《北新》是郑重的，诚恳的，几次的声明：欢迎读者的关于书报的意见，当然肯牺牲有些篇幅的！

我读到这篇文字的时候，校里正在举行一察学生平日勤惰的季考，但是我辈烂污朋友，反因不上课的缘故，可以不查生字（英文的），倒觉得十分清闲。我就费了两天的光阴，流了几次眼泪，读完了它。说到流泪，我并不说谎，并不是故意说这种话来骇人听闻；只看译者的序言就知道了，不过夏先生的流泪，是完全因为他当了许多年教师的缘故；而我的眼泪，实在是因为我是才跑到成人（我还未满二十）的区域里的缘故！

真是！黄金似的童年，快乐无忧的童年，梦也似的过去了！永不回来的了！眼前满是陌生的人们，终朝板起“大人”的面孔来吓人骗人。以孤苦伶仃的我，才上了生命的路，真像一只柔顺的小羊，离开了母亲，被牵上市去一样。回头看看自己的同伴，自己的姐妹，还是在草地上快活的吃草。那种景况，怎能不使善感的我，怅惘，凄怆，以至于泪下而不自觉呢！

还有，他叙述到许多儿童爱父母的故事，使我回忆起自己当年，曾做了多少使母亲难堪的事，现在想来，真是万死莫赎。那种忏悔的痛苦，我已深深的尝过了！

我们在校，对于学校功课，总不肯用功。遇到考试，总可敷衍及格，而且有时还可不止及格呢。就是不及格，也老是替自己解释：考试本是骗人的！但是我读了他们种种勤奋的态度，我真是对不起母亲！对不起自己！只是自欺欺人的混过日子。

又读到他们友爱的深切诚挚，使我联想到现在的我们，天天以虚伪的面孔来相周旋，以嫉妒愤恨的心里互相欺凌。我们还都在童年与成年的交界上，而成年人的罪恶已全都染遍；口上天天提倡世界和平，学校里还不能和平呢！

“每月例话”是包含了许多爱国忠勇……的故事，又给了我辈天天胡闹，偷安苟全，醉生梦死的人们一服清凉剂！我读了《少年鼓手》，《少年侦探》，我正像半夜里给大炮惊醒了，马上跳下床来一样。我今天才认识我现在所处的地位！至于还有其他的许多故事，读者自会领略，不用多说。

末了，我希望凡是童心未退，而想暂时的回到童年的乐园里去流连一下的人们，快读此书！我想他们读了一定也会像我一样的伤心，——或许更利害些！——不过他们虽然伤心，一定仍旧会爱它，感谢它的。玫瑰花本是有刺的啊！

我更希望读过此书的人们，要努力的把它来介绍给一般的儿童！这本书原是著名的儿童读物。而且，我想他们读了，也可以叫他们知道童年的如何可贵，而好好的珍惜他们的童年，将来不至像我们一样！从别一方面说：他们读了这本书，至少他们的脾气要好上十倍！他一定会——至少要大大的减少，——再使他母亲不快活，他更要和气的待同学……总而言之，要比上三年公民课所得的效果好得多多！

我这篇东西完全像一篇自己的杂记，只是一些杂乱的感想，固然谈不到批评，也配不上说介绍；只希望能引起一般人的注意罢了！

我谨候读过此书的读者，能够给我一个同情的应声！

一九二六年十一月十九日　大同大学

（原载一九二六年十二月四日《北新》第十六期）

关于狗的回忆

当同学们在饭厅里吃饭，或是吃完饭走出饭堂的时候，在桌子与桌子中间，凳子与凳子中间，常常可以碰到一二只俯着头寻找肉骨的狗，拦住他们的去路。他们为维持人类的尊严起见，便冷不防的给它一脚，——On Lee一声，它自知理屈的一溜烟逃了。

On Lee一声，对于那位维持人类尊严的同学，固然是一种胜利的表示，对于别的自称“万物之灵”的同学们，或许也有一种骄傲的心理。可是对于我，这个胆怯者，弱者，根本不知道“人类尊严”的人，却是一个大大的刺激。或者是神经衰弱的缘故吧！有时候，中 ·声竟会使我突然惊跳起来，使同座的E放了饭碗，奇怪的问我。

为了这件小小的事情，在饭后的谈话中，我便讲起我三年前的一篇旧稿来：

那时我还在W校读书，照他们严格的教会教育，每天饭后须得玩球的，无论会的，不会的，大的，小的，强者，弱者；凡是在一院里的，统得在一处玩，这是同其他的规则一样，须绝对遵守的。

一天下午，大家正照常的在草地上玩着足球，呼喊声，谈话声，相骂声，公正人的口笛声，……杂在一堆，把沉寂的下午，充满着一种兴奋的热烈的空气。

忽然的。不知从什么地方进来了一条黄狗，它还没有定定神舒舒气的时候，早已被一个同学发见了。……一个，……两个，……四个发见了！噪逐起来了！

十个，二十个，……的噪逐起来了。有的已拾了路旁的竹竿，或树枝当做武器了。

霎时间全场的空气都变了。球是不知道到了哪里去了，全体的人发疯似的像追逐宝贝似的噪逐着。

兴高采烈的教士——运动场上的监学——也呆立着，只睁着眼看着大家如醉如狂的追逐着一条拼命飞奔的狗。

它早已吓昏了，还能寻出来路而逃走吗？它只是竖起耳朵，拖着尾巴，像无头苍蝇一样的满场乱跑。雨点般的砖头，石子，不住的中在它的头上，背上，……它是真所谓“忙忙如丧家之犬”了！

渐渐的给包围起来了，当它几次要想从木栅门中钻出去而不能之后。而且，那时它已吃了几下笨重的棍击和迅急的鞭打。

不知怎样的，它竟冲出重围，而逃到茅厕里去了。

霎时间，茅厕外面的走廊中聚满了一大堆战士。

“好！茅厕里去了！”一个手持树枝的同学喊道。

“那……最好了！”又一个上气不接下气的回答着。

“自己讨死，……快进去吧！”

茅厕的门开了，便发见它钻在两间茅厕的隔墙底下，头和颈在隔壁，身子和尾巴在这一边。

可怜的东西，再也没处躲闪了，结实的树枝的鞭挞抽打！它只是一声不响的拼命的挨，想把身子也挨过墙去。

当当的钟声救了它，把一群恶人都唤了去。

当我们排好队伍，走过茅厕的时候，一些声音也没有。虽然学生很守规矩，很静默的走着，但我们终听不到狗的动静。

当我们刚要转弯进课堂的时候，便看见三四个校役肩着扁担，拏着绳子，迎面奔来，说是收拾它去了。

果然，当三点钟下课，我们去小便的时候，那条狗早已不在了，茅厕里只有几处殷红的血迹，很鲜明的在潮湿的水门汀上发光，在墙根还可寻出几丛黄毛。除此之外，再也没有狗的什么遗迹了。

一直到晚上，没有一个同学提起过这件事。

隔了两天，从一个接近校役的同学中听到了几句话：

“一张狗皮换了两斤高粱，还有剩钱大家分润！”

“狗肉真香！……比猪肉要好呢！昨天他们烧了，也送我一碗吃呢。啊！那味儿真不错！”

我那时听了，不禁愤火中烧，恨不得拏手枪把他们——凶手——一个个打死！

于是我就做了一篇东西，题目就叫“勃郎林”。大骂了一场，自以为替狗出了一口冤气。

那篇旧稿，早已不知道到哪里去了。可是那件事情，回忆起来，至今还叫我有些余愤呢！……

我讲完了，叹了一口气，向室中一望：Ly已在打盹了。S正对着我很神秘的微笑着，好像对我说：

“好了！说了半天，不过一只死狗！也值得大惊小怪的吗?”

我不禁有些怅然了！

一九二六年十二月十五日　深夜草毕

（原载一九二七年二月五日《北新》第二十四期）

许钦文底《故乡》

封闭时期和恐怖时期相继的，暂时的过去了。接着便是几天闷雨，刊物一本也不寄来，真是沉寂极了！无聊中读了几本《北新》的小说，忽然高兴起来，想写些杂感。第一便想定了《许钦文底〈故乡〉》，不过要声明：这是杂感，并不是批评！

全书二十七篇中，说恋爱的约占三分之一左右。但我所中意的，只有两篇：《小狗的厄运》，《一张包花生米的纸》；因为我觉得只有这两篇，还能给我以相当的轻灵的快感。发松的地方，也能逼真，而不致离开事实太远。不过这种意味，在《妹子疑虑中》，还能使人发生快感；一到《口约三章》，就未免觉得有些讨厌了。《凡生》和《博物先生》两篇，我以为写的最坏。不知别人读了怎样，我自己的确觉得那似乎太不真切了，太不深刻了！而且两篇中的对话，也使人憎恶；造意也太浅薄！尤其是第二篇《博物先生》，结束处又是浮泛，又是匆促，又是不伦！《请原谅我》一篇，作者原想写一般"幕少艾"，以及"幕少艾"而不得志的青年心理，但读了只是泛泛的，一些也不觉得有什么同情。其余几篇，写婚姻制度兼带些回忆性的，像《大水》，《串珠泉》一类的，也觉得平平乏味。实在的，近来这种作品太多，太滥了，非常有深刻的经验与痛苦的人，不容易写出动人的作品来。这虽是可以为一切文艺作品上的按语，但我以为在恋爱小说方面，尤其确切！听说作者新近出版了一本《赵先生的烦恼》，不知烦恼得怎样，几时很想领教领教呢！

《理想的伴侣》，我不知作者的用意所在。难道可以说是讽刺吗？

总之，二十七篇中，最使我满意的还是《父亲的花园》和《以往的姐妹们》两篇。要问我理由吗？我可以借从于先生批评《呐喊》和《彷徨》的话来代答：

"……《阿Q正传》固然是一篇很好的讽刺小说。但我总觉得它的意味没有同书中《故乡》和《社戏》那么深长。所以在《彷徨》中，像《祝福》，《肥皂》，《高老夫子》中一个类型的东西，在我看来，也到底不及《孤独者》与《伤逝》两篇。……莫泊桑说得好：创作的目的，不是为了快乐，或者使感情兴奋，乃是使人反省，使人知道隐匿于事件之底的深的意味。……"

《大桂》虽也可说是"一个类型"的东西，但用笔单调无味，也就索然了！

大体上看来，作者的笔锋很是锐利的，但似乎尚未十分锻炼过。所以在对话语气，以及字句中间，都不免露出幼稚的弱点。如《上学去》一篇，描写离别时的情形，我想做母亲的，那时一定不会想到什么"定造的马桶"之类的事情。虽然在原文上，可以说是承接上文父亲的口气；但我以为父亲的提到妆奁，已是不伦了。至于全书中模仿小孩子的口气，也觉得太造作。

我好久以前，就读到关于本书的广告："鲁迅批评作者说：'我常以为在描写乡村生活上，作者不如我，在青年心理上，我写不过作者'……"（完全照《北新》的图书目录抄下）这次又读了长虹先生的序，又说到这些话，并且加上按语，说是鲁迅选的。但我觉得这一次鲁迅先生的话，确使我失望了！就是序中称道的第一篇《这一次的离故乡》，我也觉得“不过尔尔”！

我是一个不学的青年，所以或许是我眼光太短近了，读书太忽略了，以致有眼不识泰山，因此我很希望长虹先生能早些写出“分析的序”来指正我的谬误！

一九二七年三月一日在浦左家中

（原载一九二七年三月十二日《北新》第二十九期）

法行通信十六篇

一、天涯海角

我的炳源：

三十日深夜，我们红晕着眼睛握别后，回到舱中只是一声两声，断断续续的叹气。同室的洪君，他是多么天真而浑然啊！他非但一些也没有别意，就连我这样惹人注意的愁态都没觉察。一方我固为他庆幸，一方却因为自己的孤独更觉凄怆！

那天晚上在起重机辘辘的巨声中，做了许多的梦。（想那晚送我的人都会做这样的梦吧！）梦见你还在船上，梦见你我还坐在饭厅的一隅对泣。我又梦见母亲，叔父（我称姑母为叔父的），梅，以及一切送我的朋友们。但都是似烟似雾的一闪便消逝了。到醒来最清楚的回忆，便是你我对泣的一幕，和仑布叫我好好学习 Francais 的一幕。这两天来，这两重梦影还不时的在眼帘里隐约；尤其是仑布的“好好学习 Francais”的一句，时时在耳中鸣叫着。

那，那诚挚恳切的友谊啊，深深的铭镌在我的心版上了！

我们的船，原定是昨天（三十一日）清早开的；不料到我们用过早茶后还未动弹。后来去问 Maitre d'hotel，才知道已延迟到下午一时了。我心里一动，便想再上岸到叔父家里去一次，母亲一定还在那边。我想：这样突然的回去，一定会使他们惊喜交集。

已经上了岸，重复看见才别的上海的马路，忽一转念竟马上退了回来。实在，我不愿，我不敢再去沾惹第二次不必要的不可免的流泪了！

午后一时前二十分，我就等在甲板上，要看开船。不料左等右等，直到了两点钟，才听见一声汽笛，通岸上的两条梯子抽去了一条，水手们也急急忙忙的找着地位，解缆。更等了好一会，才见最后的一条回家之路中断！在昨夜，你我分别时，真恨船为何不多留几小时。到今天因为急于要看船之初动，反恨它为何再三的捱延着不开了。至此，船的梯子统统抽去，船身也渐渐横到浦心时，不觉又悲从中来，恨它为何这样无情，竟尔舍弃了我的上海，把我和一切亲爱的人们隔绝得远远了！唉，矛盾啊！矛盾啊！

岸上，船上，三四白巾遥遥挥舞着；船首左右，三四海鸥翱翔着，她们是来送别呢！她们又把你我昨夜的离情唤起了，她们更把一切的亲友们依依之意重复传了过来。但不久也便无影无踪的不见了，大概也深知"送君千里，终须一别"的悲梗的道理吧？

三十夜的难堪，真是希有的。渺小的我，零余的我，在区区二十年中，忧患也经得不少，悲泪也洒过许多；但这种生离的酸味，却是生平第一次呢！

我所有的，仅有的亲戚，朋友，爱人一个不遗的都赶来送别。燮均，临照为了我在南站北四川路间奔波了好几次；雷垣为了我，在极少极少离校的常态中破了例，丢了考课卷，从课堂里一口气赶到。更累他们在船上摸索了半小时多！还有理想中赶不到的我的惟一的叔父，也竟会冒着重寒，在暮色苍茫中，从浦江彼岸飞渡过来，使我于万分惆怅的感触中，更加添了热辣辣的酸意！

那夜的聚餐，更是梦想不到的！虽然别离就在眼前，但大家都还兴高采烈地壮我心胆。健谈的仑布，更是开了话匣子，滔滔不绝。然而勉强的挣扎终于无用，最后的一刹那还是临到了。当铁冷夫人开始触破这一层薄纸时，我已满眶热泪，竭力抑忍了。到叔父和我道别时，眼镜上已沾染了一层薄雾。下楼来上汽车时，母亲的几句极简单的“保重！留意！”等话，实在不能使我再克制了。汽车一动，我的泉源也排山倒海似的追踪着绝尘的车影而淌下来了！我火山一般的热情，完全从几分钟前强制的束缚中解放出来！……我倚着你的肩，我只能流泪！

重到船上，朋友中最刚强的夔均，竭力把强心剂给我注射着；你也再三的叫我不要难过，我也记起临照赠诗中的几句：

> 劝他声：别悲哀！
> 为脱烦恼，学成归来。

然而这些鼓励，这些回忆，只有更加增我的惆怅，更开放了我的泪泉！人世的污浊的愤忿与厌恶，现实的别离与同情，过去的悔恨和惭愧，……一切，一切的感激，悲哀，愤怒，幽怨，抑郁的情绪，一齐搅和了，混合了，奔向我的……！

船之初动也看到了，海面的辽阔也拜识了，宇宙的伟大也领略了，波浪的沉静也在面前流过了，吼叫的狂涛也在耳边听惯了，月夜的皎洁神秘，也窥到了，朝阳的和蔼现实，也感到了。高洁的未来的曙光，伟大的，雄壮的希望，似乎把我充实了许多，似乎把我激励了不少。但是，朋友啊！一刹那的兴奋过后，总袭来了空虚的无聊！我实在不知这一月如何消磨过呢！

船上食宿俱惯，只是言语隔膜，稍感痛苦耳。茶房都是汕头人，潮州人，法语也不大通，普通话更不必说，只此略觉不便。昨日为一九二八年第一日，船上也是照常的过去：沉闷的，寂寞的生活！海中昨日颇平稳，今日稍有风浪。紧贴船身的碧油油的绿波不见了，只是狂吼的怒涛汹涌着，击撞的白沫跳跃着，汪洋的海面，不时的在圆窗中一高一低的翻腾。可是我倒还不觉得异样，只是走路时地上很滑，又加船身稍有倾侧，故须加意留神耳。路中平安，第一足慰远念，是吗？

此信昨天写起，今天重复誊了，又添了一些，想明日到香港发。只是心绪繁乱不堪，所言毫无次序。恐怕你看了愈觉得“怒安心乱如此，前途未可乐观”吧？然而系念我的，想望我的，却急于要知道我海上的消息，所以也就胡乱写了些，托孙先生为我公布了！

你给我的圣牌，我扣在贴身的衣钮上，我温偎着它，便好像温偎着你！在旅途难堪中，稍得一些慰安。朋友！你放心，我决不因我无信仰而丢弃它的！我已把它看作你的代表了！

好了，信暂止于此。但望珍重！以后通信，亦惟在此借花献佛，诸亲友处不能一一矣。愿谅我！

你的　怒安

一九二八年一月二日

于 André-Lebon 未到香港时

二、云天怅望

——献给我的母亲，叔父，梅，垣，以及一切亲友们！

数日来心绪大恶，几不能写只字。但明日就要到西贡；法行通信第一既已发出，就不能不有第二第三，……于是乎勉强镇静着自己，再借了一瓶汽水的力量，把烦躁的心稍稍凉了些。

自上海到此，海行共五日，可说是一些风浪也没有。但我自小说听起的“无风三尺浪”现在确完全证实了！虽然不至于晕船，但一到舱里，就觉得有些天在旋，地在转。而且这三天来胃口简直不行，到吃时真不想吃。那种法国式的烹调，实在叫我难以下咽。当我一想到那半生不熟，臊气冲鼻的牛排羊排来，竟要令我作呕！蔬菜呢，都是 potato 之类，也腻够了。臭酪尝过一次，实在不敢领教。咖啡也是苦涩乏味。面包只是酸而淡。各种食物中，只有鱼差可入口。鸡，鸭，虾，都没吃过，不知怎样。古人说“菜羹麦饭”是表示能吃苦，现在我是连梦也梦不到“菜羹麦饭”了！可怜啊！前途茫茫，还有四五年呢，这悠长的岁月，如何度过呢？可怕啊！

我们的船日夜不息地向前进行着，可是在甲板上闲眺着，偶而在桅杆下凝视时，发见这船正在昂藏地，骄傲地，勇敢地前进的时候，我简直不信它是有目的的！我只觉得它愚笨得可笑，骄傲得可怜。也许是我自己的空虚，愚妄，神经衰弱的幻象吧？实在，我常觉得我的内心，真是空虚至极！虽不晕船，而意识中常像晕船一样的觉得自己的胃空肚子空，一切都在空洞中摇晃。虽然朋友们的告诫，母亲的谆嘱，内心的自省，常使我衷心地热起来，不空起来，鼓舞起来，然而那只是酒性，只是酒性！啊，我将永远地空虚寂寞吗？

我明白地觉得，记得这次出国的意义、动机和使命；而这些意义使命之后，更有此次为我帮忙的诸亲友的同情为后盾，为兴奋剂。我有时确也很自负，觉得此次乘长风破万里浪，到达彼岸，埋首数年，然后一棹归舟，重来故土，……壮志啊！雄心啊！然而那是酒性，那是酒性！一霎时，跟着浪花四溅而破碎了！所剩余的只有梦醒后的怅惘与悲哀！

我尝细细地分析：我的空虚寂寞，是起于什么？我疑惑：或者是离愁别意纠缠着我嫩弱的心苗；或者是神经质的我，常在疑神疑鬼，自弄玄虚；或者是海上生活的枯寂的反应；或者是旧创的复；或者是……到底是什么，我自己总不能决定！当局者迷，我要迷到怎样啊？

实在，我常奇怪，悼惑，当我发见我现在在这样一只船上的时候！是人力呢？是……呢？竟会把我载在汪洋一片中的孤舟里！三十日上船时，从汽车里下来，走进码头门口，一眼望到硕大无朋的 André-Lebon 的时候，我的心简直要跳出来！我自己也不知道，是我自己的意志呢，还是外物的诱惑呢，要把我送到这么一座愁城里。心里一酸，几乎滴下泪来。这种回忆，五日来常在脑中回旋。今天更奇怪了，当我躺在甲板上帆布椅里的时候，我跷着脚，侧着头在胡思乱想中，忽然发见我的一双脚，我心里竟喊了起来："是什么东西裹在这两只裤脚中？……是一架会说话的机器吗？是一副行尸走肉吗？"我那时真是惶惑得无措，我已不知有自己了！记得我十二三岁，尚在家里过严格的家塾生活时，有一次我在母亲房里的镜子中，照见自己的面容，我忽然疑惑起来！我是人吗？什么叫做人呢？我脸一动，镜中的脸也跟着一动，我微微一笑，它也跟着一笑。那时，我自己几乎疑心是妖物了！我也不信我自己有自己的意志，有自由的思想的！这种童年的往事，至今铭刻心头，而不料今日复重映一次！"是我自己的空虚愚妄神经衰弱的幻象吧？"啊，我不禁怕起来！

啊，写了不少的神奇鬼怪的话，几乎使我自己也疑心我要发疯了。爱我的朋友，母亲，一定更要担心了吧？这只孤弱的小鸟，正在茫茫大海中彷徨，徘徊，不得归宿，真要使母亲怎样的悲哀难过啊！换个话题吧，让我。

三日晨九时，我们的船在两岸青山，一港绿水中到达了九龙。船即泊在九龙。我同洪君跟了三位香港大学学生渡到香港，到他们校里去参观了一周。名震东方的香港大学，今日竟得拜识，真是有缘！可是给我的印象并不好。我们看过他们的大礼堂，大讲堂，图书馆，化学室，病学馆，那些地方确是全校中心，包罗万象；浅薄如我，目光如豆，能看出些什么来，敢来胡说？只是我也参观了他们的寄宿舍，他们的 Union（即学生俱乐部之类），听到了他们同学中的问答，注意到了他们同学的举止，从这些，这些上面，我只感觉到大英督宪（我亲见一部公共汽车中的布告这么写着！）优柔政策之可感，使我们的高等华人子弟，也能享受到他们之所谓"教育"！全校充满了金钱，势力，英语，豪华，富贵，尊严，而又可笑的空气！（写至此不禁又令我联想到屡次听到的关于香港大学的零碎故事，如他们的国文讲题之类！）全校地位极幽静，蜿蜒曲折处在万山中。大英督宪，能如此上秉大英殖民政府之意旨，下体莘莘学子之苦衷，设计谋画，尽善尽美，真是皇恩浩荡！只有叩首顿首，诚惶诚恐，捧着书本，懿欤休哉的了！

参观时天已下雨，我们承三位萍水之交殷殷招待，临行更蒙他们馈致车费（因此时我只有金镑没有港币），私衷铭感不可言喻！

归途到先施买了一打风景片，又买了两张横而长的香港全景，算做一瞥的纪念。不幸在途中给工人一撞，撞在雨水淋漓的地上，弄污了几张。我买的一打西点，也被他撞落两个。上渡船时，洪君替我拿着那剩余的十个（装在一只纸袋里的），不料因匆忙故，散了一跳板。于是三毛大洋，随着轮船初动时的绿波，向江心荡漾去了！

下午五时，船复启程。香港全景，自始至终在烟雾弥漫的水汽中若隐若现。不过卓治君说的“香港则有壮年妇人满面抹粉的一种俗气”，我也与他有同感。而我更觉得它的水非但绿得可爱，竟绿得有些可怕了！

船很有些动，我心里泛泛的稍觉难过，让我甲板上去躺一会吧！

关于香港，我还有几句话：他们的电车没有拖车，而有顶车（这个名字是我杜撰的），就是在车上再叠上一车；在马路里行走时，好像一部塌车装满了箱笼在搬家。他们的汽船，也是两层的；上层的叫头等，下层的叫三等。香港的房屋更不必说都是叠得“高高的云儿”了！香港人真爱叠啊！

在香港大学寄宿舍的窗里，我望见一座学校，校牌高挂，写着四个清道人体的“尊经学校”！在归途的公共汽车里，又看见“陶淑女学”，我不禁又想起侨胞的保存国粹，多爱国啊！香港天气正当上海十月底的模样，我只比上船时少穿一件绒线背心和一条羊毛裤子。此刻（到西贡的隔日）也还穿着那套夹西服，不觉热。虽然有人已穿起白色衣服来，但我尚觉用不着那么早。

海上气候很坏，自离沪以来，没有整天的太阳出现过。昨今两天也只晴了一大半天，此刻（四点未到）又阴霾起来。月亮也只于开船后第一夜见过一面。记得上次月圆时，正同炳源深夜在江湾路上散步，诉说着下次月圆时，我已在红海里了。现在算来，却只能在西贡；而月儿肯不肯在西贡露面，也还在不可知之数！

水色自过香港后，一夜之间变成深蓝，今天的水几乎蓝得像黑了。变幻啊，变幻啊！

舱中仍只两人，还算清静。不过在走廊里，常有难闻的气味袅袅地酝酿着，今晨洗了一个浴，可是冷水龙头里偏没有冷水，上面莲蓬头里，和下面热水龙头里，倒是滔滔不绝，几乎把我弄得没有办法！

好了，这些琐琐屑屑的事永远写不完的，不要烦扰你们了吧！

怒安

一九二八年一月五日未到西贡时

三、故乡的六月旧梦

燮均兄弟，临照，念先，炳源：

在香港寄出通信第一，前天船未到西贡时寄出通信第二；现在船泊西贡，我要开始写通信第三给你们了。

发通信第二时是一月五日，那时我说过有人已穿白色夏服，而我却还嫌太早的话。不料只过一夜，到六日早上，便什么都变了！深蓝的海水，不知怎么一变变到又黄浊了！熏风拂拂，吹得你软软的，倦迷迷的。一到舱里，只好闷闷的感到低气压的苦闷。我不得不接一连二的开箱子，换行装。昨天下午一时左右，船抵西贡码头时，骄阳逼人，汗流浃背，竟完全是故乡六七月大暑天气了！

未到西贡前，先要在曲曲弯弯的湄公河（大约是吧？我的地理早已原璧归赵了！）里踱五六小时的慢步。两岸都蔓生着热带上的草木，矮矮的绿丛，一望无际。河面时宽时狭，有时竟狭到像我故乡的南汇城外的护城河差不多。我们在船里的人，几乎很容易的可以touch这两岸的矮林。这实在有些令人疑惑：这么狭窄，怎又容许这样的庞然大物驶进内腹呢？可是到底在十一点半我们午饭时，在一个转湾角里搁浅了十几分钟。所以它，André-Lebon实在不能不细心着，左顾右盼的迟疑着，担心着走那漫长乏味的路。听说我们开船时，还要照样的退出来，那真是如何的令人纳闷啊！

我在船上认识了一个俄国青年，他只有十七岁，但望上去好像是二十以上的中年人。他的家是在哈尔滨，他的父亲是眼镜商人。此次他是到德国去习眼镜学；也要到马赛上岸。他真讲得一口流利的英语！我真是怎样的惭愧与烦闷啊！我真要费了不少的力，才能把最简单最简单的意思达出。但他一些也不讨厌，没有轻视之意。他竟成了我的一个忠实的同舟者。（关于他的一切，我以后要另外报告你们。）船到岸时，我同他，还有洪君（唉，真是一个土气十足的蠢物！你们不要说我不听话，又是发个性了！炳源又要说我不忍耐了！但他有些地方实在蠢俗得令人不可耐），先到码头左右去踱了一阵，换了钱。一元港币换九角三分贡币，十个法郎换七角五分贡币。换钱的大都是红帽子黑脸皮的马来人！我又买了十只香蕉，价一角五分。——当我们换了钱正想还来时，我在水果摊上买了一根甘蔗，那时便看见一个穿黄制服的人，把六个铜元一丢，随手摘了挂在架上的香蕉四只。于是我就去买了，照他的例！他们也不敢骗我了。甘蔗是六个铜元一根，我疑心他有意抬高价目的。

啊，我忘了讲上岸的手续了！在香港是用不到什么护照的，你要上岸就上岸。到西贡可不然，在昨天早上船初进湄公河时，就有小汽船上渡上来的四个安南巡捕来查验护照。Maitre d'hotel收集我们的护照，等他来还我们时，发现每张护照上都多了一个紫色图章。上岸时，在船与岸接连的扶梯旁，就有人拦着要护照；但他只问一问“马赛？”我们的黑色的护照封面，在袋里稍微向上升出一些就算了。此外就无问题了。

我们白天上了一回岸，实在热得要命。而且路又不认识，遇见一位中国人，我同他缠了好一会：用法语，不通；写中国字，又不大懂，但他已能为我们雇车子到西贡花园了。每车价三角，俄国朋友嫌太贵，他说晚上来要凉快些，我们可以走去。

晚饭桌上，忽然少了一个我的芳邻——洪君；正奇怪时，他来了。说他正在机器间里看一个见过一面的“火伕头脑”，他们是同乡，所以国内时曾见过一面。他说今天晚上便可请他带路上去玩了，不过说是花园到夜里要关门的，不能去。

饭后，我们欣然地邀着俄国朋友到船尾同了“火伕头脑”上岸。我们经过了什么Bank，什么Hotel之后，便到了大街。那位“领港者”，有事分道去了。我们三人便径自徜徉去。买了三顶白顶帽，价港币五元，还不算贵，因为我在船上已向Maitre d'hotel打听过。俄国朋友要买中国鞋子，跑了好几家终没买成。他说他穿的是橡皮底的，太热；中国布底鞋他想要，凉快而轻便些。但我告诉他，穿中国鞋走路，非但不凉快而且还要脚底痛！

我们走着，走着，又碰到了一家日本店，外面有些油画片；还有高挂的一幅幅的又轻又巧的画幅，突然地被俄国朋友发见了，他说要买，我们便进去问价。我们第一句是英语，于是几位日本妇人中，推出一个很时髦的中年妇人来。她讲得很好的英语，她指示着价目；但看去她并不是这店中的一员，她价目也不大清楚，常要问一位柜上的老太太。

进门时我第一发见在许多圆桌中的一桌（就是那几位日本妇人围着谈话的桌子），有一个日本少女，穿着轻便的西服，在“做课”。（这是我们在徐汇公学时常用的一个名辞，炳源，是么?）她短短的头发，漆黑的瞳子，灼灼逼人地四射，简直是完全“东方的少女型”。她起立向柜内取出一本又厚又大的字典，啊，就是Petit Larousse！却不料这样一个令人缅想故乡，幻梦东方的神洁的少女，竟生长在一家出售文具用品，兼营酒吧事业的日本商店中！什么酒吧间，我本没留意；正当我们在论价选货时，进来了两个水手，向一只圆桌旁藤椅里一坐，那少女便立刻丢了笔，拿了一瓶beer到他们面前“咄”的一声把瓶塞拔了。啊，我的梦打得粉碎了！原来那店的后半部，还有一对水兵在打弹子呢！唉，天涯沦落的根基，怕就在此刻种下了！女人，女人！唉，我不禁抽了一口冷气。

终于买了十法郎左右的风景片、画幅之类，而怅惘着出了门。一路无神无气的回到了船上。高高的月，朗朗的渺渺的挂在天空，映着一江浊水，也粼粼着清澈起来。夏夜的凉风，吹入心脾，完全把我沉醉到家乡的夏天的旧梦中去了。S啊，M啊，刘君啊，小朋友们天真的聚会欢笑，如今都化作疑烟，飞向三十三天去了！

我真纷乱，把一切西贡的特色都忘了！

西贡，“Saigon”，我先说它的街道吧：——

绿荫参天，两旁的树木交叉着，拥抱着，令人一望碧绿无际，全像六七月里上海法国公园门外的街道一样，这是西贡惟一的景色！可是“惟一的”很多呢！满街满地的黄沙，满街满地的灰尘，上海的南车站后路实在远比不上。白色的硬帽，白色的制服，袒领的衬衫，攘攘者皆是；女人头上一块黑布直裹到脚；黄包车夫戴着蒲草制的缨帽，嘴里牙边都弄得血红的像吃人的野兽一样；马来人的刁滑会做生意，广东人的张口结舌……都是，都是西贡的惟一的特色！

船到岸以来，心神都定了许多。吃也吃得下了许多。碰巧昨天午饭有咖喱鸡拌白米饭，七天没吃饭的我，就像饿久的狼一样。船要停到十日再开，我们大可以舒服几天！横竖玩的地方很多。日里虽热得要命，夜里却凉得可人。海上的西贡，和晚上的西贡，给我的印象并不坏！炳源，今天是十五了！今夜是我们的第一“念纪周”！

在热的昏沉中一口气写了这些，写了这，忘了那，真是乱草一堆！我实在在挥着汗写，起重机一刻不停在打雷般响着，没法镇静，没法整理，只有请你们披沙淘金吧！

许多许多写不完的话，等明天再写，此信先交西贡邮局发出吧！

今天早上，已游过西贡花园，还好，没像学昭姑娘等一行人的受惊；差堪告慰！详细待后再述。祝你们新年快乐。

一九二八年一月七日下午二时半船泊西贡岸

四、俄国朋友

春苔先生：

你是时时刻刻在梦着法国的，我想你一定会联带着梦着“海上”“舟中”的种种吧？

我这一次的通信，特地献给你！第一是要想使先生在“一个月一个月你们未到时我是动身了”的幻梦中，稍微得到一些“聊胜于……”的快感，第二是要报告给你初相识的小朋友（我之于先生可以称得小朋友了吧?）如何的在捱，挨，挣扎这长途的海行。他表现出十足的稚气，乡愁，怯弱，彷徨，正可和先生当时“出航”时的经验，对照一下。这种旧梦的重温，也未尝不是一件新鲜的消遣吧？第三是特别地感谢你，为我发表这些通信，使得我的一切亲友们能从此得到一些较整块的我的消息，更可藉此略略安慰他们的长想渴望。还有整理的麻烦校勘的费力，我真不知要用怎样的言辞来表出我衷心的谢忱呢！

今天天气还是这般热，这般热，直要热上十七八天呢！此刻正值下午一时半，起重机的巨响，还是震耳的继续它三夜二天来的工作。闷热，热闷，我一直躲在饭厅里，电扇的风凉真是杯水车薪。实在无聊时，就“Lemonade”一瓶吧！喝完了好像清静了些，于是便想到刚和洪君去拿冲洗照片的俄国朋友来。

LEO　BARD The “Optic” Co. Harbin, China	眼镜公司 列沃巴尔德 中国哈尔滨

这便是他的名片，一切职业住址，道道地地的用中英文表现了。

他在上海上船时，我看见他常常孤独着在甲板上来回的踱。开船前有他的一个朋友，在码头上同在甲板上的他招呼着讲话，是英文呢是什么，我也记不得了，一会儿他的朋友走了，船还未动，他便拿着表对我一扬说：“two o’clock”，只有这么简单的两个字，但我已懂得他是在说“两点了还不开船?”不过我素来孤独的脾气，还有很窘迫的英语，使我不敢和他多招呼，因此从上海到香港的途中虽然他常露着笑容向着我，但终未问答过一句，他也只常常和一个穿警察服装的乘客在一起。

船到香港，这警察乘客上岸了；他也就变成一个人了。在饭桌上，他从未同别人讲话；大半是因为他不懂法语的缘故，还有一小半是他少年不喜和中年老年人混在一起的本色吧？

就在到香港后的一个下午，我们在饭厅里认识了。但我们并不先问姓名，只略略的谈了几句关于“到什么地方去”，“船四点钟开”的不相关的话。不过我实在忍不住了，才问他一句很冒昧的话“你几岁？”因为我一直疑惑他对我们常露微笑是善意还是恶意，所以我颇想知道他是大人呢还是不，不料他的答语真使得我惊讶万分。照中国算法他是十八岁，照西洋算法他只十七岁呢！啊，原来他竟比我年轻呢！他的面貌体格，确比我们老练魁梧得多，竟像三十左右的人。这实在使我不能自止的大大惊诧起来。昨夜我同他讲起这，他自己也说他有一张和他的叔父合摄的照片，人家看了以后，说他是哥哥，叔叔倒像是弟弟。此外使我惊讶的不但面貌比年纪老许多的那回事，还有他老练的世故，勇敢和镇静，也使得我非常奇异。更进而叹服他们的教育，他们的民族。啊，他们的将来，是如何伟大啊！他们的现象，如何可乐观啊！像这样的青年，才配称青年呢！

他确是一个天真未凿的青年，然而什么地方都找不出粗卤，暴躁的坏脾气来。

他告诉我，他家里是开眼镜公司的，住在哈尔滨已有三年了。此次他要到德国去习眼镜学。他又告诉我，他的父亲有七个弟兄，他只见过很少的几个。堂兄弟们简直不能相识。他又诉说比他父亲长一肩（意思是这个伯父正在他父亲的上一个，天气把我热得昏沉沉一时再也想不出什么适当的名辞来）的伯父，怎样的势利。他说，他的伯父在哈尔滨动身到美国去时，他父亲还借了他许多钱，到了美国却连回信都没了。他说到这，又说到美国人的拜金热，把他的伯父迷惑了！

他在香港到西贡途中，告诉我怎样可以避免晕船的法子。当我一到甲板上，他便会笑容可掬的走上来。走上来，走上来，这样便成了朋友了！

他在月夜乘凉时，又谈起许多文学作品，尤其是关于俄国的文学家的大作，他真读了不少。他说，俄国的中学期限是九年，前五年只读些文法读本，到后四年便都是文学书了。因此他读了许多许多的托尔斯泰，屠格涅夫，普希金，陀思妥也夫斯基，果戈里，……等的名著。他讲起他们时，真高兴极了。叙述他读过的故事，怎样的动人，怎样的有味。关于这，又不禁使我惭愧起来：他是学眼镜学的，所以几何三角，以及一切数学上的知识当然是很充分的了；不料他对于文学也有这样的欣赏的素养，这实在使我们贫弱空洞的病夫惶愧艳羡，至于无极的！更使比他大了一岁（照西洋算法我应是十九岁）的浅薄无聊的我，彷徨无措的。

他有一架小小的Kodak，可以放在裤袋里；他问我有没有，我说我不会的，他说这是非常容易的，为何不备一架呢？在旅行中将要如何有趣！唉，他们勇往直前，冒险无畏的精神，直使我羞死！他们简直无所谓“不会”。不会便学，学了便会了，正是他们的精神！也是人类的精神！萎靡的我，应当如何以此自励啊！

他用钱极省，而又极精明。他说他带有两打软片，只用了四张；但到西贡时他还是用得极经济，一定要拣他最满意的景色光线，才肯费去一张。他买东西也同样，他终不肯看见就买，一定要价钱巧，东西好，才肯掏腰包。老练的世故，老练的世故！

他又是多么会笑啊，我不是说以前一直向我微笑的么？他自己说，他一天到晚在笑的。关于“Japanese Shop”，他真不知笑过多少回！让我以后再述吧。

俄国朋友，俄国朋友，真写不完！暂时带住吧。还有一个杭州朋友，也待以后告诉你吧。

真抱歉，我给先生的信，只能这么一些些，短短的，无聊的，纷乱的。……也没法，因为我们还要作西贡最后之一瞥呢！

傅怒安

一九二八年一月九日船泊西贡第三日

五、赴新加坡途中献母亲

母亲：

在西贡看了四夜的月，看了四夜的西贡夜景。在淡淡的月光里，什么都被她的纯洁美化了。一切的卑污，都要遁迹。糟天糟地的西贡也同样的被她轻柔的，庄严的，伟大的光明洗净了！夜的西贡，着实给我以不少的好印象！

黄浊的河流在月光下变了鱼白色的涟波微动，隔江草屋，宛似故乡茅舍。孤灯三两，远远的在对我眏眼。芭蕉静静地，巍巍地站在它们背后，一切热带的植物密密地排列着。更远处，一片稻田静卧在月光下。夏夜的凉风阵阵送来尖锐深长的汽笛声，接着桅杆上顺次悬挂的红，绿，白，三色灯的小汽船婷婷地驶过。粼粼的水波被牵动成一锐角，正似一大群游鸭过后的水纹。黄色的月，早已变了淡白；而且高高的，高高的挂在我们船顶，非仰起头来不能看见了。这正表示着时间的神力！母亲啊，我实在不愿意放过这美景，我觉得这么静寂幽闲的境界，一生是难得有几回的。而且白天的炎热，更反衬出这时间的凉爽愉快；愈使我恋恋不肯上床。然而夜渐深，露渐凉，终于想起母亲的谆嘱，不敢不舍弃了所爱而与她道晚安了！

写了这西贡的夜景，更不禁使我联想到她的晚景！啊，这也同样是西贡的特点，同样是自然的神奇呢！船左的晚霞，正重重叠叠地在幻变，白云如苍狗似的忽而显曜，忽而幻灭，白光中隐藏着灿烂的金色。桃红的霞裳巧妙地围着，碧蓝晶明的青天拥抱着。更回顾船右，则蛋黄似的太阳，正在西山之半腰欲下犹上的留连着。红光满天，真所谓夕照！一眼望去，更看到绿丛中隐现的洋楼，绿荫下静躺的街道，何等的驯服啊！何等的驯服啊！这正和驯服的安南人一样！

说起安南人，未免引起我的感慨。他们特有的热带人的懒散拖延的脚步，女人们走路时左顾右盼不庄重的姿态，实在有些惹厌。我不懂：是否这晚照的夕阳，把他们沉醉了？是否这静寂的夜景，把他们催眠了？更不知是否满街满街的灰尘，把他们埋没了？……

在西贡上船的一个安南学生（也是到法国去的），正和我比邻同席。他那种太随便的坐法，双腿不息的摇抖，说话时掩掩藏藏的不大方，吃东西时发声的咀嚼，大口的狂吞，都使我不信是个受过中等教育的人！我真有些替安南人失望。

然而，回顾我的同伴，反省我自己，……母亲啊，我危惧！

昨天一早醒来，船已离开了西贡，在我们睡梦中离开了我可爱可叹，可羡又可厌的西贡？

船摇动得很厉害，加之几天宁静，一朝动荡，更觉难受。甲板上风太大，不能久坐；没法，只能躺下。躺了一天一夜。饭是起来吃的，可是吃了又躺下。头有些空洞，可还没吐；实在风浪并不大。今天我起来了，能坐在饭厅里给你写信了。母亲，放心吧！

海水又变了两次了，昨天早上是绿的，今天变成深蓝了，不知明天到新加坡时怎样。

不能多写了，祝母亲平安康健！

你惟一的儿子

一月十一日在西贡赴新加坡途中

六、离愁别梦

牟均，燮均：

一九二七年末日前夜，我们在凄凄惨惨戚戚的咽呜中，握了最后一手之后，迄今已快半月了！

在朦胧臆测之中，过了浙闽诸省的海关。复在雨意重重中，别了挥臂牵袂的九龙，过了“英国人的乐园”的香港；更踏到了法威赫赫的西贡。现在正离开了新加坡，向印度洋驶去；大概明后天便要一撄其锋了吧！

怯弱的我，带着委委曲曲的隐情，含着孤孤寒寒的愁意，抱着渺渺茫茫的希望，无可奈何上了船，割弃了所有的爱我的亲戚朋友，鼓着青年时仅有的一些活力，望着大海中飞去。不料天地之广大，宇宙之奇观，只使我更落到彷徨无措之悲号苦境中罢了。

自西贡启程后，因几天的安定更衬出海神的播弄。我只能在床上躺了整整的一天。静听着窗外的海波轰轰地击撞过来更听它峥然地波花四溅开。可怜的稚嫩的我的心啊，只被它击撞到摇摇欲坠；抑压的无量数的我的愁啊，只被它丝丝乱抽。中心只是一阵阵焦急烦闷占据着，化出来的浓烟，便浮在脑中酝作乌云。

我想到动身前三夜的母亲的谆嘱告诫。她自从答应我去国的时候，在凄惶的允许的言辞中，已满蓄了无限的期望勉励之意。其后在一个半月的筹备期中，见到我时，终提起那悲痛激励的话头。到临走前之夜，更是满面纵横着泪水的致她那最热烈、最急切的希望！在断断续续的哽咽中，泣诉她一生悲惨的命运的，最后的曙光！啊，母亲啊！我那时是如何地感泣，如何地郑重应承你那再三的一句话："你数年来在国内的操守，千万不可丧失啊！"啊，母亲！我数年来的流浪颓废的生涯，只在死气沉沉，苦闷窒塞中待命；你却还以为我说有嗜好不会，游荡是我的操守呢！母亲啊，你这句话真使我心底的泪泉奔涌！我更想到十六年来母子二人相依为命的环境。国家多故，生活堪虞，母亲以一屡经患难之身，何能再受意外之激荡？此五年啊，五年，母亲！我实在有些放不下你！我家风雨飘摇的危期，是由你，母亲啊，撑持过去了。然而环伺我们的敌人，又怎保得不乘此罅隙，再来袭击！而且，你素性坚强，些须小病，从不介怀，伤风咳嗽，永不延医。尚记得，你有几次卧病了，还力拒服药；直到你要我服药，我以你也须延医为条件时，你才勉许。这五年中怎保得病的恶魔不来侵扰，天气的轻变不使你感冒呢？母亲啊，这些，这些，凡是我所不能放怀的，你统不放在心上，你竟不坚持地允许我的远离，数万里的远离！你竟不踌躇地答应我的长别，四五载的长别！你只是鉴于父亲前车覆辙，而再三再四的叮嘱我"交友啊，要好好当心！"更进一层的你三番二次的对我说："如果你去后发见你身体不好，或是有什么不惯时，你应立刻归来，切不可以为重洋跋涉，一无所得，羞见父老，而勉强挣持！儿呀，你千万要听我这话！……”说时你是声泪俱下了！母亲啊，你竟是没有了你自己，只有你儿子一人了！你的世界里，你是早已把你自己和父亲同时取消了！现在的你是只为我而生活着，母亲啊，你的爱啊！你的伟大啊！你的无微不至的爱啊！你的真诚彻底，无目的的爱啊！

我更回溯我渺小而短促的二十年生命中，除了前四年是被父亲母亲共同的抚育教养之外，其余的十六岁都是母亲啊，你一手造成的！你为了我的倔强，你为了我的使气，你为了我的无赖，你为了我的嬉游，这十六年中不知流过了几千万斛的眼泪！尤其是最近几年，更常常为了一些小事和你争闹，竟闹得天翻地覆，不得开交。所谓大逆不道的事，我都闹过了。我只为你爱我而束缚我而反抗，而怒号，而咆哮。我几次演成家庭的悲剧！你都曾极忍辱的隐忍了，容纳了。你还是一心一意把你的每滴血都滴到我的血管里，你还是一心一意把你所有的精液灌到我每个纤维里！母亲啊，你之与我，只有宽恕！只有原宥！只有温存的爱抚！你一切的抑郁呜咽，只有在夜静更深的时候，独自听得的！……

然而母亲，你十六年的心血的结晶的我，负了这般重大的使命而在大海中彷徨，而在黑暗中摸索；坚定确定的观念，隐隐中又已起了动摇！母亲常说我“心活”，母亲，我的确有些心活！然我不得不心活啊！我的心真是在怎样的压迫之下哟！

我更想到上船的一幕。你泪眼晶莹的上汽车，你眼见一生的惟一的曙光的儿子，将要像断线的鹞子一般独自在天际翱翔，独自在海边觅食了。慈母的企念永不能有效力，殷勤恳挚的教育再不能达到！你竟把你泪血的交流培养长大的孤雏一朝撒手了！母亲，我能想到你那晚汽车中的流泪，比我痴立街头靠着炳源不住抽咽的泪还要多；我更可想到这十几天来的你的午夜梦回，你的晨鸡唱觉，比我的离愁别梦，比我为海病凄惶，更要苦楚悒郁到万倍！

五年啊，五年啊，母亲！这五年的一千八百多的长夜，你将如何的过去啊？

母亲，你是有失眠症的。往往夜里做活，到半夜过后才上床，到了三点一响便醒，再起来点着灯独坐做活的光景，现在复在我眼前憧憬了！

母亲，你是有脚气病的。往往白天多走了路，夜里便要脚肿得穿不上鞋。行前我回家的几天，我仍是这般的大意，后来从家里出来上汽车时，那忠恳的女佣偷偷地郑重地说：母亲这几天又在脚肿啊！母亲，我再三托叔父陪你看医生，不知现在实行了没有？医生的诊断如何？医生查验的报告如何？不妨吗？无害吗？……

我更想到母亲的多劳：无论乡间的打架吵嘴，或是族中的纠葛讼事，都要诉到我母亲跟前来。甚至学校募捐，穷人写愿，无一不要来烦扰母亲。然而，母亲为了我，已够把她的生命的活力消耗了，更还有什么余暇，什么精神来管这许多闲事？我出门前，拜托族中的长老说："母亲年事渐增，精神渐衰，族事有诸长老主持，乡事有里正绅士评判；老母何能，敢来越俎，谨乞代为婉辞声说谢却！"不知他们已否谅及苦衷？更不知诸乡人能否曲谅，不再上门诉说否？……

唉，……我想到母亲的事，真是写不完，说不尽呢！我的心更如何放得下！我竟忍心开口要求她允许我的远离，我竟忍心真真的舍弃了她而上路！我更不知自爱地在大海中彷徨！……母亲啊，我的罪孽，将要和你的至爱永古长存了！

牟均，燮均：我是这样地躺了一日，想了一日，也这样地梦了一日！

我梦见我将要上船，还未上船时的忙乱；亲戚朋友，齐集一堂的预备送我，正像前日一样。我更梦到船的临时延缓开行，和诸亲友意外欢欣地叙谈那珍惜的最后的时光。我更梦见母亲的临别时的流泪，我也对泣，因此而在梦中哭醒了。醒来还是白天，三点半的茶还未喝过，船还是那样的把我的脑袋摇晃。于是我揩揩泪痕，又沉入冥想中去了！

这样的梦，梦别离的一幕的梦，差不多梦到五六次以上了。昨夜还是做着这样的梦呢！至于我的冥想，想前途的渺邈，那更是无时无地不想的了！现世的虚空，未来的梦幻，叫我日夜徘徊着！一切的诱惑。种种的恐怖，令我时时刻刻担心着！

牟均啊，于是我更想起你来了！

牟均你是这样地期望我的人，你是这样地爱护我的人！

“青年终该要血气盛一些的了，何况像你这样燃烧得太阳一般的人。袒着胸要拥抱全世界的人。固然是未来的光明人生的象征呵。但我就是为相信了你爱的真诚，愿延留你到人们已到喊得醒的时候。……”

牟均，你是这样地热切地要延留我的人，我应当如何地延留自己！

你更说：

“我们惟一的力是生存呀！有生存才会明白透彻，有生存才有胜利。有所为的人必能有所不为。能守方能言攻。狗偷阿世者要谙练世故，旁观研究者也要谙练世故，革命党尤其要谙练世故。我们不信善恶是天外飞来的。不研究不知人生真相，不知善恶根源。而且防防暗箭躲躲明枪，表示不赞成别人有如此自由，亦不算怯弱呵！……”

牟均，你这样的轰天大炮，的确准对了我的厌世的人生观，的确参透了我的人生的烦闷苦恼了！入世，入世，你如何地叫我“要谙练世故”呵！研究，研究，你如何地要叫我“知人生真相，知善恶根源”呵！朋友，我的确太怯弱了，太怯弱了！我应当入世，我应当研究，我应当勇敢！

牟均，你同信封内的第二信有这样的一段话：——

“据福祺的面述，你们赴法的最大原因是逃避烦闷。什么是烦闷？为何要逃避？神经不甚健全的我，不胜其杞忧呢！为的是烦闷的光降，是不可知的。逃避吗？我的闲钱呢？……”

朋友，我现在已经把你的话体验到了。你和燮均才是神经健全的！（我在三十夜，在船上和临照福祺这样地说过了的。）燮均那晚因为临照的说起烦闷的缘故，也曾发了一阵和你同样的言论。牟均，我告诉你：我此次的赴法，逃避烦闷固然是个大原因，但我之所谓烦闷者，其成分恐怕与福祺的有些不同。因为我的烦闷中，细细的分析起来，还是读书的烦闷，追求人生的烦闷居多。我曾好几次想过：我数年来的颓废生涯，应该告一结束了。空洞的头脑应该使它充实些了。这样我才发了赴法的宏愿的。现在的种种，我只望它是离愁别梦，我只望它是我厌世的悲哀的人生观的余波！我应记住你的希望，我应勉力向着未来前进！我应当为我的母亲，为我的朋友，为我的爱人，为我自己，勉力延留着！

我更该记住燮均在船上的最后的赠言：——

“希望你不要忘掉世界上还有这样的一块烂肉！你应当救出在烂肉上受苦的人，你应当敷复这世界的创痕！”

这几句赠言，于我是当然担当不起。但是我是如何怯弱稚嫩的人，应当竭力肩起这肩不起的担子！

窗外的狂涛，比晨间狂暴得多了。我应当袒着胸去接受印度洋的洪波，我应当把炳源说我的胸中的毒汁（即谓我厌世悲观）荡涤净尽！

末了，我应在此向牟均燮均道歉，我常贸然的发表我们私人的通信。并且这样的信，也不直接寄你俩一封。请恕我，我实在无力再抄一遍！这是我的草稿，这是我的誊正！我更应在此向读者诸君道歉，我常以私人的疯狂的情绪，来糟蹋你们宝贵的篇幅！（牟均，我真惭愧，还脱不了你的所谓的“臭文人”的习气!）

告终了，祝你俩兄弟的快乐！并祝国内的诸亲友都好！

怒安

一九二八年一月十三日离新加坡后一日

明天一早可到哥仑坡。印度洋竟很驯服呢！

寄语诸亲友放怀释念！一月十六日下午四时

七、我们在半途

船自新加坡开出后，足足走了四整天五整夜，才到印度半岛之南端的哥仑坡。预想中恐怖的印度洋，竟比上海到香港途中的“中国海”还驯服！大概一半也由于半月来惯于小小的簸动的缘故吧？可是海神虽这样宁静，而我的思潮却总是汹涌着，冲击着无有停息。以前六次通信中，大概可以完全表出我这样的骚乱吧！提起笔来，总是牢骚满腹，把写信时清明的头脑搅得混乱。一次写信给春苔先生，说了许多什么感谢的语，还说可以引起他怀旧的情绪的话，然而终于在俄国朋友身上纠缠了一下，便数数页数，手也酸了，头也胀了，就此草草完结。一次写信给母亲，想着实地报告她一番我途中的经历，生活的详细，而终也只对于我们同运命的西贡发了一阵无聊的感慨收场。……上次的信，总算给它一个总解决，大发泄，应该可以安静几时了；不料仍是夜夜做着乱梦，天天睁大着眼上天下地的呆想。想到终了，欠债还是不能"赖脱"，当此年涯岁边，尤应把宿账一笔勾销，因此竭力镇压下了游神荡魄，来补写西贡的动植物园。

"Jardin botanique"，这就是西贡动植物园名称之由来。里面满是热带的动植物：树木不少，花草不多，而且除了在家乡常见的芭蕉棕树外，差不多都是不知名的。因此，除感到绿荫满地的凉快外，也就觉不到别的兴趣。只是薰风拂动着树枝，轻灵的虫声飘过耳边，仿佛在梦中回到了故乡的盛夏。

从小在教科书上认识的"似猫而形大"的老虎，这次真的给我认识了。水门汀洞穴里，隐约地横七竖八躺着四五只。隔壁的铁栏中，一只张牙舞爪大踏步的来回着踱，好像一个人吃饱了饭，为消化起见而来回的踱步一样。蠢笨的象，见到两只。他的大鼻多么蠢又多么灵巧！简直像人类用他的手一样：它能用来抓痒，它能用来剔齿，它能用来去垢；末了，它还能向外一扬，像秋千一般的往外一荡，一扬一荡出许多污水，向着我们观众射来，表示它有这么一件武器，是向我们示威，骄傲，真蠢呵！

斑斓的豹也窥见了，只是懒洋洋地在打瞌睡，和一息不停、东跳西跑的猴子，正是绝好的对照。四脚蛇，大乌龟，脚盆大的大乌龟，四五丈长的长鳄鱼，都看到了。还有许多什么鹿啊、獐啊，在温带上常见的动物也不细写了。至于种种不知名的禽鸟，也恕我无味去记述了。那天并不完全逛完，只照了一个相就出来了。

西贡除了这个富有的Jardin外，使我得到很深的印象的还有公卖的鸦片间，——我几次忘写了。这次记起，真是大幸！——就是上海所谓的燕子窝，不过他们是堂而皇之的公开售卖的罢了。一间黝暗的铺子，只开中间或侧面的几扇木排门，外面横着一块金字黑漆的招牌，叫做什么灯铺。名字简单而又生涩，我一见便觉奇怪。后来在一家这样的"灯铺"前站了一回，尽我可怜的目力，向着内面望去，便瞥见一灯如豆，一榻横陈，一个个活尸横躺着，正在做着好梦。于是我才恍然大悟！原来是法当局比我们贵政府的财政部，早有先见之明，在实行他的公卖政策以裕财源了！可怜我们的先知先觉的国民政府的救济国库之上策，还是从他们那里学得来的！我不禁倒抽了一口气，连细细去记他名字的勇气都没有就走了。

西贡，西贡，就这样的在我眼底消逝了。

接着便到新加坡。

"Athos号"上说的"找个英国当局签字"的手续也没有，就容容易易的上了岸。他们居留的人固要听英当局签字，我们路过的却很可随便的玩赏一下。可是他给我的印象也并不好，街道的灰尘虽没有西贡的万分之一的多，十二分的整洁也未见得。我们的同胞，是这么地多，竟使我想不到是在英国的属地上行走。可是同胞也好，不同胞也好，反正是言语不通，张口结舌，比我不会讲流畅的英语法语还要加倍的阻隔！素来闻名的水果出产地，却找不到好香蕉。后来还亏俄国朋友下午上岸时，倒替我买到了二十一只，价也比上海不了巧。车夫的愚蠢，却比上海华界上的初次拉车的江北人山东人更要愚蠢！问他价钱，老是不晓得的；甚至拿出新加坡的钱来同他做了好多手势，还是不懂，只是像哑子一样，只管请我上车。可怜啊，不讲价而坐车，是有被敲竹杠的危险的；胆怯的我，如何敢领受你好意而踏上你的车子呢？

船停十小时左右，又启碇。红树青山中，耸立着资本家的洋楼大公司的堆栈。更巍然地虎视的，是大不列颠的炮台！风景虽不错，胆子却也骇坏了。而且只也是"金玉其外败絮其中"的新加坡！

"'归航'Athos号"上描写的A la mer，也实地看到了。可是自始至终，没听见他们喊出"A la mer"三个字，他们只用手势指示着海，而乞求船客丢钱。我为了俄国朋友要拍照，也丢了三法郎。但那种把戏实在引不起我什么兴味。生长在这种地方，会这种本领，算不得什么奇怪。只是一打的小艇中，有两只是父子般两人的，却不能不把我微微骚动了。每逢有钱丢向他们船旁时，父子两人必同时下水，而往往是儿子拾得钱的。大概父亲不过因为放不下心，下去看护看护吧！或竟有心是让他儿子出出风头吧?！还有一只的父子二人，年纪可相差得悬殊了！竟可令人想他们不是父子，而是祖孙。白发堆在苍老黝黑的脸上，显出他一世的辛劳；稚嫩坦白的小孩，大概不会超过十二岁。这对相依为命的可怜虫，却还受着运命的欺侮；在我注视的开船前半小时内，不见有一个法郎落向他们的范围之内。运命的欺侮人啊！运命的欺侮人啊！

他们于下水拾钱之外，在没钱可拾时，就打球。球约玻璃杯口大小，球板就是他们的桨。两人对立立在仅容双足的小艇内，相隔五六丈至七八丈的来回的像打乒乓，又像打网球一样的玩着。有时因为对手打过来的球方向不准，或是部位不对，此方要去救转的缘故，往往身子跑出了重心，一个筋斗翻下水去；引起观众的哄然大笑。

我们的船就在这样一阵热闹喧笑过后的冷落厌倦中离开了新加坡。

昨天晚餐时，就有人纷纷传说，今早六时可到哥仑坡的话，果然今天在朦胧中抛锚的机声惊醒了我的宿梦，淡绿的水色，环抱的长堤，都证实了我的确被运到哥仑坡来了。

穿好衣服，俄国朋友便来敲门，问我护照签字没有。他说他自己的已去签过了。我急忙跑到Pont E的头等舱休息室中，找到了"英国当局"。所谓签字者，就是盖一个圆章而已。

以前经过三埠，都有MM公司自己的码头可靠，此次却只能同别的船一样泊在港中央了，八时便有公司的轮渡来接乘客上岸或游览。我们就是这班轮渡中踏到了锡兰岛。那时天气很凉爽，还带着夜来的清静的空气，颇使我感到快适。太阳也没西贡一样的酷烈，大概时候还早的缘故吧！街道的宽敞清洁，和有秩序，更加增了我回想中的对西贡新加坡的憎恶。

我们自上岸之后，半小时内，都被从来未有的一种过分的好意温情包围着。（这种印度人的会做生意，反转来说时，也可说是惹人讨厌！）招徕汽车，领导游览的头缠各色各种包巾的人，一会儿法语，一会儿英语的紧紧的追随着我们。其中的一个，自始至终共跟了我们约有十五分钟光景。我呢，并不是没有游览的兴致，只因同行的俄国朋友，他是永远不赞成坐车游览的。他说一则价钱太贵，二则容易上当；但我说他都是因噎废食的理由。不过我此次沿途花的钱也不少了，留下了待将来归来时再逛也使得，所以我只能在非常抱歉，辜负他们一番盛情厚意中，跟着他们无目的的闲荡去。

经过市街时，只要不是大商店，无论什么兑钱店，珠宝店，杂货店，门口都有伙计大声招呼着，有的喊着“Post Cart”，有的打着问号喊“from Saigon?”来欢迎他们意想中的安南人（不错，我们同行四人中，有两个是安南学生）。沿途的人力车，汽车，也无一不是随时随地的献殷勤；这实在是我此行第一次经验。

我们在一家公司似的杂货店内买了些风景片。两个安南学生又买了些信笺封、饼干之类。可是价钱真贵得怕人，一罐小听饼干（至多不过一磅半），价一罗比六角五分（一罗比约合十法郎五分）。一支牙刷，在上海先施公司也不过卖到五角，而他们则要一个半罗比！赫！他们之这样献殷勤，会做生意，原来有这样的背景！

香蕉简直小得不像香蕉，我终于失望了！一月十七日下午船泊哥仑坡忘了：离我们的船不远，与我们平行着，正泊着MM公司从马赛开赴上海的General Metzinger！我们在半途，他们也在半途，但他们是归到我的故乡去的，多么可羡啊！他们一天一天的接近他们的祖国了！但他们船上，一定也有许多出航的羡慕我们船上的归航的人吧！

上次在香港遇见同公司的Anger开赴上海，此次在Colombo又逢General Metzinger。在旅途的寂寞惆怅中，遇到了同公司的船，真好像在千万里外，逢到自己的兄弟姊妹一样，感到莫名的亲切，安慰。

一月十八日船航印度洋中写完

（阴历十二月廿六日）

八、旅　伴

一

多么无聊呵！天天这样平凡地刻板地过去。

旅伴们大都感到这种长途的寂寥和厌倦了吧！看他们天天在甲板上闲步，吸烟，说笑，看书，逗小孩子玩，以及种种想尽了方法来忘去他们现实生活的无聊时，便可知道。然而天天闲步，天天说笑，天天吸烟，天天……也就愈显出平凡而无聊了。

一路上旅客的增多减少，不免引起我一些老套的呻吟，感叹人生聚散，原亦如是的话。然而索性看破了这走马灯，自己站在灯外细细地赏鉴每一个纸人纸马的个性，姿态，倒也是一件达观可喜的事。现在的我，就想把不期然而相遇的一对对纸人纸马来客观地描写一下，更主观地逞着高兴批评一下，聊以消磨这平凡刻板的可厌的光阴。

我第一个想起的是“英国音乐家”。这并不是因为他托我买“歌曲集”，而我说“一些些不要钱的”小小的市惠的缘故；实在他有令人特别注意的地方。

他的年纪约莫有五十多岁，可是他的康健，却看来至少有六十以上。当我看他很小心而艰难地跨上 Pont D（即三等舱和头等舱接连的甲板）的扶梯时，我不禁看出他的老态而说他的身体大概不好。俄国朋友羼言了：“我想这是因为他太多讲话的缘故。”经我用一种奇怪的问语问他后，他便告诉我，“这英国人自己说他是音乐家，musician，他各种言语都会说，European language 不必说；中国话也说得很好，不过现在忘掉了。他自己又说他什么东西都研究过，哲学，文学，……差不多所有的学问都给他读完了。……”我给俄国朋友这样的一说，才恍然大悟的懂得他的“我想这是因为他太多讲话的缘故”。

他的确很有英国人的特性，很自尊，很傲慢，走起路来，在不太方便的步子中，还保持着他的尊严，在饭厅里吃饭前数分钟，他开始奏piano了。枯老的手背，每根青筋都跳起来，如飞的指法，表示他的熟练。虽然手指有些僵了，但还不愧为老当益壮的音乐家。可惜他从没有好好地奏过一曲，或是奏完一曲。大概他是因为我们——船上的旅客——都是凡夫俗子，不懂什么叫做音乐的缘故，而不屑费他宝贵的精神，来演奏“对牛弹琴”的高尚的音乐吧？

每当他演奏时，总是东跳西跳地搬动了一会手指之后，便仰起头来对看他的人微笑。那种微笑，真是十足道地的微笑！既不过分，又不勉强，我在此更可钦佩那些受过好教育的英国人的丰采。

他还有一位女儿一同在船上，专门练习一种像harp一类的乐器。每当他的老父按piano的时候，遇她高兴时，便三脚两步的跳几步舞；身段婀娜得很。只是看她的身体，也有些遗传的不健全。她平日很少到甲板上来，虽是极热的天气，也仍躲在房里。她到饭厅用膳时，往往很迟。譬如吧：晚膳的第一只汤，大家用过了，她还没来；于是她的老父便站起来，搬着看来很费力的老步，到扶梯口撮尖了嘴“吁——吁”的吹叫几声，——他那种“吁——吁”的声音真是如何地尖锐有力啊！又是带转弯的声音。那样神秘而又慈爱的呼声，好像他的音乐一样，不是平凡的我们所能了解的。经过这“吁——吁”的呼声后，半分钟内便见他的爱女姗姗地来了。

他，这音乐家，穿的衣服很奇怪。在上海开船初几天，他是穿的一件中国绿纺绸的长袍。皮的？棉的？夹的？我都不知。有时外面再罩一件红色雨衣。长长的身材，长长的面庞，鬈曲的花白的头发下，架着一副很深的上下两种度数的眼镜。以后天气渐热，他便脱去了那件中国长袍，而改穿像我们一样的学生装了，大概是白帆布吧？不过我们常常可以在他的背上胸前，发见几个补钉。

他在香港以前，简直不理我们的，只同几个他同桌的欧洲人谈话。以后不知怎样的和我兜搭起来，看见我在写那些通信时，他往往带着高贵的微笑在旁边看着，在沉默了一会后，他便问起什么中国文字的写法（横写直写之类），中国文字的难易。一句法文，一句英文，随便着讲。以后他又见我在看一本临照送我的歌曲集（即中文名歌五十曲），他高兴得了不得，拿去试弹了几曲，“All are Chinese! All are Chinese!”便请我写信到上海替他买，给我一个他的通信处（新加坡 Cook Co.），说如果即刻就写信——我记得那时是船泊西贡——那么十五天内便可到手。他说钱等一等付我，我就说“一些些不要钱的”。

他又和我说起信仰的问题，问我信不信 God，我说不。他又做手势，学着中国人跪拜的样子问我信不信中国的 God（他那句话是“Chinese God”），我又回他说不。于是他诚挚的议论开场了，说一个人没有信仰是没归宿的。世界万物，一切都是自然的力，自然的力便是神的力！你为什么不信自然，不信神呢？他说了许多，俄国朋友在旁和他辩了一阵。我知道和他辩是无用的，况且我的外国语可怜得可怜！所以到末了，只简单的回答他说：“我不能一些没有研究就去信从什么学说理论。我对哲学，宗教，都没研究过，所以我不能盲目地有什么信仰。”

他在新加坡就上岸了。上岸时特别地来找我，用力握了握我的手（我往常遇到欧洲人握我的手，总是又像握又像不握的，像中国人见面时的点头一样，又像点又像不点），说了许多感谢的话，说收到歌曲集后一定就写信给我，于是他就走了。

记得过西贡后一天，他拿了我那张有地址的名片用铅笔写“a Voyageur of A. Lebon，Jan. 1928”。他一边写一边说“不要忘记！不要忘记！”他又说他是个 traveling 的人，说不定明年会到巴黎，那时一定来找我。

他上岸之后俄国朋友同洪君说起他时，便说他父女俩是做戏的，说他们一切做戏的器具都有。他们说时有一种轻视的表情。不禁令我想起莎士比亚当时也只是一个流浪的戏子呵，如今你们便五体投地的崇拜了！唉，人间！人间！现世！现世！

我也并不对他有什么感情，或是佩服他果有音乐的本领或天才，或是说他说不定是将来的莎士比亚。我并无这种幻想。只是觉得现世的人类太可怕了！他们眼中的戏子，他们口中的毁誉！唉，唉……

——写完了这些，自己看了一遍，发见了我描写的这音乐家，许多地方不免逞着感情，和我末段说的话矛盾。但是，恕我吧！我本是在矛盾冲突中讨生活的人！

饭厅里右侧的窗子统关了，浪的巨响开始在耳中听到。大概六七天来驯服的印度洋，要跳一跳，显显本领了吧！但是我还是不去理会，不去管她的好，还是断续写我的旅伴吧。

第二个我要写的，便是那位杭州人孔先生。他是一个橡皮商。大概是合股的吧，他说在新加坡有一个总公司，上海有个叫光明，还有一个叫什么的公司。也是他们的分公司。他最初认识我们，是在吃饭时。据他自己说，听我们的话很像江浙两省的人。第一次洪君被邀到他房内去坐，我为找洪君的缘故，也接着坐在他局促之至的房内了。他非常殷勤的招待着，问我们晕船不，请我们吃橘子，临走又再三说，要喝茶，请到他那边去，有好茶叶。虽然我是不大热心于喝茶的，但他这种盛意却很可感激的。

他说的纯是杭州话，所以有些地方要经再三的解释后才能懂。中国人真可怜啊！

有一天，在甲板上和我们谈了一黄昏。他讲述新加坡的风景，土产，气候，生活程度，币制，商情。他说他们的“橡皮事业”，是在新加坡英政府租了好多的山地去开垦，种植橡树，然后再慢慢的一步一步，像中国人从棉花织成布一样的取到流汁的橡皮，运到各处去当原料卖。他讲述他的山地。又是荒野，又是多吃人的野兽。于此，他讲了许多老虎，象，豹，鳄鱼的行动，特性。概括的一句，他说，无论什么野兽，你不去侵犯他，他少有来侵犯你的。

他又讲述新加坡的各种果子，各种味道。他又讲起驾驭工人之不易，他说江浙两省的人总是吃不起苦，他们至多一年半载便吵着要回乡，少有做三四年以上的。

他又告诉我们，他十数年来航海的经验。他说他乘过各个公司的船，法国船却是第一次。他说有一次在香港因为贪便宜，上了一次大当。那时有只叫中国邮船的，他便搭了。其实是野鸡船，没有公司，没有组织的。所以一到新加坡，未进港，就被英当局扣留起来，把全船的乘客统赶上一个山上去，天天洗硫磺浴，还有种种要命的消毒；总有一个月光景。他说，这一个月中真受尽了“西崽”的磨难。末了，总算放了出来，用小汽轮载他们到那一月来可望不可即的新加坡。

据说，这种办法叫做“埋山”。凡是野鸡船都要这样的被“埋”的！

他讲的真多，我也忘了大半了。不过我回忆起来，还觉得“听君一席话，胜读十年书”呢。

此外，他那种老于行旅，饱经世故的阅历，和蔼可亲，温存恳挚的待人，都给我留下很好的印象。

二

这几天他们在甲板上的游戏可多了。

最初他们是玩纸牌，纸牌玩厌了便玩“猜戒指”。玩法以麻线一根，穿一戒指；六七人或八九人环立成圆形，各执麻线之一小部，把戒指顺次传递他人。传递时先将虚握之两拳（中握麻线）并在一起，再向两旁分开，则同时各人之左右拳均伸张至相触，戒指即于此时传递。惟戒指只有一只，此环立之八九人必做出“戒指在我手里”的神气，以乱耳目。因为在此人环中隙地，还有一个“团团转”的人，正在竭力找寻此戒指到底在何人手里。传递人中，偶而有稍不经心，露了破绽，被他捉出时，此人便该倒霉，去代替这“团团转”的位置。所以传递人必竭力虚张声势，一面乱说“戒指在此地”，“咦，这里”，一面还要唱歌，以乱“团团转”的心。如果传递得好而“团团转”的人稍为不灵敏些时，那么“团团转”的人往往有继续至五分钟以上者。愈焦急越捉不出，愈捉不出愈焦急，那种慌乱的情绪，的确可使传递者引为笑乐。但就在这快乐透顶的时候，乐极生悲的露了马脚了，于是再重新开始。

这种游戏原也简单得很，所以一连玩了三夜也玩厌了。他们便想出第三种游戏了。

一个大似面盆的灯罩，罩着四五只电灯；可是甲板的面积是这样大，这些微弱的光也够可怜了。留声机放在货舱顶上，摇头摆尾的在唱着各种舞曲。那两个法国妇人，便快乐得发狂一样，不管是四等舱里烂污水兵，不管是下流不堪的船上水手，都一律欢迎，抱着，跳……舞，……跳……舞。……那些落伍者，蹲在角落里睁着又艳羡又嫉妒的大眼望着他的同伴。那些被选者呢，一面固然是非常得意非常骄傲；一面却又竭力小心的讨两个妇人的欢喜。淫乐的空气紧张着，一阵阵的荡笑充满着，在夜之静寂里。

出国前，仑布曾对我说过：女客大概都搭头二等，因为三等不大方便。只有那些军官的妻子，或是不十分正当的妇人才会搭三等。这句话现在给我证实了。

这两个法国妇人，一肥一瘦，都是从上海上船到马赛的。肥的简直像头肥猪，满脸臃肿的肥肉，真是多么蠢笨可笑！瘦的一个，面孔像她带的那只哈叭狗，还嫌太长了，反没有她的狗好看。这个肥的十二分的蠢，却没有十二分的荡，虽然也不见正经。那个瘦的简直不像样了！一天到晚只是格格格格的狂笑，这笑声里告诉出她的淫荡，轻狂，放纵，卖弄风情。还有吃饭时，和那个西班牙人俩眼睛东瞟西散的打电报，有时还要拿水果吃，还要打情骂俏地故意娇嗔佯怒，……哎呀，写不完也写不来！总之：令人作三日呕那句话，对于她真再配也没有了！

起先，这两个法国妇人是常同一个大家叫他General的海军军官打趣的；他那种军官式的步武、立正等的表情，确是滑稽可笑。嘴巴又会说，往往引起那狗脸的瘦妇人的狂笑。可是近来这General变得非常地宁静了，饭堂里也不大听到他高声的诙谐的谈笑了，甲板上也不大看见他兴高采烈的影子了。原来西贡下来的一大群军官和军官太太之中，有一位军官太太是没有军官先生陪着的，而她却带着两个小孩，一个还在手抱中。在这样的情景中，便激起了General那种高尚博爱的同情，时常替她抱孩子，端椅子，在甲板上铺毯子给小孩睡，从房间里去拿枕褥坐垫，真是无忙不帮，还要整天价陪着她躺在冷落的起重机角落里轻轻地密密地谈话。多么武侠，而又多么温柔啊！

所以现在和这法国妇人混在一起的只有一个西班牙人了。那些水手们，不过偶然在跳舞时，得到一刹那的青盼而已。

“Seigneur Espagnol”，就是这位先生的别号。他是同俄国朋友，英国音乐家和一个葡萄牙人一房间的。最初西班牙人称葡萄牙人为“Seigneur Portugais”（意即葡萄牙先生）。据说这“Seigneur”一字在西班牙是普通的称呼，不过法文的 Monsieur，英文的 Mister，都和 M 有关系的，“Seigneur”这字却是非常特别（按法文中也有 Seigneur，但不大用的；现在在宗教中还存在着），因此引起了俄国朋友的好奇心，称西班牙人为“Seigneur Espagnol”了。

他这人有非常威严的容仪，吓，那双凹进去的黑眼乌珠才厉害哩！炯炯有神地骨溜溜地转，万一射着你时，简直鹰瞵虎视地把你吞得下一样！但是人却十分和气，就是说话过分了，被法国妇人捣他几拳也不要紧。有一夜，在甲板上，不知怎样的他的一双拖鞋被她们藏去了一只。只见他一只脚有鞋一只脚无鞋地东跳西跳的在甲板上寻找：一会儿俯着身察看纵横的椅子下面，一会儿探首去查验起重机里面，到底有没有他拖鞋的踪迹。我看他真耐性呵！

前星期我同俄国朋友无意中谈起他，无意中得到了他的两句箴言：“He has nothing but he has everything.”他自己没肥皂，却轮流着用葡萄牙人和俄国朋友的。人家在吃东西，虽不相识，他也可吃到一些。饭厅里他常常得到双份的水果或点心。他自己没有椅子，但甲板上总见他舒舒服服地躺着，而且他躺了人家的椅子，不等到他自己觉得躺够时，从来不站起身让人的，虽然他明白看见主人在旁边徘徊。唉，我看他真耐性呵！

那个葡萄牙人，我一见就想像他是一个大傻瓜。人又矮的可以，肚皮又格外来得大，挺起了大肚皮，摇摇摆摆搬动着沉重的步子，在甲板上散步时，真像一个大傻瓜在滚来滚去。

他臂上身上都有五彩的花纹，俄国朋友告诉我，说他胸口是刺的一只帆船。大概是个水手，他说，至少从前是个水手！臃臃肿肿的脸，微秃的头顶在发光，短短的小小的一丛黑须子挂在上唇；穿着一套白帆布，铜钮扣的制服，于是俄国朋友便立正，举手，称他 Captain；他笑了，大肚皮望前一倾，朝里一缩，又粗又短的手伸向俄国朋友胸口来了，算是报复的，可是只一晃又踱前去了。回来时又遇见，于是立正，举手，一倾，一缩，一伸手，一晃，……重演一番。

说起大肚皮，不禁令我想起外国人大肚皮之多而大了。

我们的 Maitre d'Hotel 是大肚皮，Commissaire 也是大肚皮，一个大肚皮挺在胸脯下面愈显得他之高贵而威严。想起我们中国人的大肚皮，又惭愧多了！既没有他们那末大，又没有那末神气。写到此，忽然想起我出国前为护照签字问题，法捕房的政治包探曾请我去问话，因此我得在霞飞路巡捕房门口，见到了各式各种的无数的大肚皮。唉！只有他们的大肚皮，才可与外国的大肚皮一相比拟呢！

西贡下来的许多军官中，在我们外人眼里即大概可分两级。一级是衣服上有一道黑线的，一级是没有黑线的。但他们那种饱食终日，无所用心的安闲快乐的态度是一样的。他们中有几个常穿着花洋布的中国式短衫（只是上面有一小方翻领），头发秃得光光的，那种又俗又呆的样子，真像中国的理发匠。

他们虽是这样的愚蠢，却也安分守己，既不喝酒（饭桌上当然除外），又不打牌。虽找不出军人的精神，却还没有那些下流的神气，像两个法国妇人一样。

写到此眼睛有些模模糊糊了，就睡去吧。

今夜夜饭一只怪味道的蔬菜，一只老调牛排，我都尝了一些就吐了出来。一顿又没吃饱！唉，天天羊肉，牛肉，牛肉，羊肉，真要命！

一月二十一日夜九时四十分

三

自上海一直至西贡，旅客中少有孩子的。自军官太太们上船后，方才跻跻跄跄的有了五六个。

他们的衣服是这样地少，少至实在无可再少。一件衣服，从肩上挂到大腿，全腿的十分之九是裸露的，臂是不用说了，赤足，着拖鞋，一天到晚在甲板上满地乱滚。他们中最大的约七八岁，最小的还在襁褓中吃乳。头几天简直被他们闹昏了，这几日不知怎样的安静多了，大概也玩得讨厌了吧。小孩大半是女孩，最大的两个也是女的。可是她们的蛮性，使强，却不下于中国的男孩。小孩共六个，最大的一个，她父母都在船上的。次大的，和一个手抱的就是那位单身的军官太太的。还有三个约四五岁至七八个月的，父母是法国军官和一位安南太太。以上两位太太，都是肥头胖耳。这位安南太太却是干瘪得像僵尸一样地怕人，就是那位军官丈夫，也是不幸得很，在饭桌上常要受同伴们奚落。三个小孩也是獐头鼠耳的不讨人欢喜，最麻烦的每顿饭他们一定要哭一场，弄得满饭堂的空气充满着叽叽的不安稳的哭声。

两个较大的孩子，便结伴着在甲板上玩。玩洋团团，开小火车，夺绳子。那个大的比较来的凶狠，面目也像她母亲一样地怕人。那个小的非常和善，而且天真。我常比大的为狼，小的为羊。因为大的常常欺侮小的，硬抢，硬夺。但大的那父亲严厉得很，往往大打出手，可是母亲却十分舍不得，因此夫妻俩常为了小孩而争吵。说起那母亲，才真是军官太太呢！走起路来，也是“开步走”一样，村野难看。

三四天前俄国朋友跑到我房里来告诉我，说今天那个小孩同他吵了半天。那个我称为羊的，拿火车轨道掷他，他一避，轨道便落到海里去了。又俄国朋友的帆布椅两端是同我一样的可以卸下来的；下面一根木梗，是从失去了他自己重做的，所以一端露在外面，那小孩便定去拉出来玩，俄国朋友不许，她便逞强硬做，几乎把他的椅子都拆掉。我便问俄国朋友她的母亲在不在呢，他说在船左，没看见。

在船上，阶级观念是很深的。我们的上司是头等二等。哼，真是贵族呢！平常轻易见不到他们的影子的，大概已经很舒服了吧。我们的三等，因为不但船头是我们的，连高一级头等舱走廊的南端，也是我们的。位置高爽宽敞，所以船头的地位让给四等了。

四等船舱最初是在船头的货舱里的。从上海到西贡，一直如此。货舱的第一层，都是他们的世界，也有叠起来的床铺可以睡觉。可是一过西贡，货色多了，他们便被逐到舱面上来了。支起了布篷，便横七竖八胡乱铺些席、毡子之类睡下。他们吃的东西，才真可怜呢！各式不同的镍的、铅的、洋磁的盆子，大概是自己带来的，盛着一些豆、菜、肉，乱七八糟统在一盆里。另外是一块面包。我常见他们拿着铅盆往通厨房的路走去。恐怕每餐要自己去取的。我们一天吃西餐，早上七至八时是咖啡，牛乳，面包；十时三十分午餐；三时三十分茶，牛乳，面包；六时晚膳。他们则既无食堂，又无食桌，更无按时的铃声，所以我至今看不出他们每天吃几顿。大概不会有三餐吧？

自西贡起，乘客中有了许多马来人、印度人了。以前三等舱里也有四五个，镶钻的金戒，在黑皮肤上发光，西服左角上挂了许许多多上海人所谓的“金四开”之类。现在都陆续在新加坡哥仑坡上岸了。只有四等舱里还有四五人。每天我们吃过晚饭便见他们排立在货舱的遮布上，年老的一个站在前面，嘴里喃喃的念的不知什么经，余人也都恭恭敬敬地在默念，手里都有念珠。

我的旅伴们已接连着写到“三”了，暂时也想不到还有什么关于他们的要写了，就另外报告你们一些消息吧。

昨今两天船上有游艺会。并非全天，每天只数小时。我没有去，去的人也不多，不知是什么缘故。我的不去是怕看我们上司的架子，因为游艺会是在头等舱里开的。秩序单上说今晚上有跳舞，两位法国妇人一定要去的吧？

哥仑坡开轮到此已有六天了，明日下午可到 Aden。先在 Aden 停数小时，再到 Gibouti 停数小时。风浪至今没有，真奇怪！印度洋我快要与它告别了。红海里大概不会怎样吧。只是预算起来，“红海月”是看不到的了。听说过波赛后到马赛的一段，风浪是非常厉害的，而且总是有的。唉，可怕呀！我到底逃不了要呕吐么？

预计二月三四号可到马赛，快了！近了！但离开我的中国却愈远了！不知怎样，在国内时天天诅咒的中国，离开后反而天天在想念它，在怀恋它了。我的中国啊！

一九二八年一月二十二日下午三时，将到亚丁时

啊，今天是我们的除夕啊！明天是年初一了。母亲不知怎样地在忙着张罗过年的事情。天气这么温和，我再想不到今天是除夕！不知上海冷得怎样？若妹，觉非弟，小妹妹，我的三位小朋友，现在正是如何地高兴啊！我谨在此祝国内诸亲友新年快乐！

怒安

九、海上生涯零拾

真不料，我们幼年时的游戏会在这万里孤舟上重现。

昨夜，我们的旅伴不知哪里来的高兴，足足的玩了一个晚上，最初是玩的我们幼时叫做“龙头龙尾巴的”游戏，一个穿花汗衫的水手做龙头；胖军官太太，两个法国妇人，两个水手做龙身；西班牙人做龙尾巴；一个蓝衣服的水手做侵犯这龙尾巴的人（这个叫做什么角色我现在再也想不起了）。一大群人跳来跳去的跳了半天，那个龙头真是厉害，忽左忽右的挡住那侵犯的人，始终不能捡到那尾巴。据那位宁波人洪君说，这游戏他们叫做“老鹰衔小鸡”。我们叫龙头的他们叫“母鸡”，一大群跟着的算做小鸡，一个我叫不出名称的角色，便是老鹰了！昨夜的战斗中，母鸡确战胜了老鹰，无论如何那老鹰总冲不出这母鸡的臂抱，有时甚至被母鸡拦到无路可退而跌到起重机角落里。

接着便是猫捉老鼠。一大群人环着，手对手搀着，高高的举起，成七八个城门洞似的，一只猫一只鼠就在这下面穿梭似的追逐着。第一对是个水手；第二对是一个水手，一个法国瘦妇人；第三对又是一对以前

做老鹰母鸡的两个水手。那真对劲哩！这次老鹰变了被捉的老鼠，母鸡变做捉鼠的猫儿了。那老鼠可真灵活极，东穿西钻的弄得看的人也眼花了。照规矩，猫一定要照着鼠逃的洞钻，不能走小路，抄近路的越过。所以这一下母鸡的胜利，立刻变为猫儿的失败了，不要说追不上老鼠，就是对面碰见也不能去捉它，因为它还没有穿完老鼠所穿过的一切的洞呢。

第三是捉迷藏。一块黑布蒙着眼，立刻变了盲人，却大摇大摆东晃西晃的做腔。“拍”的一掌，背上给人打了一下，急忙伸着手向后撩时，那只手早已不见了；可是“拍!”的一响，肚子上可又着了一下，赶紧望前跳去，屁股上却又吃了一脚，受尽了揶揄颠弄，还是捉不着。有一次摸到边界上一个水兵身上去，这个水兵抱着那单身军官太太的小孩子，这瞎子不管三七二十一以为捉着了什么人了，得意似的摸头摸面的认人，不料“呀”的一声哭了出来。

他们捉迷藏的办法，和我们幼时玩的稍有不同。照我们玩的规则，那么只要你被瞎子接触一下便算被捉，要静静地让他摸索认人的。他们可不然，非但接触一下不算数，就是捉住了时也可用力挣脱。还有暗地里戏弄瞎子的事情，是我们所禁止的。有人戏弄时，必群起告诫，也算是一点恻隐之心吧？

从这上面两相比较下来，便完全可以看出他们是完全尚力，只要力气大就永不会被他捉住（虽然有时不巧也会一滑脚，跌在地下来不及爬起来的）。我们便完全是尚智。所以他们玩捉迷藏时便是乒乒乓乓，亭棚三响的全武行。我们玩时却全是轻轻的、静静的、蹑手蹑脚，一些声息也没有，捉的人竟全然听不出他们的步声。我常听人说东方文化是静的，西方文化是动的，我不知道这两句话到底对不对，但用在这捉迷藏上倒很不错。

游戏的事情，一方面固然是为着消遣为着快乐；但也正需要严密的规则和整饬的秩序维持着。譬如捉迷藏中不准越界，被捉时不准逃脱，被摸索辨认时不准增减衣帽，或其他服饰，这些我认为确是人类文明之特点必要保持的。我们幼时玩的时候（二年前在大同时，常同一般同乡于星期日在宿舍里大玩特玩呢!）自信都能遵守，如有犯规的时候，大家必嚷着要处罚，而犯规者也格于众议，终于服从。这确是一种很好的有精神的表现，昨夜，他们玩的时候，却很不注意这些。而且还狼狈为奸地互相舞弊：一个被捉了，便给他加上或除去帽子，以使盲人辨识错误；危急时又常逃出界外，尤其是西班牙人最坏！最会戏弄人，最会作弊。又逞着蛮力常常被捉了重又挣脱。可是他的衬衫却因此拆破了，我正暗暗地称快的时候，他衬衫的破洞越发大起来了，多挣扎一回，便多撕开几寸。到末了，终于撕去了衣袖，撕到胸前，人也还是被捉住。在大家拍掌哄笑声中，我觉得非常痛快，“恶人到底受罚了”!

他们玩过这个把戏，又玩一种类似的游戏，又玩猜戒指老调，我一方面看得厌了，一方面也感到十分兴奋后的疲乏，也就下来睡觉了。

一月二十二日丁卯除夕

每到一个埠头，在领港的上船之后，将停未停之际，必有许多海鸟在我们船的左右上下翱翔飞舞的。它们是先将埠头上的欢迎者的心音带来。等到启碇时，又必三三两两的到船旁来送别，并且满怀着依依不舍的样子。多情的海鸟啊，我深深地领受了你们的厚意了!

船到亚丁时，正下午五时。一带秃顶的荒山植在红海之口。深蓝的海水，又渐渐转为绿色，——这是告诉我们将要进港的标记；蛋黄似的太阳，已允许我们窥探他的颜色。船的进行，也渐渐的缓下来，甚至不觉得有一毫动荡了。七日七夜不停的涛声，也去休息了。凉风阵阵，吹入心脾。三三两两的海鸟，应时姗姗而来，至一分钟后渐来渐多成群的翩跹上下，白黑的羽毛，相间在夕阳中辉映。小的像传书金鸽，大的仿似云抟鹍鹏。下面饭间的窗洞内，有小块的面包掷出，它们便竟降落水面，宛似鹅鸭一样的争相攫取。但它们是不能久持的，一取再取不得之后，也要赶紧飞起，还拼命的振刷它的双翼，怕是盐汁的海水，有所沾染它的纯洁的羽毛吧？

这样多的海鸟真是此行第一次看见。它们拍拍的从高处飞到船旁，将近船舷，便又宛转向侧面斜倾下去。多么平稳，多么娇媚，多么活泼呵！全个空间，全个宇宙，都是你们的世界！你们与云霞嬉戏，与日月为伴，乘风飞去，我只怕你玉楼高处不胜寒呢！然而毕竟我羡妒你的自由，羡妒你的超脱！祝福你欢迎欢送的使者！数千里长途寂寞，给你扫尽了！满怀孤寂，都为你而充满生意了，感谢你啊！

船泊亚丁只五小时，故宣告旅客不能上岸。遥望群山秃秃，无一草一木之绿，更不必梦如香港之满山荫翠了，然而洋屋累累，教堂钟楼，巍然高耸，暮色茫茫中，汽车疾驰于岸旁。此处为英属地，经营至此，亦非一朝夕之功矣！

夜十时，机声辘辘，盖解缆驶向其布的（Gibouti）去矣。

离 Adon 后一夜行程，达其布的。

舟停后一小时，黑商人陆续上船，兜售商货。有的一长形如中国放折扇的纸盒内，雪白的棉花中躺着滚圆的珠项圈。有的草制似荷包一类的东西中，陈列着鱼骨，那些不美丽的枯骨，我想只有研究动物学的人会来要你吧。最多的是卖纸烟的了，红绿的纸包都是 cigarettes。还有卖鸟毛的，有单张的，有已制成折扇的。法国军官问价，说是六十法郎，他一耸肩，即刻放下了，那黑人也泰然的走了，这种神气，大概表示“真不二价”的意思吧！

风景片一本，共二十张，索价六法郎。而风景片之不美，正与荒凉可厌之其布的相称。

天气虽不甚热，但太阳很厉害，我早闻其布的荒漠之名，又怕满街满街的灰沙，所以终未上岸，只是 A la mer 又第二次看到了，所异于新加坡者，是他们是没有瓜皮小艇的，十几个黑人大半身在水里浮沉着露着头叫喊。

完了，其布的只有那些商人的狡猾！

这几天懒惰之极，终日躺在房里，除了不得已的用膳，饮茶，大小便外，简直不下床。

今夜，在甲板上，忽然觉察上弦的月发芽滋长了许多，映在浪心的粼粼着荡漾之光，也比前数夜明亮得多。夜是如此地静默，天上稍有几片云翳，白白的映着微弱的新月，愈显得惨淡了，而且月是这般地高，冷风阵阵地吹来，霎时间令我忆起故乡的今夜。今天是年初五呢！福祺说比我迟两班船动身，那末今夜此时，他一定也在黄浦码头，尝我四星期前的别离滋味吧？冷风飒飒，那凄凉之感，也不下于一九二七年除夕的我的经过吧！

今天午前，我一个人睡在床上的时候，忽然汽笛声“胡”的连叫了四五次，探首窗外，一无所见。傍晚同安南学生讲起一路风浪平静的话，他告诉我，今早同公司的 Azay Le Ridean 船同我们遇见时，他们的船长用无线电话告诉我们的船长说，地中海很不平稳呢。啊，今早的汽笛声，原来就是为此。他又告诉我，两船的距离，只不过数丈；只是在船右，所以在船左的我，一无所见。我又设想，两船的距离既这么近，那么两船的旅客，一定十二分高兴的扬巾脱帽了吧！我后悔不该懒睡，以致失掉那么好的机会，没参与欢乐的相见礼！

在茫茫一片大海里，我们是如何的孤独而寂寥啊！偶而在地平线与天相接之处，发见一只来船时，真觉得多少地欢喜。尤其在夜间，浮城似的一座灯光，闪闪的渐渐近来，我们便争相立到船栏旁，仰首从布篷上探望我们的灯号。大概是他们先问讯，我们再还答，再问再答，普通总是四次，船也慢慢地由相值而相左了。一明一暗之中，传递着多少慰藉之意！互相告语着，我们有伴了，黑夜不用怕，胆怯如我，也觉勇敢了许多，寂寞的心头，也添了不少的欢欣愉悦。

同公司的船已遇到两只，这次是第三只了。法邮的航行中国日本的，据我所知共有八只：André Lebon，Paul Lecal，Porthos，Athos Ⅱ，Dartargnian，Chenonceaux，Angers，General Metzinger。在船上也听水手们说过这八只。那么今天所遇见的不是驶赴上海的了！

一月廿七日夜八时

全饭厅一百五十个位置，自始至终在这次航海里没坐到三分之一。上海开船时共坐到七席半，过香港就只剩四席，到西贡连一席半也不足了。幸亏来了许多军官们，才勉强成了四席，而我们的一席，十四个位置只坐四个，所以合并计算起来，实足的三席也是勉强的，而且还靠着小旅客撑台呢！过哥仑坡其布的，都没什么上落，此后也大概都是 invariable 的，直赴马赛的了。

饭厅的位置的多少，是全三等旅客总数之统计。由上所述，我们可以看出这次的旅伴是如何稀少了。

饭厅里主要的仆役，是一个安南人。据他说，在船上执役三年。看他人非常沉静，寡言笑，像是很深于世故的。办事很老练，法语也讲得过去。我们在船厅里写东西，他必定来观看，但总是静静的从不出声。我按钢琴时，他便来看内部键盘之跳动，每每看到五分钟以上，但沉静的脸上，还是没有什么表情。“厉害的人！”我常常想。

我们的 Maitre d'Hotel 总算是好人，很和气，很老实，没有虚矜之气。开饭时他总是拿了饭单，东跑西跑的招呼这，又招呼那。有时还帮仆役端菜。他管的事情真多，全三等的旅客的需要，自纸烟起至吃饭、睡觉、出恭、洗衣的事情，大大小小都要问到他。早上七时起，下午十时止，只见他楼上楼下的忙个不了。大大的肚皮一天要搬东搬西搬几十百次，真吃力呵！

我们的早餐，是上午七至八时，随便什么时候都可以到饭厅去吃的，或者叫茶房拿到床前来也可以。牛乳，咖啡，面包，牛油，不过我久不喝咖啡了，实在坏极的咖啡！三点半时饮茶，但我也只喝牛乳。茶像药一样煎来喝，已无味了，还要放糖，那种西洋喝法，我是谢谢的。

中饭同夜饭，都是一样的二道菜；所异者中饭在二道正菜前，有两盆冷菜，什么菜蔬肉类，晚上则冷菜改为热汤。汤我总喝不惯，常是淀粉质过多，而放的蔬菜之类，也不合口味。像中国的火腿汤之类的清而鲜远的味道是久已不尝了。惯常两道菜我只尝一道的，因为每顿总有牛肉或羊肉的。那种或煎或熏的半生半熟的东西，真叫我不容易下肚。倘然碰到炒蛋，那真是我的佳肴了！此外鱼也还可吃，猪肉味虽不及中国的好，但比牛羊肉总要少些腥臊气，可惜不大吃到的。鸡只吃过一次呢两次，鸭倒有好几次了。但不是“老来烧勿苏”，就是有股鸭臊气，比之鸡真差得远了。今夜又吃到的鸽子，还不差。生菜我已吃出滋味来，颇有道理。总之，肉类的东西，总以人工保存的缘故，日子稍久鲜味总消失许多。果品中新近常吃的一种芒果（译音），倒很好。还有一种叫manquostant，不知中国名字叫什么，字典上也翻不到。还有新加坡叫“黄梨”上海叫“菠萝蜜”的也时常吃的，橘子虽酸，但比烂香蕉胜万倍了。

以前每十日，大概有两次晚膳后，在臭乳和水果中间有糕饼类的点心（西洋叫做dessert，专指饭后的茶食）。自天气炎热以来，糕饼外另有冰淇淋。上二次都是在星期日夜里，这一次不知怎样改在昨夜（星期四）了，大概是星期日没有了吧？洪君说头等里大概每夜有吃的。

饭终的咖啡，我已说过了，早已谢绝。真不懂，焦苦涩枯，一至于是，想不到在上海时和福祺俩煮着争饮的咖啡，其味道竟一变至此！

饭时除面包外，如果你要求也有白米饭。我有几次，因为实在看了牛羊肉吃不下时，便要一些淘些汤将就吃，比嚼淡面包总好些。不过米大概都是西贡来的，粒小而硬，且无黏性，较之家乡的“上白粳”相差天壤了！

饭桌上每桌有一张菜单，我们闻铃入席，第一便抢饭单看，我一见什么roti之类，就知道糟了，又是mouton之类，没我份的。等第一道的冷菜或汤吃过时，那张菜单早已看厌了，但第二道的正菜还未来，那么再拿来当阅报一样的消消闲吧。一面等菜来，一面看看上面的风景画，但那几种风景尽也看完了，老看这四五种，或是 Pothos a Saigon 啦，Paul-Lecat a Port-Said 啦，北京的先农坛啦，法国 Louis 的桥啦，……下面写的菜的名字，他们是这样写的，正菜一行，附着品又一行。譬如牛肉烧番薯，那么煮牛肉一行，烧番薯又一行，所以虽只三道菜，看看却满满的一纸，好像小小的筵席一样。哼，可惜只中看，不中吃！

因了饭厅便大写饭菜，真是馋鬼！好了，是睡觉的时候了，快躺着等明天到 Suez 罢。

一月二七日夜

啊，我惊讶极了！

当我回到房内时，探首窗外，怎的不见了今夜的月？再细细一找，原来雪白惨淡的月，一变为怕人的金黄色的了！几小时内，竟变成暮气沉沉像落日的回光返照一样，啊……！

十、是人间世吗

一月来的生涯，完全在浩渺无边，整日夜的洪涛巨乐中度过了，忽然的置身于轻柔温静的苏彝士运河里，缓缓地疏闲消散的流览荡漾过去时，真宛然如在梦里了。

自哥仑布至此，一路的都是如此地荒漠，苏彝士当然也不能例外，峻峭的石山，红一块黄一块的在晕晕的日光下懒睡，碧油油的绿波，轻轻地在它脚下溜过，三角的尖帆，悠悠地伴着三三两两的海鸟而浮去。碎石筑成的长堤，远远的腰带似的躺着，任凭着无数的东轮西舶穿梭似的在她怀中来来去去，那边正是红海的终点，苏彝士运河的入口啊！

我们的船，在苏彝士只停四小时；没上岸的时间，也没上岸的念头。远瞩 Suez 城，只见一座座鸽笼似的黄白的木匣子，高高低低，参参差差地架叠着，那便是人类巢居穴处的遗影，那便是我们祖先的原始生活的憧憬啊！

照常的，吹过了无数的短促的口笛声，经过了水手们非常的努力后，我们的庞大的André-Lebon才得调转头来，向着运河大踏步地转动过去。眼见着比我们先数分钟开的一只黄色的英轮，已进了口了，我们却还在绿波的中流蜿蜒着，遥望绿丛深处，真使我如何的热切神往啊！

终于渐渐地驶近了。正在河口和Suez港的交界处，巍然的立着一座尖形的白石碑；我猜疑那或即是开筑苏彝士运河的首创者的纪念碑吧？然而如何没有铜像呢？我想，这样造福于人类的伟业的首创者，他的精神是不死的，一定是永远的在受着千古万世的旅客们的敬意。不论我是否瞎猜，但我确觉得一刹那间胸中充满了真诚的无限的钦敬感激之意。当这块土峡成了现在的运河之后，我们无量数的已往，现在未来的航海者，才能安稳地免去南非的恶浪，不必枉做“好望角”之险梦，而能径直的横贯亚非，直达大陆之彼端。慈航普渡之功，是Suez Canal成就的！促进人类的亲善的自觉，Suez Canal是与有大功的！幸生于今日的渺小的我，也能沿途寄着一路平安的音信回去更是沾你的恩泽啊！

碑后一座洋楼，接连着一带树林，像是公园的式子。更往前，沿着运河，一座座象牙色的别墅式的房屋，俏俏地隐在常青树下。地面与河面，高低相去只数尺，碎石的堤岸，整齐中显着活泼的生气。两个男孩大约十三四岁光景，站在树荫下看流水，见了我们，顿时大声地招呼起来，口里还做出笛声似的怪叫，船上的旅客高兴地应和着，还有人喊着“Merci beaucoup”！孩子们更快活地跳起来，还答着“Merci beaucoup”！在他们天真而清快的音乐似的喊声中，恍惚回到了我的黄金的梦里，整个心灵，复浴在纯洁爱乐之河里了！天使啊，安琪儿啊，在你们无邪的面上，表出了怎样的超人的，洁白的情感！万不料彷徨在举目无亲的万里外的我，会遇到这么亲切诚挚的慰安！我无言，我不能如他们的勇敢的还答你们；我默然，我只有在无言的静默中领受你们，感谢你们的厚意！我脆弱的心啊，被你们的圣洁征服得不能动弹了。

更向前时，绿荫下画幅中似的行人，都一转眼间瞥见了我们，又立刻传来了几乎是本能的温暖愉快的欢呼，Bon Voyage！Goodbye！帽子啊，手巾啊，飘飘的衣裙啊，渐渐的消失在绿影中，随和着慢慢幽微的呼声合成了一片愉悦之光，浮沉在大气里。啊，人类的同情，人类的亲睦，世上竟还有不为名，不为利，无所为而为的，不期的亲切的慰藉！我梦也似的映过了这么可爱可恋的乐园便不禁梦也似的幻想未来光明之影了！

河面忽阔忽狭，阔的地方差不多有黄浦江一样，狭的地方竟不能允许同时有第二只船通过。而且一路都满布着浮标，表示这限制以外，是浅满不能航驶的地方。

傍晚，温和的太阳，微笑地仰着躺到远山怀抱中去了，剩着的桃红娇紫的余光，从伞形的林隙间偷窥过来。深绿的丛树，衬着远远的不深不浅的复杂的红光，多么调和地温柔啊！清冽之气，充塞着宇宙，我呼吸到故乡的早秋暮春之气了。泥土的香味，树木的清气，使我魂游在家里的后园，堂前的庭院里了。晚风不留情地刮过脸来，带着严肃之意，我不得不在寒噤中走下了甲板。

洪君说，当夜间过运河时，船首一定要悬着极明亮的大灯，好像汽车前面的一样。他说这不知是从什么地方听来的，又像什么书里看见的。他又说这灯是由运河的管理处派人来处理的，今天午饭时食桌上有两个工人模样的生客，大概就是。

一吃过晚饭，我便急急的披着大衣跑上甲板，全河面都沉入黑漆漆的夜幕中去了，只见一道白光，在船前数百丈远的地方照耀着。我轻轻的跨过船前的界栏，很留意的跑到船前的栏杆旁，细细察看之下，才发见一只大铁匣子，挂在船首之外。匣子的高度大小，恰足以立着那午饭桌上的生客。微响在匣子里不断的“吱”的叫着，正像我们乡下婚丧吉庆的人家的大门首的汽油灯一样的“吱”着不息。更从船首左侧探看时，又看见一块大面盆大的厚圆玻璃，白光在里面放射着。那工人一会儿起立，一会儿坐下的很忙，两个水手立在船首内，——紧靠他背后，不过中隔船首之栏杆罢了，——静静地瞧着它伟大的光明的工作。

河岸的画景，完全是换了一幅了。浮标内都亮着红红绿绿的电灯，左面红的，右面绿的，一望都满泳着小儿玩的红绿色的汽球。新月比昨夜又胀满了几许，侧着头正斜睨着我们，繁星满天，又似沉静又似眏眼的点缀全天空。一只船泊在岸旁。桅杆上或红或白的电灯倒映到河心，像是一串发光的玛瑙，又像是摇摇欲坠的珍珠宝塔。一切都充满着幽静和谐的风味，简直令人想不到同样的这世界上，会有许多争闹，破坏，喧嚷着。更想起日间的那种伟大的同情的表现时，不禁疑惑起来，这到底是现实的尘世，还是未来的理想的天国？

是人间世吗？是人间世吗？

一月二十八夜九时

回到房里，轰轰的巨声自远而近，一列玩物似的火车在岸上飞过。急急探首窗外，早已去得远了，只是朦胧的月，愈晕晕的在天空征愠，映到静寂的夜深的河面上，拨起了无数的惶惑的心波！……

十一、苏彝士——波赛特

船到苏彝士，刚抛好锚，便听见舵楼里的喊声“Ala Visite!”一大群一大群的水手，都匆匆忙忙的齐集到头等舱外的长廊里，一会儿所有的船上的职员仆役也都来了，我们的 Maitre d'Hotel 和茶房等也通通一个一个地上来。中国人在船左，三十个火伕，以及全三等舱的仆役，他们西人排列在船右，黑制服的职员，白衣服的厨役，挤挤轧轧的塞满了长廊，喧喧哗哗地等着。不一会，三道金线的职员偕着一个矮胖医生来了，干事样子的一个黑制服的人，讲了几句，排列的人便开始动起来，一个一个地望着门内进去。医生皱着眉，跷跷的一丛白短须根根平举起来，一道萎缩而怕人的眼光，直射着他们的脸面，一面还握握他们的手，——注意！这并非客气的握手，系是要在他们的手里考出他们的不健全的病由来！他一个个相面似的相过了，全体的人也一个个的在他无言中被赦放了。我们一面在看，一面在疑惑是什么意思，他们——船上的职员们——既不居留在此地，又不上岸，为何要经过医生的检查呢？思念之间不禁连带着想，或者我们因为等级关系，也要这样的被检吧？

看甲板上同舱的旅伴们正咕咕哝哝的似乎与我抱同感。不料承医生的厚意，只检验了四等舱的旅客就完了。

一阵的喧闹过后，第二阵的喧闹又来了。三角的布篷，驶来的满船的商货，土耳其商人顿时你抢我夺的拼命的涌上悬梯，荷包似的草篮里，也无非是烟草画片之类。不过画片的种数，比路上各埠都多！有Suez的，有Port-Said的，有Cairo的，有Alexendrie的，一共不下数十种。价钱呢，虚头很大，开价十法郎的，三法郎也肯卖了。其中以照相的一种最好，可是他竟说二十法郎一打，我连还价的勇气也没有了。还有许多卖石制的念珠式的项圈之类，大大小小，花花绿绿，各式都有，十五法郎的开价五法郎的还价就成了交易。可是同他们买东西很不容易，他随口大吹的开价，你还他半数还要上当；真正太少了时，又要受他们的讥骂。此外，还有卖枣子的，糖食的，都装成匣子，内容也看不见的，我用五法郎买了一匣糖，很怕上当，立刻拆开来尝了一块，还好，只是太甜一些。还有地毡围巾的商人，烟斗烟嘴的买卖，吵吵闹闹的争论价钱的声音，兑换钱币的声音，急夺买卖的叱声，充满了全船。有卖橘子的，每八法郎十二只，我们从四法郎起还到七法郎，他无论如何不肯卖，后来终以八法郎买了。实在并不贵，只因他们的同伴的虚价太厉害了，我们为防吃亏上当起见，不得不如此。一路上自新加坡以来，第一次遇到娇红可爱的水果！

一夜醒来已到波赛特，起重机早已摇头摆尾的工作了半夜。我们七点三刻，下了渡船上岸，十法郎一张票子，来回在内，原来我们的船可以停泊得里面一些，因为到地中海是要经过完全的波赛特的，只因要在油机旁添油，所以就在离波赛特里许的港口停下了。

上岸后望内街去时，有铁栅门为界，红毡帽的警察，搜查着进门的过客。同行的安南人的照相机，因为用纸包裹的缘故，被他看了看，我的袋亦被他揿了揿。进门后照例的被许多土耳其人包围住了，都是招徕领导的，我们起初不理他，后来转弯到一家商店买画片时，安南朋友被那善于应酬的店员迷住了，说了什么此地货物没有入口税的（我至今不知道那句话是真是假），所以售价比各处都廉；又劝他买这个，买那个，末了又替个跟住我们的土耳其人介绍，说是Bon ami，五个法郎可以叫他领导着游玩全城。于是那安南学生相信了，先叫他领到邮政局，后来那一个稍高的安南人，更被那领导的迷透了。他问他衣服要不要添置，说比巴黎便宜得多，又说了没有入口税的话一大套。于是那高的安南人便叫他领到一家衣服店里去。他一路胁肩谄笑的奉承着，路上有兜售商品的，都替我们赶走，又叫我们注意衣袋说有扒手的；还叫我们不要靠街沿走，防我们被站在门外大声招呼的店员拉了生意去。末了，他走到一家衣服店前，便径直的领着我们进去，先用土耳其话说了几句，便领着安南人拣衣服去了。我是始终用拒绝的态度对他，问我要买什么东西，我都说不要。那安南学生简直给他迷昏了，买了两套衣服，一件背心，质料好坏不要说，样子也不行，而且买现成的到底一只衣袖长，一只裤脚短的不称身。可是那些商人的花言巧语，简直把他简单的头脑弄迷糊了，那个矮安南人劝他的话，他一句也没听见。我们等了他半小时多，厌烦极了，他却还被那店员和裁缝纠缠着不放，一会儿要他买领带，一会儿要他买领头，一会儿又劝他买围巾，……到底我们等不得了先走了。回来后，在饭桌上告诉我们，他买了一千多法郎。

回来的路上，我买了一匣饼干，一磅价十五法郎，真贵极了！假使我不是怕地中海里晕船，防吃不下东西时做粮食时，我真不买它哩！那饼干是英国货；我想，不是他故意看见外人而抬高价目，便是入口税没有的话不真。

回到了船上，想着那些狡伪的商人，觉得比哥仑坡其布的更厉害！吓，那些吃人的野兽，竟生长在明媚平静的Suze河畔！

地中海已航行一日夜了，风浪同上海到香港途中差不多，还不至晕船，只是已是使你不舒服了。不写了，还是躺一下去吧！

一月三十日下午一时三十分

吃饭时来了两个不速之客，大概是夫妇吧？男的拉violin，女的拉大提琴，在我们吃饭时一曲又一曲的演奏。末了，女的又去弹piano；

到我们水果将次吃完的时候，女的便端了一只盆子到饭桌上来了，大家差不多都给他一个法郎。这是商人专做这种买卖的，于此更可见波赛特人会做生意的特性了吧！

三日后，在地中海中补志

十二、一路平安抵法

最后一次的午餐已用过了；在船上只有最后的一次晚餐，一次饮茶，一次早点了。此外还剩最后一觉未睡，但至多二十四小时内我必要和一月来相依为命的浮家见最后一面了，什么东西在船上的都成为最后一次了，我现在也是最后一次在船上和你们写信。一切的最后，都流水似的逝去，无限的未来也狂涛似的永永奔向你！我在恋恋的别情中，想于匆促苍茫之际来算一算一月来的总账，但是结果只是惶惧忧恐罢了！心绪万端，亦只使愈想写而愈不能写而已！

回忆一月前在凛冽的上海的夜幕中，为了想起旅途的孤独而凄苦，而悲恻，甚至对了炳源流泪，一月后的今天，细细思量时只觉做了一场幻梦。至于事实上的我如何会被运到地球之彼端，踏到地图上大陆的西隅，那于我只觉莫名其妙罢了！从朔风怒号的上海经过了晚秋的香港，航到了酷暑的西贡，复南行至闷热的新加坡，横渡十余年来在脑海中隐现的印度洋，由哥仑坡亚丁而入红海而至其布的，渐渐的重复转到温和的苏彝士，更由暮春而急转直下，一天天加衣换衾中，又到西西里附近的积雪，数小时后更要上喧传大寒的欧罗巴……那些天时的变换，风土的映演，于我只加增我的惶惑，我实在模糊了：是我自己的意思呢，还是什么魔，竟会使我做了这样的一场黄粱之梦！人间的广漠啊，广漠的人间啊！

说来惭愧，在船上一月完全于昏昏沉沉的麻醉中混过了。法语也没进步一些，经验也没得到多少，只是天天发见自己的弱点：记忆力的衰退，推理力的欠敏，懒惰性的加强，……我真有些恐惧，这颗朽木终难于雕斲了么？

我本来是善于做梦的，并且常有梦呓。此行几无夜不梦，而无梦不在故乡。一切的亲戚朋友，都齐集着送别：这是常做的。以后又常梦见我在中途回去，与亲朋团聚；梦中很明白的告诉人说我是在中途，现在船泊何处，我特抽暇归来一叙的；因此常梦见与亲朋叙话中，忽然想到船要开行的事，于是急忙忙的一会儿电车一会儿轮渡的赶我们的 André-Lebon。在梦里的我，真是如何的自由啊！昨夜还梦见我回家，有人问我到底法国去不去，我说如何不去，我只有两天就要到法国了，此刻是抽身回来看看你们的。啊，朋友啊，母亲啊，我夜夜魂梦飞归与你们共话呢！不知你们梦中可曾梦到我同样的梦？如其同梦时，不知你们也曾觉得安慰些否？

人生原不过是一场大梦，但我终还嫌其太大，太慢，如能缩成我每夜的梦，数万里一刹那便可归去，数十日，数十年兴亡盛事，数小时睡梦中都可经历时，我将要如何的快乐啊！我真幻想，我真希望，人生快缩短些吧！映演得加快些吧！

日前读厨川白村的出了象牙之塔，读得他讲述他人生观一段时，颇为所动；大意是说，有苦然后有乐，愈苦而后见乐之愈乐；人生苟一无缺陷，必将如何平凡无聊，以至失掉生活的意义！我把他的话曾想过几次，但尚未想有终决。真可怜啊，我近来简直不能思想了！但我暇时终要好好地把他思索一回，或者能有所悟，一反数年来灰黑混乱颓唐的生涯。

唉，心绪是这般地乱，愈想写而愈不能写了！只能潦草些将就了，请原谅吧！

地中海中第三日，很有颠簸，所谓电梯式的动荡，我的确亲临了。整整的睡了一日夜，幸还未吐；饭端在床上吃，还好下肚，不至上冒。昨晨过西西里时，又平稳了。昨午后及今日，又稍有小浪，但亦不过如上海香港途中的颠动而已。自一九二七年十二月三十一日下午四时起，直至一九二八年二月二日下午三时止，所可称为浪者，只地中海中一日！所以老友张君江泉自清华远祝我“一路平安抵法!”的话，的确应验了！诸亲友送别时的祝福也都实现了，真是如何地快慰啊！如何地感谢啊！

我们的船每小时最快时能航十五海里，但平日只航十四小时左右。每日中午的汽笛鸣后，舵楼里就有一个水手，拿着过往的二十四小时内的路程表送到饭厅里布告处。我们每天去看，去计算，还剩多少里数，再要多少小时：也是我们的消遣之一。今天至十二时止，还有二百三十六里，预计明晨五时可抵 Marseille，最后的最后终快临到了！未来的前锋也逼近了，现实摆在面前，终该鼓勇前去！我明日拟乘夜车赴巴黎，逗留一星期左右，转赴南方 Poitiers 去。我的通信暂告结束，以后如有机缘，再当陆续寄些回来。所抱歉而负疚的，就是以往的成绩太坏了，乱七八糟的一堆，实在只有搅乱你们的清静的思绪！但这也就是我实生活的表现啊，我能掩饰吗？

末了，请渴望我思念我的母亲、朋友，一概放怀！你们悬虑的无依的小鸟，现在安然抵岸了！放心吧！安慰吧！祝国内诸亲友快乐，康健！

怒安

一九二八年二月二日下午三时，抵马赛前十四小时

十三、地中海中怒吼

亲爱的母亲：

当我写"一路平安抵法"的信写到最后两行时忽然听见长啸的巨声自远处一路怒吼过来，像是千军万马冲锋陷阵的声势，又像是大地爆裂似的石破天惊的威吓，终于在人声鼎沸中，轰然一声，只见雪白冰澈的浪头，张牙舞爪的扑上窗来，接着又锵然的浪花白沫，在圆玻璃上四泻下去。摇篮似的孤舟，开始向左右倾陷……我匆匆的咬着牙齿写下了最后的"一路平安抵法"的字样，那时候，母亲！我实在没有勇气告诉你突然的惊恐了！我想，你读到上面的几行时，一定是彷徨恐惧，忧疑思虑，足够你数夜不安了；但是母亲呵，放心吧！我仍是"一路平安抵

法”的踏登彼岸呢!

寄信时走上第一层甲板，还没余暇四顾的时候，没头没脑的狂风，已扫得我身子东飘西荡。尽了全力上了第二层甲板，见水手们也正和我同样的东倒西歪在风阵里挣扎。在战战兢兢的奋斗努力中，幸能跨过头等舱走廊的栏杆，正当将过未过的时候，真是如何的担心啊！我恐惧，我没有重量的身躯竟会刮下海去！……

寄信回来，第一层甲板的风势浪力已不复能通过了；不得已退到二等舱里，从下面穿到第一层甲板。旅伴们都聚在起重机旁，三三两两的在议论着，女客们躲在下舱的扶梯门口，预备逃避时可以得到优先权，一面只是在大衣中瑟缩着向船外探望。船左的半天，都变成阴黑，烟雾似的浮云笼罩在无名的深蓝色的岛上，似乎巍巍的山石都要把我们活吞下去。黑压压的肃杀之气，密布周围。全个海面都像沸了一样的在翻腾踊跃，我们的船就像我们幼年时玩的秋千和浪木一样。层层相因的浪方从山脚下渐渐的卷向船来，便在怪叫的风声中，觉到坐了飞机一般的浮了起来；心魂摇旌未定，又从万仞悬崖上一直降落到深谷里去，四溅的浪花，雨点一般的把我们包围着。全船面的旅客立刻开始慌乱起来；一面还在神魂恍惚中仰窥着舵楼中船长的行动。我可以看出，每个旅客都有一种把整个心身交付船长的下意识的恳求。平日把生命藐视的一文不值的我呵，到此也不由自主的挣扎起来。本能么？本能么？

饮茶后，我们仍走上甲板，一则衣服稍淋了点海水，还不要紧；二则上面空气流通，免得闷在一孔不留的房里晕船。安南人正同我讲西北两方的天气比较清明稳定，他并说一二小时后只要航出了这东南两面的恶阵，便可逃出的话；我也痴心梦想地默祷着早早安息。远望来船，也正和我们同样的飘荡，我想我们是只要一夜便达目的地，他们是刚刚离家呢，不禁代他们担忧起来，……正在闲暇的思索，冷不防砰然的波涛从船右直跳起来，逃避不及，全身都埋在它的猛烈的打击里。半分钟内，落汤鸡一样的淋漓尽致的逃回了房内。大衣内外都湿透，无论如何不能再上去了，无可奈何只得躺到床上去。洪君在变色的面容中说他已难过得不得了，又说我的大衣被海水淋了，将要变成旧的样子，因为呢料着不得咸的。我只是默然的想着，旧不旧倒无妨，只是这样的洗过一般的湿了，明天早上如何穿得上身去，更如何能在寒冷的马赛上岸？焦急啊！船愈动得厉害了，我好像睡在粗暴的保姆的猛力的摇篮里，当全床向上浮起来时，竟好像要把我掷到地下的样子。幸亏床栏很高，如果没有栏杆的话，就是它不把我掷出来，我自己也要心慌意乱的吓得滚下来了！

躺着，只是焦望时刻快些过去。又设计如何侧着睡，向右睡，使胃不至激动过甚，晕晕的只是睡不着。

夜饭当然又在床上吃的了，猪排和熏鸡，都是好菜；还有洪君白天未吃完的鱼。正大嚼时，茶房又送冰淇淋来，大概是因为最后的一餐了，所以如是的丰盛吧！我一面用活指和死鸡挣战，一面在想着最后的盛馔的念头，船动也忘了，刚才的焦思灼虑，早已被现实的口福的快慰赶得净尽。

吃饱了饭，我又尽逗着洪君闲谈，因为如是可使忘掉风浪的颠簸，果然成绩很好，半天后不知不觉在疲乏中入梦了。可是最后的一觉，却只睡得四分之一还不到。全夜共醒了六七次，排山倒海的狂风怒吼，洪涛整夜的在耳畔悲嘶，睁大着眼尽着呆想，又是思绪纷乱得想也想不出什么问题。最后的一夜呵，真是如何的漫长寂寞呢！

五时即起来出恭。第一先看了大衣，已干透，惊喜之极，大概咸水易燥之故。整装，穿衣，梳洗之间，天已由黎明而破晓，而大亮了。汹汹的洪涛，只剩有微弱的余波，地中海的怒吼，已远远的遗留在后面。早点后，登上甲板，一夜之间一切都变了。十数小时的惶恐不安，恍如做了一场噩梦。深碧无底的海水，已溶成温柔稳静的马赛港外的绿漪了。万紫千红的朝霞，从山背直冲上半天，暗绿的山巅，犹在将醒未醒的睡态中，红色的光芒，却在山后摧她早妆。我一直因懒睡未看过海上的日出，此次都拜识了她的壮观奇丽之伟迹了！未来的曙光，又来怦然叩我心扉，积压的尘垢，竟扫荡无余……

母亲呵，朋友呵，“未来在期待我!”我又不禁这样幻觉了。至于终于一路平安抵法的慰安，倒反而邈远了。

一九二八年二月四日夜十时

于巴黎第五区嘉末街伏尔泰旅店

十四、到巴黎后寄诸友

燮均，临照，炳源，念先，绍丰，垣并诸位朋友：

渡重洋惊险浪而终于安抵马赛的 André-Lebon，在曙色满天的一九二八年二月三日上午七时四十五分，缓缓的在庄严和悦的汽笛声中进港。蓝白红三色的国旗，鲜明地活泼地在清冷的晨风中飘荡，码头上黑簇簇的人影，在远处隐约闪动。全船的旅客，都穿扮得齐齐整整，露着欢欣愉快的笑容，靠着栏杆，和他们久别的亲爱的故乡亲友重见，老远就挥手扬巾的招呼着。

抵岸前二夕，那法国胖妇人发起请三等舱全体旅客签名致至船长，对于此次长途航海的平稳安全申谢。在饭桌上轮流地都签了，满纸歪歪斜斜粗粗细细的字迹：表示各个人的真诚善意。那于我看来，都觉得十分和谐快慰的。那信送去后，第二天午时（即大风浪的那天，不过那时船正十分平稳着）舱长（Maitre d'Hotel）忽然到甲板上来邀全舱的旅客们下去，说船长要向我们答谢。匆匆忙忙赶到饭厅时，船长已先在了，旅伴们只到三分之一多些，因为多来不及通知。船长开始说了一套谦逊感谢的话。又说此行招待不周，使旅客先生们（法文中即 Messieurs les Passagers）感到许多不便，真是非常抱歉不安的。那胖妇人稍稍应答了一二句，船长也就告别了走了。我始终只是默然沉思；到岸时更仰望着舵楼，感到莫名的惆怅，一种感激惜别的情绪搅和着在胸中沸跃。

进港时第一见到了 Porthos 泊在右岸，又看见 Athos Ⅱ 和 Paul-Lecal 衔接着泊在左岸。同公司的兄弟姊妹们，在长长的离别后重见，我真代他们快活啊！尤其因为 Paul-Lecal 上，有哥仑布往返两次的足迹，Athos-Ⅱ是去年五月郑，袁，陈，徐，魏诸位的浮家，Porthos 又是春苔先生三年前的归航；所以于我更感到一种特别的温慰亲切。Athos Ⅱ正在修理，据说他是诞生于德意志的，所以现在正在他的母家定铸要件。Porthos是十二月三日在上海开的，Paul-Lecal是十七日开的，正比我们前两班，现在他们都在长途跋涉过后，静静的躺在马赛港内休息着。

停船真比开船还难！据说自己船上的机器不能开的了，因为势头太足，不能收住；所以前后两只pilot，一拖一挽的把我们十分缓慢的送到岸上。真有些奇怪，区区两只小汽轮，竟能支配两万多吨的André-Lebon!

靠岸后就到头等舱吸烟室去验护照，我第一次详细地看到了头等舱的贵族的奢华。进门时，正在唱名："Mr. 王宠惠"，我留神一瞥，呵，原来我们的Docteur（船上都这么称他）已这么老了！长途漫漫，风尘仆仆，当更增劳苦了。

同室的洪君，有他的表叔王君来接，我也就此叨光。他把我们的行李统交托转运公司；我只留一小手提箱随身带着，但出门时仍被关吏查过才放。出了公司的栈房门，不到十数步，又来了一个法国人，自己说是关上的暗差，要问我们的准许搜检身上（法语中就是这样说法的!）。王君袋里的中国印匣，他疑为纸烟雪茄之类，直到看见了象牙的图章才算。查过后，我们到邮局去寄信，我又发了一个电报给严济慈先生介绍的巴黎郑君，说我今夜夜车赴巴，请他等我在家。另外发了一封快信给朱君亚舫，快信邮费三角，比平信加六倍；电报却便宜极了，简短的一句，只三法郎数十生的。

出了邮局去找中法工商银行取钱，都是问路的，但非常方便，他们自己不知，便介绍别人告诉你，一些没有讨厌的样子。取钱后就寻饭店吃饭，三道菜，一道汤，一杯冰淇淋，价十三法郎，不算贵。菜味比船上好多了！尤其是面包不像船上那么酸而无味。一个多月来，第一次在岸上吃安安稳稳的饭，畅快极了！

饭后即到车站，步上六七大级，每大级二三十小级的石梯，因为车站正在山巅，所以上去很费力，石梯足有数十丈宽，两旁都是些美丽的雕像装饰着。车站周围也尽是草地，树木，椅子，预备旅客息足。在站上碰到安南人，他领我去买票，到巴黎的三等标价，是一百七十二法郎左右；晚上七时四十五分的夜快车。那时行李已运到，但转运公司的办事人还未来，天却下起小雨来了，王君说不如到咖啡馆去避避雨吧。我们就到车站旁的饭店兼酒排间的店里去，每人要了一杯咖啡牛奶，我仍吃不消他的苦味，放了许多糖还不够甜。咖啡馆里很多饮罢后看书阅报，久留不去的人，大概都是等车的。侍者是女的，在饭堂上则男女仆都有。一杯咖啡二法郎半，加一小账。还有许多饮酒的人，在烟雾酒气中高谈阔论。

王君他们四点多车走的，他们是往 Nice 去。三点多，转运公司的人来了，就去买行李票，照例三等客可带三十基罗，我却单是一只大铁箱就有九十基罗了，所以一共付去二百零一法郎，又数十生的，比车价大了三分之一，真是吃惊不小。买票时又问我价值多少，我胡乱说了一个八千法郎的数目，说是保险的，每千法郎应付保险费三法郎。不过是否等一损失后可得这八千法郎的赔偿，却不知道了。

买好行李票就同转运公司的人算账，一共四十二法郎二十五生的，连小账给了他五十法郎。箱子是统没有给关上查过。我一想到在公司栈房里查验行李的情形真怕死了；什么东西都给你捣乱了；一些丝质的东西，不论小手巾之类也要抽你税，新衣服不必论，整打新袜，那是抽加双倍的税（值一抽二）！我大箱里有人家送我的一打新袜，还有严先生托我带法的送人的新衬衫和茶叶，如其自己带时，定要给他大敲竹杠了。据王君说，关吏和转运公司故意串通好，凡是旅客自己运出的，他们必十二分的留难，使你们不得不去托那些什么 Son and Cook Co，Duchemin，Agence 之类，那些公司，有了生意，就是关吏多了油揩。我想，“原来如是”！

吃晚饭前，那位船上的德国旅伴，叫我替他和安南人翻译。说是他的行李太多了，尚少三百法郎，想问他借了，等到家后寄还，因为他同安南人在船上常说话的。不过安南人只懂法语，德国人只懂英语德语，在船上时由一个懂德语的法军官翻译的，现在却用英文叫我译了。可是那安南人说他自己也只有一百法郎了。那时候，我看那德国人真为难极了！他家住匈牙利的布达佩斯，从马赛去要两天半的路程。他现在举目无亲的问谁去借呢？于是我便告诉他，说我可以稍稍帮助他一下，就给了他三百法郎。他给了我他的地址，说到家后就汇寄到巴黎郑君处。晚饭时，他说吃不下，只喝了些牛奶，安南人用法语同我说，恐怕他是为省钱的缘故。我听了只觉得难过，出门人是常会遭遇到这种困难的。他先要乘车到 Vintieme，是七点四十分开，正比我们前五分。在车站上他紧紧的握了我的手道谢，说一到即寄还。我连连说小事不必介意。他匆匆的上了车，我觉得非常难受。虽然是新相识的，但在船上时，我一直看他很诚朴的；匆促间因了不方便而求人原是如何困难的呵！这刹那的聚谈和些微的效劳，只使我觉得惭愧和怅惘。

法国的三等车，是八人一间房间，不过客少总坐不满的。坐垫很舒适，门关了可与外面的走廊隔绝。我们一间只有四人，所以可以马虎地睡一下。房内有热气管，很暖和。电灯共有两只，一只是微暗的太平灯，睡时开的。

上车后他们还都看一会书，我早疲乏得不得了，在摇晃的震动中渐渐的朦胧入睡了。一夜共醒了好几次，每次车停必惊觉。第一次过 Lyon 时，我以为快天明了，哪知只九时四十分，开行后还不到二小时呢！我在国内很少出门，夜车还是生平第一次。夜长梦多，又是睡不舒服，困累极了。只望它加快飞行，早到巴黎。一觉又一觉，一站又一站的，忽然在山顶上跑，忽然在平地上奔，又忽然往河面上飞，一忽儿又向黑漆漆的山洞里钻。夜色重重中，只能在幽微的月光下，认出是山冈还是平原。车站旁高高的明亮的路灯，射入车厢，愈显出夜的幽静，沉寂。每站并有卖报的，卖小册子（路上消遣的东西）的曼声的喊叫，仿佛是催眠的歌儿。黎明时在一站上停靠七分钟，专为旅客们下车早餐的，简单的一杯牛乳，一块点心，就排列着立在咖啡馆柜旁饮喝。

行行重行行，又是日出了，温和的太阳在雾氛中，追着我们狂奔。浓霜铺满田野间，仿佛下过了雪。纵横交错的车道，一行列一行列的货车客车，都能辨认了。窗上全是水汽弥漫着，可知天气的冷度。道旁小屋中的炊烟缓缓的升起，报告我们时刻。河上结着薄冰，在阳光下闪耀着。一切的故乡景象，都一齐回复了，所差的就是竹篱茅舍都变了洋楼红屋，平原田畴，变了山地丛林罢了。

九点半车停巴黎。安南人有他的安南朋友来接的，他就替我叫了汽车，伴我到第五区嘉末街三号找郑君的寓所。可是旅店主人说，他昨夜接到了电报，说不认识这人，所以把电报退回了；他今天早上已出门去。还有姓苏的，也出外了。不得已再去找罗冷街十四号的袁君中道，他是春苔先生介绍的，不料房主人又说他出去了。安南朋友急于要走，当然也不好再麻烦别人了；自己再问路，找立勋叔介绍的我们的同乡华君。一个法国人竟把我领到了，可是已搬了家。这时候真懊丧万万分，后悔昨天的电报，不应忘掉加上严先生介绍的字句，现在竟变了彷徨于巴黎街上的浪人了！

最后，仍回到郑君寓所等候，因为跑到一家“中华饭店”里去，说太早没有饭吃。于是就在郑君的寓所里等到十二点，再去吃饭。中华饭店当然是中国人吃中国菜了！一只炒蛋，一只肉丝，一只汤，共价十六法郎，很贵的！可也丨分满足了，因为三十多天不知中国味了。

吃过饭后，再到袁君那边去，因为上午那主人约我下午一时去的；说袁君每星期六下午一时回来一次再出去的。于是我又到那店里的客室里去老等，一会儿女店主说来了，指着进门的一位中国人，说就是他，就是他。我马上把孙先生的名片给他，他看了一刻，说这是谁？我不认识的！我和他缠了半天，才知他姓杨，不姓袁！误会了！真是倒霉，白等了半小时。女店主便和我在旅客名牌上找了好久，中国人的名字都对过了，都像刚才那位姓杨的那样的名姓不十分符合“袁中道”三字的字音的。末了，她盘问我这学生是学什么的，我说学图画，她说是有一个学图画的；又到抽屉里去翻，终于的的确确查出一张旧的旅客名单上写着 Mr. Yuan Tsong Dao，清清楚楚的确是袁君的名字。她说已搬走了，在去年十二月二十一日搬的；说他留下一个地址，又找出一个信封，上面写 Yuan Tsong Dao，7 Rue Richard lenoir Par is（lle）。啊，闹了半天，是一场笑话！赶紧道了歉走出。

回到郑君那里，都回来了；快活之极！我留在那里的严先生的介绍信已从信封里跳出来躺在桌上了。他殷勤的把我招待了，替我就在这旅馆里找了一间房间，每天十六法郎。里面一只大铁床，洁白的绒毯覆着。两只电灯，一只在床头，一只在写字台上。一个衣橱，一只梳洗台，上面挂起两条白手巾，一壶清水，一只面盆。什么都有秩序的布置着。热气管在门口。可以自由开放。一只沙发，两只椅子。玻璃门外就是嘉末街尽头处转角的地方，地位很僻静。又在二层楼上，上下也便利。据说这是专为短期的旅客的，所以房租贵些。但较之上海，已差三四倍了！十五法郎合上海一元四角左右，在上海的一元四角，哪能住到新式的洁净的旅馆？吃晚饭时，他领我到西菜馆去，二菜，一汤，一水果，只六七法郎（合上海六角左右）。他们问了我上海的生活程度，都惊讶说怎么上海的物价比巴黎还贵？唉，哪里呢！一切都出轨了，什么事能不颠倒呢？

行李安定后，他们就亟亟问我中国的情形，又问我南方的形势，民间的趋向，学生界的现象，遇到好几个国内的同学，一见面听说新从上海来的，便都争相问询。真惭愧呵！我心中极愿带些好消息给你们，安慰你们海天万里的向往热诚。可是不长进的我们，怎能掩饰那混乱稀糟的一堆烂污呢？

一室内聚着几位郑君的同学，我便做了临时的顾问，最后也只有摇首长叹。灰色弥天的中华民国，不知何年何月才能睡醒那五千年大梦？那种激昂愤慨的紧张的空气，宛然是在国内时三数友人谈论国事时的神气了！

来法才二天，没有什么见闻可以报告。只是处处有一种安定快乐的空气，确使在沸腾惶恐的中国逃出来的我，觉得非常的安闲心定。

他们物质的享受很充足，奢靡繁华的现象是高唱精神文明而空无一物的中国人所梦想不到的。他们不但吃饭要钱，在公共地方出恭也要钱（譬如在火车站，咖啡馆等都是）。而且什么都有小账，但也有一定的规矩，大家都不会逾越，所以虽在比上海热闹喧哗到百倍的巴黎，却反比上海感到舒适，快意。在马路上也没有上海那么多危险。买东西时也没上海那样容易上当。前夜经过警察厅，是全巴黎的管理治安的最高机关，他们墙上刻着“按照一八八一年七月二十一日的法律，禁止招贴”（Défense d'Afficher Du Loi 21 Juilet 1881）！看此就可见他们的精神所在了！

我们住的是第五区，有名的学生区域。巴黎大学的文科理科都在这区内，还有法国最高学府 College de France，也在巴黎大学右邻。据说巴大文理二科共有学生六七千。法科最多，有一万左右，医科约三四千。中国学生在巴黎的亦有数百，在路上时常可以碰到（确不是日本人）。但留学界的情形也不大好，真真念书的不到十分之一！

昨天去玩了 Luxembourg 公园，又到北京饭店午膳，比前天的中华饭店便宜多了。郑君说那爿是广东店最贵了。第五区内的中国饭店，共有五六所。他们的内容布置，完全法化，只是装饰的东西，有些中国的刺绣画屏之类罢了。外国人亦颇多来吃中国饭的。

饭店是同咖啡馆一样可以窥见社会真相的地方，不过匆促间尚未能有所报告你们。

这几天正忙做衣服，看医生，办注册等问题，都靠郑君他们领导去的。他们至诚的相待，真感激呵！我预备一星期内把诸物赶好即到 Poitiers 去。长安居，大不易；何况名闻世界的巴黎怎是穷学生的乐土呢？

以后再写吧。再会了，诸友！

怒安

一九二八年二月六日戊辰元宵灯节

于巴黎第五区嘉末街三号伏尔泰旅店

十五、在卢森堡公园里怅惘

抵巴第二日，就逢星期，饭后郑君陪我去逛了一次 Jardin Luxembourg，匆促间未看得仔细又下起雨来，没绕完一圈就回来了，以后每逢饭后未到大学校上课的时间，他们总是在那边散步的，一则离大学（他们简称巴黎大学为大学）很近，二则吃饱了饭无处休息。我也常跟着他们，但只信步走去，所以仍未看到全部。今早乘便独自去绕了一转，在静默中得有思索观察的余暇，不觉受到了不少的感触。

高高的树木，赤裸着在冷峭的晨风里微微发抖；全公园都笼罩在迷糊阴沉的寒冬薄雾中。据说巴黎的天气，入冬后都不大好，要到三四月才有整天的太阳可见；怪不得我来了好几天还没看到一次晴明的天空，或是绚烂的晚霞，终日只是昏暗的白灰色的闷气充塞着。园外三四丈高的铁栏，矗立在空漠的冷静的街上，愈显得枯寂。只有巍然高踞的石像，还在严冬里表现他中古时代的武士的精神。三三两两的游人，都紧裹在大衣里瑟缩的急急的走着，想因此可以暖和些。小朋友们带跳带跑着在微喘，嘘出来的烟雾似的热气，在冻红的苹果似的颊前渐现渐灭。勇敢健旺的小朋友呵，我真赞美你！

远远的在 Senat（参议院：法国的参议院即在公园旁边，园内可见议院全景）旁的碎石道上，奔来了一个男孩一个女孩。女孩渐渐的缓下来了，只疲乏的在后面跟着。小皮球直向前滚，双耳直竖的小狗发狂似的追逐去，浑身的毛都逆着寒风舞。小主人一忽儿高声的鼓励它，一忽儿温和的抚慰它。这小女孩，我一瞥便窥见她不长的鹅蛋形的脸庞，又白又红的健全的血色里流泛着她整个的天真活泼的灵魂！紫红的皮外套，包裹着她童稚的美丽的体格；长统的象牙色的袜子，紫红的皮鞋，显示一种和谐生动的情调。男孩的容貌，虽没有她这般美，但也颇流露着快乐可爱的气息。他们俩大概是姊弟吧，姊姊也不到十二三岁，弟弟当然更小了：可爱的一对，人家都在匆忙的步伐中特意留神注目。

我是一个没有兄弟，没有姊妹的孤零人，——有是有的，可是都跑向我未来的世界里去了！所以从小见了亲戚中兄弟姊妹的行辈，于我终觉特别亲切。在外偶而遇到可爱的小孩，又常有一种巴不得他便是我的弟妹的妄想。今天见了他们，更不禁突然想我国内的若妹，觉非弟，小妹妹，三个仅有的小朋友来！我同他们在一起时，常恨终不能扯掉大人的假面具，——虽然大人里面还嫌我脱不掉小孩气，——和他们入于忘形陶醉的境界。这眼前的不相识的小朋友，又增加了我无限怅惘。黄金时代的乐园，终于没有我的份了！甜蜜快乐的童年幻梦，终于渺远了！所仅有的小朋友，五六年后，也都跑出了儿童的世界；自己呢，不消说也愈沉到成人的愦梦的深渊里去了！回忆每次寒暑假，和他们欢聚的情形，天真烂漫的愉快喜悦，真是恍如隔世了！

临行时，若妹小妹妹都送我到船上，觉非弟因为学校考作文不能来。小妹妹在船上的时候，常同静姨母（她的母亲）说："姆妈，下去吧！要开船了！"当我们问她怎么知道要开船的时候，她说："机器在响了！"其实是甲板上起重机的声音呵！小妹妹只六岁，在她聪颖慧悟的小小的灵魂里，不知怎么知道她是不应当在船上和我同去的！她虽经我们劝导了好几次，但总是时常着急："姆妈，船要开了！"你着急船开，我却着急船不开。不然把你同一切送我的亲爱的母亲朋友都带了来，岂不好呢？……

话说远了，再回到公园里去吧。

绕道走上石阶，两个四五十岁的有须的男子，在木叶尽脱的林下打木球。一个个交叉的铁门，手杖似的木棍，圆溜溜的剥蚀的木球，都是我童时良伴啊！看他把对手的和自己的球踏在脚下，举起木棍预备敲出对手的球时，我又不禁沉入幻梦中去了。当年最擅敲球的同学，优美勇武的姿势，响亮的拍的一声，把小小的对手的球送到辽远的无量无边的大地上去的情景，一一都重新闪映过。现在复有到了老当益壮的他们，莫叫我衷心地惭愧！在他们，原没有什么童年老年的分别的。暮气沉沉的我们，真怯弱得可耻了！

喷水池面积很大，泉源虽不十分畅旺，但因为这是全园惟一的水塘，所以特别宽广。离岸二丈余的水中，一只布篷木制的小帆船飘浮着，喷泉的余波微微激荡着，使它稍有些倾侧。假若小人国里的朋友乘坐着的时候，那也一定同我们在地中海怒吼的 André-Lebon 上一样的恐怖惊惶了！池旁围有尺许高的水门汀栏，一对七八岁的幼童倚靠着正在玩赏。一会儿又谈起话来，像在商议什么，后来便都跑向远处草地旁去捡石子，一颗颗望着船的外舷方面投去，藉着水波的作用，要叫它收篷傍岸。这正和我们在小学校里拾取河中的皮球同样的方法。聪明的小朋友，这是谁教你们的？因了不息的努力，船便慢慢的泊近岸来；将到未到时，小朋友更性急起来，大半身横俯在水门汀上，脱下帽子像扇子一样的扇它近来，但不中用，便又忙着戴上去，双手在头上乱摸，使帽子整齐服帖。一个又拾石子去了，一个更焦急着伸着小手乱摇，想赶紧和他海上的伴侣握手。创造的生活啊，儿童的智慧啊，我窥见你们整个的世界了！当他们互举着船行"进港式"的时候，我暗地里满腔热诚的祝贺他们的成功，胜利！

一路出来，种种的思潮在胸中涌起。故国的小朋友们，在这冷冽的寒冬，照例是禁止出门的；就是庭院里的娱乐，也为爱护至极的母亲所不许的。我深感母亲的挚爱。但看了他们的那种活泼强健的小孩，同着我们文弱清秀的小朋友们比起来终觉有些怅怅。文弱清秀，原是中国人形容温文尔雅的丰度的言辞，但手无缚鸡之力的文人，终究造成了可怜的老大的病夫！旭日东升的童伴，到今还被迫着不能放射他的霞光异彩。

在巴黎每二三区有一大公园，Luxembourg 也不过其中之一罢了。每区内又有三四处草地空场，内面也有林木花草，石刻的美术品，休息的座椅，预备儿童们放学后散步游玩，换换空气的。巴黎郊外更有好几处大树林，供城里人享用。所以工业比上海发达数百倍的巴黎，反较上海清新卫生得多。想想我们的中国吧！

怒安于巴黎 Hotel Voltaire

一九二八年二月九日元宵后三日

十六、来到这静寂的乡间

春苔先生：

来到这静寂的乡间，匆匆已快旬日了。

在巴时，曾听陈女士说我的第一篇通信已于《贡献》第五期上发表了，我真如何地快慰而又惭愧啊！亟亟热望着我的亲友们，能够读到万里之外游子之音，当然是大家引以为欣喜而慰藉的事。但是浅薄无聊，多愁善感的我，有何贡献，敢来占据你们宝贵的篇幅，惊扰读者的清思？日来功课正忙，趁着这二三天假日，我决意写了这第十六次的通信而把它结束了。

我现在住的是法国略偏西南的维也纳省（Vienne）的省城，博济哀(Poitiers)。全城位处山中，高低栉比的房屋，全是依地势倾斜平坦而筑的。居民四万余。一切公共设备，如图书馆，公园，病院等，也都完备。并是大学区之一，文法理三科学生，约千余，其中以法科为最多，约占七八百。我华学生，除我友王君外，尚有闽鄂两省者三四百人。城中市政，不算讲究；马粪累累，仿佛我想像中之北京。又以山地关系，道路崎岖不平，加以石筑，尤使你走路时左右滑跌。据说夏天少雨，故满街灰尘，竟和不长进的中国一样。初来时四五日，连绵阴雨，丝丝的，细细的，真是闷人。天气也和上海差不多，王君说夏天也极闷热。法国气候，原以南方为佳，巴黎的冬天也是浓雾冻云，灰暗可嫌。此间此时，尚须生火。惟出门时反无中国那样的大西北风，大概四面皆山的缘故吧？

城中教堂最多，有的还是十四五世纪遗物，颓毁之象毕见，然而信徒们还是熙熙攘攘往里祷告去，香火可算盛旺了。交通除有往来巴黎与波尔多（Bordeaux，法国著名产酒地）之火车路过外，繁盛大街，并有七零八落之电车，以及又少又坏的公共汽车，车身之坏，真是莫与伦比！看上去至少比我们的年纪大上一倍。加以道路的不平，尤其你坐上去屁股颠簸得要命。而且不知是开车的机关不灵呢，还是开车的车夫不能干，每次停车开车时，要使立着的乘客前俯后仰一会。路线又是短，我一则用不到公车，二则实是有些怕坐，故除了初到时坐过两次外，至今没再领教过。

城中最普遍的是马车，（这是马粪累累的主因！）无论男女老幼，都会驾驶着出去收垃圾，送牛奶，运货物，赶市集；又大又污的木轮又沉重，又吃力的在街上轧轧地滚过，有时候开起快车来，我住的房屋也不觉有些震动。此外我们在上海时称为老虎的汽车也不少，但大半是私人的；有的是公司里运货的。至于专门出借的极少，除了火车站外，也没有巴黎那样沿街可雇的汽车，而且车上没有巴黎那样的自动价目表，尤使我们外行人怯于尝试。

影戏院共有三四家，全都集中于 Place Dame 那样的地方。我初到那天，正是星期，跟着王君从火车站走到大街，路过那 Place 时，只听见不住的锐长的电铃，在东西相望的电影院门口叫着，一大群人挤在阶上等卖票处的窗洞开放。一下子竟使我在巴黎的影像重复闪过。一路上并见一大群，一大群的男的，女的，先生们，太太们，学生们，都穿扮得齐齐整整，向着我们的来路跑。那是不言而喻，他们是去调剂他们七日间的疲劳的。我们因为要找房屋，故专往冷落的街上跑，真是少有和我们同路的，所有的都是迎面而来的。

在巴动身时，天气不算好也不算坏，送我的郑君说，在巴黎过冬天，只求其不下雨已很好了。到博济哀时也还算“阴”而不雨，等到往车站旁小旅馆里一放行李时，竟丝毫不留情地下起来了，一下竟愈下愈起劲，我同王君竟是落汤鸡一样的满城乱窜。

说起小旅馆，那真够讨厌了！满室的陈宿气。既是阴雨寒冷，又是没有一些火可以取暖。电灯高高的和天花板亲近，微弱的光芒几难以烛亮全室的轮廓。窗子是向北的，离窗不远便是比我们占据上风的山坡上的高屋。在又阴森又黑暗的笼罩中，被褥也愈显得不清洁了，加之冲鼻的陈腐气，更使我多疑虑。一个人真是又凄怆，又孤独，又寒冷，又胆怯，我竟连嫌恶的情绪都没有了，满怀只是猜疑恐怖充塞着。

王君也太客气了，一进门便乘我上楼时把旅费付清了，我就是要走也无处走。邻接的旅馆又安知不是难兄难弟呢？何况白丢王君惠钞的旅费，怎好意思！因此就团缩着熬过了一夜，天明时就爬起，老早赶到隔昨说定的新屋去。

在此要找适当的房屋，也颇不易。加之我条件又太苛：价钱虽可稍出多些，但又不能无端的被敲竹杠。房间大小，地位，方向，建筑，新旧，陈设，清洁，都是我极注意的外；还要观看房主是不是古怪冷僻的人，有没有太多的小孩足以妨害工作的情形。尤其是讨厌的，就是大多的出租者，都只有宿没有吃的。我想，为了吃，一天要跑几次，路又不好走，天气又常不好，真太麻烦了。所以只能累着王君，在淋漓尽致的状态下奔波。我真是如何衷心地对他抱歉啊！

末了，总算找到了一处膳宿相连的地方，出来接洽的是一个三十岁左右的妇人，很会说话，起初开价说膳宿水电一共五百法郎，我就说太贵。王君用中国话和我讨论还的数目，她在旁边便猜着说，“四百……二十……？”我一听她在四百二字上打了一个顿，我便决定还她四百。因为我们半日的经验，吃饭三百不算贵，房间一百也是公平的价钱。但她说：“四百二十吧？”我说：“不，四百！”她又说：“四百十吧？”“不，四百！”我仍是坚持着。她又说：“四百五吧？”我终于肯定的说：“实在不能多了，四百！一定，四百！”她踌躇了，末后，说她母亲出去了，不能决定，约我们明天一早再来。但王君又去替我讲了许多话，说我是常住的，说不定要好几年呢，所以临行时她差不多答应了。

翌晨，我和行李一同去时，房间还未收拾好。一会儿，一位约五十岁左右的太太进来了，先自己介绍说是 Madame Jacquenim，随后又很客气的说：“昨晚不在，很抱歉！不过我的女儿答应得太卤莽一些，……你很知道的：这样的房间太便宜了！……我想请你稍加一些电费……”她那种纯粹法国式的妇女，满是谦逊，温和，有礼，善于辞令的外表，以及我急于要安顿行李的心情，使我答应她加她五法郎一月。她表示满意之后，还说了好多便宜的话。最后，又郑重其事的对我说：“我请求你，千万不要告诉别人（指同寓者）！因为我从来没有租过这样廉价的房子……真的！先生，我请求你！”吓，好一位会说话，会治家的法国太太！

在巴黎时，旅店主妇也是这样的客气，不过并没有说便宜的话。我租屋是郑君代去接洽的。但临行前夜算账时，她一面结账一面絮絮地同我招呼，付钱时又说希望我下次再光顾，这次真是十分感谢。我走的早上，虽然时间很早，全寓的人差不多都还睡着的时候，但她已起身了，等我东西放好，车正开动时，她在门口出现了：“再会！先生，Bon voyage！先生……”仆妇也在门口说着：“谢谢先生！”那些……那些确使我感得她们的和善有礼。不过在这次找房子经验里，我又感到那些有礼，原是面皮；内心仍还是金钱！她们尽管在招待时怎么殷勤客气，到了要钱时候总是一个生的也不肯轻易放过的。等到目的达到，送你出门时，又完全是春风满面，笑容可掬的满口的再会，道谢了！

本来，人不是完全的动物。在生存的欲望里，谁又免得掉没有那卑鄙的本来？据近日来她们待我的情形观察起来，我感得她们确有如厨川博士说的西方人的情形。他说，他们是以物质为基础而渐渐的走到精神的道上。最初是金钱的交易，以后却慢慢的生出超物质的温情来。不像日本人假仁假义的先是温情，而终于露出本相来的那种可怜可鄙。因为人类谁又能离却物质而生存？（这段是我从回忆中写下的《出了象牙之塔》中的大意。）

我搬进时，就同她们讲：“因为医生的嘱咐，我不能多食肉，请多给我菜蔬鸡卵之类。”因此她们每逢饭菜中有牛羊肉，必为我易他品。并屡问：“什么东西喜欢吃么？”她们替我更易的食品，也是天天变换的。我第一天吃的那种奶油蛋，至今没吃过第二次。她们原不常食同样的东西的。她们见我不喜食乳饼（fromage，英文中叫 cheese 的），就为我烧牛奶粥，用牛奶放糖和米煮成粥状，我真是第一次尝到，味却不差。有时呢，便给我换成果酱。那种精心费神的照顾，的确令我想不到那是虚伪的！

她，主妇，知道我家里只有母亲一人，她便问我为什么不一同来呢？不是大家都幸福快乐吗？我告诉她，那是不可能的；因为中国的家庭，比西方人的家庭要扰杂的多。但当她问起我假期中如何消遣时，又问我回家不？当我告诉她路远不能时，她又说了，说不定你底母亲会来探望你！她一人在家，将如何地寂寞而忧闷啊！

她们最喜欢听关于中国的事，一切政治，商业，风俗，饮食，起居，都要问到。可怜我法文程度实在不够，只能极勉强的告诉她一个大概。我说，“中国的情形太复杂了，外人不容易观察。”她也说：“是的，我们的报纸有时也记载错误了！中国实在太大了，所以不容易明白，也不容易治理。”

她昨晚又问我，有没有母亲的照片？我说没有；她怅然地说：“我们从没有看到中国妇女的照片！如果能和一位中国太太一谈，那真如何地有味啊……”

唉，母亲！我想不到来此会遇到一位极似母亲，而常提起我母亲的亲切的老人！

刚到几天，为了天气的不好，心绪的不宁，颇不堪其沉闷。近数日渐渐惯适，确感到“自有幽趣”来。我家乡是一块有水有山的半岛。离海虽近，但也从未见到。山是不用说了，连丘冈都没有的。我常以为憾。此次远行，得领略了天空海阔，渺渺无涯的景色，激荡着狂涛，怒吼，雪浪悲嘶的壮观，精神上受到了不少的刺激。此来更默处山中，开始度那世上千年的隐士生涯。处在这淳朴的伴侣中过着宁静安闲的日子，那种幸福也是一生不可多得的。故国的稀糟混乱可悲可痛的影子远了，不觉清静了许多。在国内时，不看报又觉厌闷，看报时又是满纸酸心的事，真痛苦极了。然而赤手空拳，徒唤奈何，又有何用。倒是索性隔绝得远些，反较安静。反正是失望了，便不必多去悲伤！

同居的五人，都是学生，大半是学法律的。一个年纪最轻的，只十五岁，是学音乐的。每天晚上回来时，他总是要练习一下钢琴（寓中所备的）。他已能弹 sonatine 及一切的复杂的舞曲了。那又健壮又活泼的少年，真是玫瑰一般地美丽，露珠一般地明净。新相识的小朋友，我在默默地为你祝福啊！

明天是 Carnaval 节，学校从今天起放假三天。据说在这一天大家可以闹一番的，有人译为“狂欢节”，大概就是这意思。同伴们都回去了，只剩一个塞尔维亚人和我。

每天照例出去散步一次，携带了地图，俾免迷途。我们到大学文科是很近的，只有像从上海的商务书馆到北新书局（四马路）那些远近。附近又有一个植物园，虽很小，但颇具幽意。门口几棵高过数十丈的树，都赤裸了。可是满园却尽是松柏之类的常青树。深碧的伞形的长松阴下，躺着雪白的浓霜，日光缓缓地移过来了，便渐渐变成晶明的露水，湿润着茂盛滋荣的绿草。我对于草木真是疏远得很，大半的大半，我都不知其名。看这里在这季节的草色还是青绿可爱，可知决不是和上海枯黄萎倒得草地同种。小小的池塘，寥寥的山石，泪珠似的水，从上面淌下来，流过那倒垂的蔓藤，潜向池中去。石上青苔，原可盈寸，足见它年岁之久老。树上都有挂名牌，但我仍不相识，就是翻字典也没用的，中国没有的植物，叫编字典的人也无从翻译起！只是看他标的年期，有的竟在一七七四年前后的。有涯的人生，何其渺小得可怜啊！

昨晨去游全城惟一的大公园 Blossac。听着轻微密语的鸟声，看着修剪齐整的树枝。浓绿的森林里，散步的小道蜿蜒地远去，我不禁想起《茵梦湖》里所描写的“林中”来。这些可爱的小孩中，说不定也有着未来的来印哈德和以丽沙白呢！

因着地位的关系，我们可以依着 Blossac 的短栏，而远眺全城。处女般羞怯的 Clain 河，姗姗地在低田中间流过。我五天前在植物园旁边看过 Clain 雄伟的波流了。河身湾转处，翻着那雪白的软绸，洪大的涛声有如雷鸣；远远地，渐渐地流到下流，在圆形的桥柱旁冲过去，全河面到处是漩涡，像无数的小鱼当天将下雨时一样翻跃欢腾。河旁的低地，与河相差几不及一尺。矮小的房屋，看来像是玩具。洗衣妇全神使劲在捣衣，勤苦的男子在布置着湿透的低园中的植物。还有那有钱人家的考究的楼房，背临着，瞰视着河面，那才是近水楼台呢！

昨天在Blossac见到那微弱到几乎静止的水落时，真想不到那是同一的Clain河！

在途中，经过香港，经过新嘉坡，经过科仑坡，都会看了半山腰的房屋而艳羡，起一种至少须得让我去浏览一下的妄想，不料此时我竟“身在此山中”了。漫长的鸡声，报告着时刻，清脆的犬吠，警戒着来客，温和的太阳普照着大地，微暖的和风拂着我，向我说：“春神快来到了！”啊，那，那，还不是我的故乡么？我竟从万里外归来了！我竟从万里外归来了！可是，母亲啊，怎只看不见你？

在喧嚣的上海，是听不到鸡鸣犬吠的，（有的犬吠，也只是豪富之家的势利狗罢了！）在巴黎更不用说，三四月来第一次听到鸡啼呢。每当引吭高歌的余音，响到我耳鼓时，我总要掩卷默想一回，梦幻一回。

在巴时，学昭女士曾和我说：“在此见到了有些极像故乡的情景，有些极不像故乡的情景，在这种冲突的同与不同间，我感到很深的感触！”啊，我如今也体验到了。

末了，我想聊带把最近中国留学生的现象报告一些给先生听。一些，只有一些！只请先生检阅一下我们的队而已。

在巴黎（我说的只限巴黎），所有的学生，大半还集中于拉丁区。在这区内的几条繁盛的如Saint Michel，Saint Germain几条街上，不用说很容易遇到同国人的。

晚上，从饭馆里出来，照例要在附近散步一回的。因为巴黎人多于鲫，家里只有睡觉的地方，哪容得像中国一样的有你踱步的地方？肚子装满的时候，自然要找个运动一下，舒展一下的地方，白天可以到公园去，晚上只能在街上了。那时才真好看呢，妖形怪状的土娼（简直是野鸡），眼睛四周涂得碧绿的，嘴唇弄得鲜血直流似的满街都是的出来觅食。一群饿狗似的中国学生，（不是说饿狗似的只有中国学生！不过现在我只说中国学生罢了。）三三两两，帽子覆在前额，微微的左倾着，挺着满满的肚子，两眼骨溜骨溜地向着她们乱射，嘴里还哼着“Hello！……”一面走一面又努着嘴和同伴们品评起来。吓，真是十足的中国学生！在上海逛惯了四马路大世界的我家贵同学，到了几万里外的欧洲，原还是君子不忘其本！好一个泱泱大国之风的国民啊，好一个风流公子啊！

我曾同一位友人到过一两次咖啡馆店。（法国的咖啡馆是比中国茶馆还多上十倍的，先生当然知道的了。）他问我要楼上去呢还是楼下，我不懂，问他楼上怎样，楼下怎样。他不响，领着我径往上升。只见一桌桌的扑克麻将，大半是我们的同胞，正喧嚷着勇敢的斗争着。再进去是打弹子的地方。那位朋友便问我了：你要玩什么东西？……打一回弹子罢！啊，惭愧！我是什么玩意儿都不会的。真辜负他们的好意了。于是他又领我下楼来，细细告诉我说，中国学生中有好多是靠赌活命的，他们离开牌（无论扑克麻将）简直不能度日！他又讲给我听，法国卖淫的情形，留学生中有钱的很多包一个妓女的（当然是土娼）。陈女士说的男嫖女赌，我看还是男同学本领强，嫖与赌兼而有之呢。

第二天晚上，那朋友又请我去看戏去，碰到一位已经在国内得了法学博士出来的同学。他问起我中国的情形，他说：“中国国民党现在不是很有势力么？我有一个知友，同某某某（国内要人恕不称名了）很有些道理……唔，……”他说着非常得意。我真祝贺他有这么一位知友！据说，这位同学因国内的博士不十分神气，所以再到法国来弄一个法国的博士。他正研究刑法，预备回去做审判官。那些话是不是真的，我不敢说。但是他的知友同某某某很有道理的话，却是我亲耳听得的。

不读书而专事花天酒地的既如此，读读书而转念头的又如彼，我真不知中国的青年有何希望呢！

真正头脑清楚，用功读书，确有目标的并不是没有！就我所知，就有好几个。但是依据着全体的比例看来，真是可怜得够了！实在的，国外的学生界，简直糟到和上海一样！真正可称为现代的青年，中国的学生的，同上海一样的希少罕有！

在领事馆里，我更碰到一件奇事。那天我是去拿国际证的，忽然一位学生模样的中国人，推门进来，一位上级职员似的出来问他，“有什么事?”他低声的答道：“有共产党的事情报告。”随着那上级职员放下欢迎的脸来，“请进来!”他又跟着进去了。我一听见“共产党”三字，不禁注视了他一下，心里一阵迷糊奇怪。听说他们二党（国民党和共产党）的中国学生，在法也常常手枪见面的。真算得英雄：为党国牺牲！

好了，够了，愈说愈糟，不说也罢！

本来，陈女士老早就叮嘱我说话留意些。她因为说了几句真话，而犯众怒，叫我不必再碰钉子了。但是我偏有些倔强，我说的是真话，又不造半句谣言。要不犯众怒，那除非你不说话！在这世界上，你要说一句公平话时，就犯众怒！她又问我有何党派，我说没有的，她说那更糟了！他们两方可以任意说你是国民党，或是共产党。……啊，那简直无话可说了！

总之一句：留学生糟糕的情形，确是实在的，无可掩饰的！我也不懂，为什么像陈女士所说的，好像大家都有一种无形的默契，从不把留学生界的真相宣诸国内的。可是无论你们怎样包蔽隐瞒，你们不求上进，将来到底个个要回国的，你们数年来的成绩，到底要宣示于国人的耳目之下的！你们实际的能力，也要大大影响于未来的中国的！看，这是我们的将来！

有人说，现在骂人是出风头的好方法。不过，我自问既不是来出风头，也并不是来骂人，只是把实在的情形披露一些，让国人知道留学生界的内幕，而大家起来做些严厉的监督！一方面还是希望我们的同学们，醒悟一些，早早回头，想想我们的将来，想想世界上还有一块烂肉，我们一切亲爱的人们，便在这块烂肉上，受着蝇蛆的叮！

我的通信完了。一无成绩，只是一大堆乱草，白糟蹋了你们的时间来读它，真是万分抱愧的！希望我能好好地，警策一下，努力一下，将来能勿自沦落，仍以今日的面目与诸亲友相见！

暂别了，我亲爱的朋友们！祝你们都好！

怒安

十七年二月二十夜于 Poitiers

谢春苔先生为我的通信的操劳

现代法国文艺思潮

若干时以前，法国有人做过一番测验，要知道以什么适当的名词加于我们这个时代。在历史上，某种思潮被称为古典的，某种被称为浪漫的。可是，生在现代的人，要知道后来者对于我们这时代的称呼，是件很不容易的事。这大概和我们生存的时候要认识“生”的面目，同样的困难吧？

“立体主义（cubisme）”这名词已经很流行了。但每个名词一朝普遍之后，就会丧失它原来的意义。譬如“立体主义”四个字，在一般人的脑中，并不是象征一块块的立方的体积，而成了“不可解”的代名词。清新诗被称为“立体主义”。一位老先生看见银幕上映着动作迅速的景色，模糊的好几个景致交错地映在一幕上的电影，就说：“这是电影上的立体主义。”

还有一个名词：“现代的（moderne）”，虽然涵义宽泛，但已比较富有内容。它是代表某种新意识，可以认做现代文学的主要性格之一。“现代的”这个名词，在近三四年的中国，也非常风行了，不过一般人译音叫做“摩登”，他们所认识的意义，亦仅限于时髦（mode）方面。这是和“现代”意义，大大不同的。其实，法国十七世纪，已经有过很著名的文艺上的争辩，即“古代的与现代的争辩”（la querelle des anciens et des modernes）。这场辩论当然要比数年前梁实秋和郁达夫两氏所争的“浪漫的与古典的”问题，更有意义。因为它是法国文学奠定基础的肇始，是十七世纪的作家不承认在原则上弱于古代（即希腊罗马）作家的自觉。总而言之，他们志在摧破“古代”的樊篱，解除思想上的束缚，以争得法国文学和拉丁文学站在对等的地位，而且在技术上，也许较之古文学更高卓；他们要令人相信文化是进步的，要把作品从流逝的时间中特别表显出来，而且要随了时间的波流，一同前进。

然而在今日，文艺上的“现代的”名词涵义，和以前的大大不同了。现代文学在时间上占有绝对独立、完全自由的地位。“现代的”观念，在某一种程度内，竟是对于作品的不朽性加以否定的意思。在艺术家的意识上，这自然是起了一种革命，而成为当代主要思潮之一。

可是这革命产生的原因在哪里？

一百五十年来（自十八世纪后期起），人类在实体上渐渐觉得他是处于一个动的宇宙中，这宇宙正被流动不息的力驱遣着。那些建造巍峨宏壮的庙堂的埃及人与希腊人，似乎并没留意时光之消逝，他们对于“永恒”比我们更有直接的“直觉（intuition directe）”。他们的生活，并不改变得相当的快，使一年一年，一代一代的差别如何显著。在这一点上，十九世纪给予人类的教训，较之以前数十世纪的丰富多了。世界的速度，意外的加快。我们由了变化的繁多与迅骤，感觉到世界的动作。十九世纪的人，由马车而汽车，而火车，而飞机，在短时间内，一切都推翻了：电报、电话、电力、蒸汽……日用科学以惊人的速度发展。老祖母看见年轻的孙儿，坐着飞机在云端里翱翔，不由得想：“太阳下面，简直无所谓新奇！”

这些品质的变化，还不是变化的全部。自法国大革命之后，西方人只见无数的经济的与社会的突变。年纪老的人一天到晚口喊：“我的时代并不是这样的。”“我的时代，一斤腿肉要比现在便宜五倍。”社会在摸索寻觅新组织的基础。法西斯主义、共产主义、合理化主义：从前只在哲学家的理论中具备一格的学说，至此已混杂到每个人的思虑中去了。在这等情势之下，文学与艺术，自然不能不接受这种种思想。

第一是演化（evolution）与进步（progress）的观念，重新成为今日的哲学家所研究的问题。其实，人类也只在今日才充分明白演化与进步的意义。迄今为止，所谓发明（invention）和发现（découvert）似乎只是纯粹科学所独具的长处，可是现代的文人也在发明、搜寻、发现了。他们实验新的体格，利用学者的理论（如弗罗伊特学说之被充分应用于文艺分析，即是一例）。文艺已变为类乎发现新事物的一种工具，可时时加以改进或改造的，如小说家及诗人瓦莱里·拉尔博（Valéry Larbaud）的发明“内心的独白剧”（monologue intérieur）。

第二是现代美学之感受新思想方式。名小说家普鲁斯特虽然因为久病之故，似乎与世隔绝，但他对于 他的时代，却具有最清明的意识。他在《重新觅寻的时间》一书中说：“文学家的作品，只是一种视觉的工具，使读者得以凭借了这本书，去辨识他自己观照不到的事物。”他的意思，就是说一个作家的责任，在于揭发常人所看不到的“现实”。可是要发前人之未发，见前人之未见或不愿见，却需要深刻透彻的头脑与魄力。因为我们除了生活的必需或传统的观念使我们睁开眼睛以外，我们的确是盲目着在世界上前进的。假如你令一个住在巴黎铁塔附近的人去描写铁塔，他定会把四只脚画成三只脚的。我们不知道这是由于大意，或是太习见了的缘故。这正如我们最初听到浪声，觉得它轰轰震耳，但因为这声音老是不停，而且永远是同样的高度，以致后来我们简直听不见什么声响。所以，要使文艺能帮助人类，在只是模模糊糊看到极少数形象的现实中，去获得渐趋广博、渐趋精微的认识，那么，文艺还有不少的工作要努力呢。

第三，一切精神活动，都在改换它们的观点。十九世纪以前的人所认识的历史，只是传奇式的，还未成为科学。今日的人们所认识的历史，则是以哲学的眼光去分配时间的学问。爱因斯坦的相对论即是一证。柏格森也告诉我们，时间是富有伸缩性的，定会依了我们的心理状态而定其久暂。法国有一句俗语："像没有面包那一天般的长久"，很可以说明柏氏之思想。在大祸将临的时光，一分钟会变成一秒钟那样快。在期待幸福的当儿，一秒钟会变成一分钟那般久。各个世纪的历史的容量之不同，也许就可把柏格森的学说来解释。这亦即是"幸福的民族无历史"那句话。反之，在纷乱扰攘的国家，几天的历史，可比太平无事的国家几十年的历史占得更多的地位。由此，我们对于时间，就有一种实体的、易感的、弹性的印象。现代大诗人保罗·克洛代尔（Paul Claudel）在他的名著《诗的艺术》中亦言："我说宇宙是一架指明时间的机器。"

邦达（Julien Benda）提出反柏格森的议论，严厉地指斥今日对于"现代"的崇拜；他以为这种"特殊性"的学说，足以使人忘却其不应忘却的"普遍性"与"永恒"。我们在邦达的批评中，看出在现代人的心目中，宇宙的形式，仿佛如"长流无尽的江河"。这种对于时间的新观念，大大地改变了现代人思维的习惯。他们很注意事物流动的过程，艺术的形式也因之而变换，"动力的"（dynamique）观念代替了"静止的"（即均衡的 statique）观念。换言之，即"动（mouvement）"代替了"不动（immobilité）"。艺术品已不复是由明晰的轮廓所限定，为观众一目了然的形式，而亦是依照了像流动着的江河一般的对象所组成的了。

第四，现代文艺的主要对象亦已变更。从前，写剧诗是要依照许多规律的。例如古典派的三一律之类。他们仿佛如建筑一所房子，所有其它的艺术都要服从这几何学的艺术：建筑。现在，一切艺术是向音乐要求一种形式与理想了。音乐，它的主要性格是流动的，善于跟踪在时间上蜿蜒曲折地进展着的思想。法国的电影，正努力想成为音乐的艺术。若干大胆的导演，声言将制作"视觉的交响乐（symphonie visuaire）"，没有其它联络，只有印象统一的"形象交响乐（symphonie d'images）"。一切艺术似乎都含有"动"的精神，甚至建筑也不寻求垂之永久的方式，而注意到最短暂的情景，现代人临时的需要。在绘画上，我们看不见围着桌子聚餐的家庭，站在时间以外的悠闲的景色（如十八世纪的荷兰画），象征与讽喻的图画（如十八世纪的法国学院派绘画）。从浪漫主义起，“动”的原素就被引进到画面上去。德拉克鲁瓦（Delacroix）与热里科（Géricault）的马，不是真的在飞奔吗？浸降而至印象派、野兽派……等的绘画，更是纵横交错的线条与色彩的交响乐，有时候，似乎毫无意义，只是如万花筒一般的缭人眼目，一片颠倒杂乱的混沌。

这种美学的理想的改变，一部分也是由于近代思想大起恐慌而来的。数年以来，作为昔日社会基础的绝对论都起了动摇，以至先后破产。二十世纪最初二十年所发生的世界大战，令我们知道全部西方文明的根基是如何脆弱。青年们毫不迟疑的要把从前的天经地义重新估价。

所谓近代思想的破产，第一是对于文人们的荣誉的破产。法国现代文坛重镇安德烈·纪德（André Gide）年轻的时候曾说：“我的问题，不是如何成功，而是如何持久。”许多青年，甚至敬佩他的，亦说这是纪德的弱点与梦想。他们责备纪德对于时间的执着，可是我们却认出他们在自己作品中，故意加入暂时的瞬间的成分。这辈青年在作品中采用大宗俗语。不问这些俗语将来是否演进，或归于消灭。他们表现西方酒吧间的文明，也许这文明在若干年以后的人看来，会觉得如发掘到什么古物一般的惊奇。同时，也有些青年，在高唱“普遍主义”，说要创造持久的东西。凡是不能为一切的时代所传诵、所了解的作品，都在不必写之列。然迄今为止，此种论调，似尚未到成熟的时机。

一般青年作家之粗制滥造，不问他的作品在世界上能生存多少时候，这表示他们已不顾虑什么荣誉了。他们只急着要求实现。“死”来得那么快，叫他们怎么不着急？

此外，一个更严重的问题，另一种绝对论的破产：即“完美”之成为疑问。艺术品已不再谋解答什么确定的理想。现代人不能懂得，为何希腊的诗人，老是在已被采用过数十次的题目上写悲剧而不觉厌倦。他们永远希望更逼近一个他们认为更确切的理想。现代文艺则不然，它的方向已经变了。一般作家不再如希腊雕刻家波利克利托斯（Potycritus）那样，努力在白石上表现毫无瑕疵的“完美”的人体，而是要把富有表情的缺点，格外明显的表露出来。他们不顾什么远近法，什么比例，只欲传达在这些物质以外的东西，即是情操，是对象的情操，是——尤其是艺术家个人的情操。要求“完美”的意念已经变为要求“表白”的意念了。近世大雕刻家罗丹，即曾发挥过这类的精辟之论。

不论是一个人的或是一个社会的表白，总之，现代作品是倾向于这个目标。浪漫主义的发展，自然而然的形成这种变化。雨果他们称颂赋有灵感的天才与史诗中的民族。他们以为诗是一种神明的思想的表白，或在别种情势中，是模糊的现实的表白。这“现实”，用浪漫派的语言来说，即是“种族”。在这里，我们明白看到了，人在自以为表现了“神”之后，想到表现自己了。丹纳（Taine）把艺术家与文学家都附庸于“环境”之中，即是替这种新美学原则，固定了它的理论。

因此，我们对于作家的为人，较其作品，感到更大的兴趣。现代读者，每欲在一部小说中探究作者个人的人格。只要留心现在的书商把作者的照片或一页原稿与作品同时陈列这一个事实，便可明白现代读者对于作家个人的关切了。纪德曾谓他对某种思想之感到兴奋，只因为它是一个有感觉的、活着的生物之表白之故。

个人对于一部新书最美的赞颂，莫过于“人的（humain）”这一个形容词了。只要一部小说是人的，那么，无论它的技巧如何拙劣，总能深深地感动我们。有一位批评家曾这样说过：“那些不成功的作品，我一眼就看出它的缺点，有时竟令我极端不快，想把书丢开了。然而虽然它的缺点那么多，作者把我的心，不知怎样的感动了；我不能解释，但我断定的确是被感动了。所谓‘完美’，只是一种使我拘束的‘灵巧’。”

一九二四年，*Cahier du mois* 月刊的主干者，曾出了“为什么你要写文章?”的问题，征求法国许多著名文人的答案。结果是“为什么我写文章？……因为我感到自由表现我的思想是件愉快的事”。大诗人保罗·瓦莱里（Paul Valéry）答：“因为我太弱了。”还有是：“因为这是我的职业，是要说出我的思想。”“如我不作文，我将饿死。”把所有的答案归纳起来，大致可分为下列两种：一，“因为我不能不作文”；二，“因为要表现我的思想（或情操）”。可从没有一个答案说是“因为要创造一件作品，创造美”。

这一个小小的心理测验，很可以使我们懂得现代作家的对于文艺的观念。

法兰西现代文艺的面目是那样复杂，其内容又是那样丰富，决不能在这篇文字内把它说得详尽。且此文目的，尤在于叙述现代思想的一般状况，故此涉及各个作家的解剖，谓之一瞥也可，谓之鸟瞰也更可也。至于认识之错误与不是，自知无可避免，尚乞识者指正。

一九三一年十月十八日

（原载一九三二年《时事新报·星期学灯》十月三十日期、十一月六日期、十一月十三日期）

一、关于巴黎埃菲尔铁塔

一九三二，正是建造巴黎铁塔的工程师埃菲尔（Eiffel）的百年诞辰（按埃氏于一八三二年生于法国南部大城第戎）。最近，巴黎人士正做了一番大规模的纪念。而且现代文艺中也早已留有铁塔的影响。例如诗人约翰·科克托（Jean Cocteau）、约翰·季洛杜（Jean Giraudoux），电影家勒南·克莱尔（René Clair），画家德洛奈（Robert Delaunay）等都曾采用过埃菲尔塔为材料。可是一八八七年建造铁塔的时候，多少著名的文人，艺术家，签名发表宣言，竭力加以反对。那篇宣言的原文是：

“我们，文人，画家，雕刻家，建筑家，对于整个完好的巴黎抱着热情的鉴赏家，我们用被忽视了的法国趣味的名义，用被威胁了的法国历史及艺术的名义，反对在我们的京都中心，建造那无用的魔鬼般的埃菲尔塔。”

二、福楼拜与电影

电影很少利用文学名著，而且如果利用，那常常是把杰作的面目与优点都抹煞了，斯当达的《红与黑》，托尔斯泰的《复活》都是，此刻法国导演雅克·费代（Jacques Feyder），正在摄制福楼拜的《包法利夫人》。他曾导演左拉和法朗士的名著（前者的 *Thérèse Raouin*，后者的 *Crainquebille*）颇获成功。

三、法兰西学士会中的白里欧遗缺

戏剧家白里欧逝世后，他在法兰西学士会中的座椅又出了缺。此刻巴黎文艺界正在谈论候补人选。但迄今为止，尚无人自提候选资格。据一般意见，如以戏剧家承继戏剧家实为最好；因此亨利·伯恩斯坦（Henry Bernstein），萨夏·吉特里（Socha Guitry）等呼声甚高。惟法兰西学士会内部——即会员们，却颇属意于一个小说家。法国文人协会（Société des Gens de Lettres）会长一席往往是进入学士会的等待室，而这文人协会的现任会长却是那位名小说家弗朗索瓦·莫里阿克（Francois Mauriac）。

四、魏尔兰展览会

法国象征派诗人保罗·魏尔兰（Paul Verlaine），最近在巴黎 Edouard Pelletan 书店为他举办的展览会中，重新唤起我们的回忆。展览会中陈列着他的著作的各种版本，和由拉普拉德（Laprade），勃纳尔（Bonnard），介朗（Guérin）那些名画家装帧和插图的诗集。他的手迹，照相，画像，哀痛的信，都使人追念起他穷困潦倒的颓废生涯。

五、马克西姆·高尔基的荣誉

在今日的世界上，没有一个文学家在他本国的精神上的权威，可以和高尔基相比的了。

据最近欧洲文坛消息，苏维埃联邦当局正在筹划建造一座纪念建筑，作为高尔基文学生涯四十周年的纪念。因为把他的名字作为某条街道的名字这举动，在苏联当局是认为不足表示对于这位作家的推崇，所以他们另作考虑，想把高尔基的故乡的城名诺夫哥罗德改为高尔基。

六、歌德在巴黎

一九三二年是一个百年纪念独多的年份。司各脱，歌德，斯宾诺莎，般生，马奈……只就最大的而说。在国内，《大公报》的文学副刊已先后刊过专文纪念——除了画家马奈——这在学术荒漠的中国，实在是一件令人钦佩的举动。因为这种纪念的意义，并不如一般浅薄之士的想像般，是对于过去的执着，而为缺乏奋励进取精神的表现；相反，我们纪念以往的伟人，正是要令人怀念他们在历史进程上，对于我们全人类的功绩，而直接策勉自己，应该要努力继续他们的工作，承接着他们留传下来的一份丰富的财产而更加发扬光大。其次，对于过去人物的纪念，还是一个领导我们往研究与修积的大道的好机会。这在一般修养上尤其重要。无论你的口号唱得如何美妙，如何前锋，如果不深切地认识过去，你一定不会有什么切实的成绩来证实你的口号，没有过去——不论它是黑暗或光明——便没有现在，更何有将来！历史的铁则是摧摇不动的。

现在我要把法国纪念歌德百年忌辰的情形介绍一个大概。

法国国家图书馆于一九三二年十月二十七日起举行歌德展览会，陈列歌德手迹，原稿，肖像，遗物，及其生平交往的人们的东西。自一七四九年八月二十八日歌德诞生起，一直到他一八三二年逝世之日为止，歌德全部的作品与人格的发展与过程再生了；用一句外国语的口气来说，是一部活的文学史展露在我们眼底。

他受到服尔德——他不欢喜服尔德的过于干燥的理智论，但他在文人与政治的关系上受了他不少感应——狄德罗的影响。不独感染百科全书派的趣味，并且狄德罗的 *Neveu de Rameau* 一书还是由歌德译成德文后才使法国人自己认识狄德罗在文学上的光荣。其次，卢梭的 *Nouvelle Hélose*——它的出版年期比《少年维特之烦恼》先——也在德国比在法国获得更早的收获。

歌德受到法国文学影响最多的，尤其是当法国军队占据法兰克福时表现的古典剧。十六岁时，在莱比锡（Leipzig）当学生，他就翻译高乃依的《说谎者》*Le Menteur*。这个展览会中就有这篇译文的原稿。还有各种镌版图像，他的法律论文，他在旧鱼市街上住过的屋子。此后，是 Trederique Brion，阿尔萨斯一个牧师的女儿的像；她曾在法兰克福主持一个极有法国风味的沙龙。其次是 Charlote Buff，就是那少年维特的女主人：玻璃柜中，放着夏绿蒂的巨大的表，耳环，给小孩们吃点心的面包篮，歌德去访问她时她请他喝茶的茶叶罐，多少刺激我们想像的遗物！少年维特的故事，在对外国文学的认识很浅薄的中国算是最知名的作品了，读者在读到这几行涉及夏绿蒂的遗物时，一定很感到特别的亲切吧！

这是少年的歌德。

以后，展览会引领我们随着歌德旅行到意大利。几个意大利画家替他画的像，便是这时代的纪念物。

因为这个展览会是由法国国家图书馆主办的，所以它的内容尤其着重于歌德和法国的关系：如歌德和拿破仑的会面，法国作家和歌德来往的信札等等。

自然，在这里，也并不忽略歌德在魏玛的历史——这是他生命中最重要的一个时期，他是魏玛大公的首相。

七、一九三二年龚古尔文学奖金

法国十九世纪自然主义派小说家爱特蒙·龚古尔（Edmond Goncourt）遗嘱创办的文学奖金，早已为法国现代最重要的文学奖。这奖金规定由龚古尔学会的十个委员用投票法选定，但必须以大多数当选。因为学会的组成委员都是代表各种不同的倾向，而其共同的性格，便是绝对自由独立；所以每次决定得奖的投票老是要经过一番热烈的辩论。这是新闻记者最忙碌的一天，他们都围绕在龚古尔十委员聚餐的 Drouant 饭店探听消息。

然而一九三二年的龚古尔奖金的结果大出一般意料之外。在预选时，两个最有希望的作家：居伊·马泽利娜（Guy Mazeline）与路易·费迪南·塞利那（Louis Ferdinand Céline）竞争得很厉害。学会中两个重要分子德卡夫（Lucien Descavés）与多热莱斯（Roland Dorgelés）各自坚持一个候选人。到了正式选举的那天，会长罗斯南（兄）（J. H. Rosné Ainé）先投票，票上写的是 de Rienzi 那小说家。接着各委员依了姓字字母先后的次序陆续投票：阿耶贝投塞利那，希罗投塞利那，雷翁·都德投塞利那，德卡夫投塞利那，多热莱斯投居伊·马泽利娜……

投马泽利娜票的还有哀尼葛，保尔·纳佛，篷凶……

至此为止，两个候选人的票数仍旧争执得很剧烈，大概一定要第二次投票来决定，那时，据一般的猜测，罗斯南（兄）将转到塞利那这一方面。

不料罗斯南（弟）一票，投了马泽利娜，于是一切都改变了，最后的胜利分明已属于马泽利娜。

居伊·马泽利娜在 Fémina 奖金中失败了，这次却在龚古尔奖金中获胜。

可是，事后，拥护马泽利娜最热烈的多热莱斯和他的同僚们说：

——现在，我很可告诉你们，我良心上的得奖者，确是塞利那。

居伊·马泽利娜提出候选资格的小说是《群狼》；塞利那的是《夜深时的旅行》。

《群狼》描写欧战以前的哈佛地方的一个家庭历史。全部小说充满着这家庭中各个兄弟姊妹的私情丑事，而以母亲私爱幼子嫉忌媳妇为主要故事。

据一般批评家的意见，作者描写战前中产阶级的生活未免错误。居伊·马泽利娜是生长于一九〇〇年的青年作家，对于她童年时代的社会，当然认识不足。只是以这样巨大篇幅的著作（全书共六百二十二页，而且是最小号的字密排的）原非有伟大的魄力不办，而作者在描写各个人物的个性，生动与紧张上竟能抓住读者，使其无暇注意琐屑之处，而掩蔽了缺点。但因为书中的故事太多太繁复了，以至有时不免令读者迷失。

（原载一九三一年十二月至一九三三年一月《艺术旬刊》）

关于乔治·萧伯讷的戏剧

乔治·萧伯讷（George Bernard Shaw）于一八五六年生于爱尔兰京城都柏林。他的写作生涯开始于一八七九年。自一八八〇年至一八八六年间，萧氏参加称为费边社（Fabian Society）的社会主义运动，并写他的《未成年四部曲》。一八九一年，他的批评论文《易卜生主义的精义》*The Quintessence of Ibsenism* 出版。一八九八年，又印行他的音乐论文 *The Perfect Wagnrite*。一八八五年开始，他就写剧本，但他的剧本的第一次上演，这是一八九三年间的事。从此以后，他在世界舞台上的成功，已为大家所知道了。在他数量惊人的喜剧中，最著名的《华伦夫人之职业》（一八九三）、《英雄与军人》（一八九四）、*Candida*（一八九七）、*Caesar and Cleopatra*（一九〇〇）、*John Bull's Other Island*（一九〇三）、《人与超人》（一九〇三）、《结婚去》Getting Married（一九〇八）、《*The Blanco Posnet* 的暴露》*The Showing Up of Blanco Posnet*（一九〇九）、*Back to Mathuselah*（一九二〇）、《圣耶纳》（一九二三）。一九二六年，萧伯讷获得诺贝尔文学奖金。

本世纪初叶的英国文坛，有一个很显著的特点，就是，大作家们并不努力于美的修积，而是以实际行动为文人的最高的终极。这自然不能够说英国文学的传统从此中断了或转换了方向。桂冠诗人的荣衔一直有人承受着；自丁尼生以降，有阿尔弗莱特、奥斯丁和劳白脱·勃里奇等。但在这传统以外，新时代的作家如吉卜林（Kipling）、切斯特顿（Chesterton）、韦尔斯（Well）、萧伯讷等，各向民众宣传他们的社会思想、宗教信仰……

这个世纪是英国产生预言家的世纪。萧伯讷便是这等预言家中最大的一个。

在思想上，萧并非是一个孤独的倡导者，他是塞缪尔·勃特勒（Samuel Butler，一八三五—一九〇二）的信徒，他继续白氏的工作，对于维多利亚女王时代的文物法统重新加以估价。萧的毫无矜惜的讽刺便是他惟一的武器。青年时代的热情又使他发现了马克思与亨利·乔治（Henri Georges）（按，乔治名著《进步与贫穷》出版于一八七七年）。他参加当时费边社的社会主义运动。一八八四年，他并起草该会的宣言。一八八三年写成他的名著之一《一个不合社会的社会主义者》*An Unsociable Socialist*。同时，他加入费边运动的笔战，攻击无政府党。他和诗人兼戏剧家戈斯（Edmond Gosse）等联合，极力介绍易卜生。他的《易卜生主义的精义》即在一八九一年问世。由此观之，萧伯讷在他初期的著作生涯中，即明白表现他所受前人的影响而急于要发展他个人的反动。因为萧生来是一个勇敢的战士，所以第一和易卜生表同情，其后又亲切介绍瓦格纳（他的关于瓦格纳的著作于一八九八年出版）。他把瓦氏的 *Crèpuscal des Dieux* 比诸十九世纪德国大音乐家梅耶贝尔（Meyerbeer）的最大的歌剧。他对于莎士比亚的研究尤具独到之见，他把属于法国通俗喜剧的 *Comme il Vous Plaira*（莎氏原著名 *As You Like It*）和纯粹莎士比亚风格的 *Measure for Measure* 加以区别。但萧在讲起德国民间传说尼伯龙根（Nibelungen）的时候，已经用簇新的眼光去批评，而称之为“混乱的工业资本主义的诗的境界”了：这自然是准确的，从某种观点上来说，他不免把这真理推之极度，以至成为千篇一律的套语。

萧伯讷自始即练成一种心灵上的试金石，随处应用它去测验各种学说和制度。萧自命为现实主义者，但把组成现实的错综性的无重量物（如电、光、热等）摒弃于现实之外。萧宣传社会主义，但他并没有获得信徒，因为他的英雄是一个半易卜生半尼采的超人，是他的思想的产物。这实在是萧的很奇特的两副面目：社会主义者和个人主义者。在近代作家中，恐怕没有一个比萧更关心公众幸福的了，可是他所关心的，只用一种抽象的热情，这是为萧自己所否认但的确是事实。

很早，萧伯讷放弃小说，但他把小说的内容上和体裁上的自由赋予戏剧。他开始编剧的时候，美国舞台上正风靡着阿瑟·波内罗（Arthur Pinero）、阿瑟·琼斯（Arthur Jones）辈的轻佻的喜剧。由此，他懂得戏剧将如何可以用做他直接针砭社会的武器。他要触及一般的民众，极力加以抨击。他把舞台变做法庭，变做讲坛，把戏剧用做教育的工具。最初，他的作品很被一般人所辩论，但他的幽默的风格毕竟征服了大众。在表面上，萧是胜利了；实际上，萧不免时常被自己的作品所欺骗：观众接受了他作品中幽默的部分而疏忽了他的教训。萧知道这情形，所以他愈斥英国民众为无可救药的愚昧。

然而，萧氏剧本的不被一般人了解，也不能单由观众方面负责。萧氏的不少思想剧所给予观众的，往往是思想的幽灵，是历史的记载，虽然把年月改变了，却并不能有何特殊动人之处。至于描写现代神秘的部分，却更使人回忆起小仲马而非易卜生。

萧氏最通常的一种方法，是对于普通认可的价值的重提。这好像是对于旧事物的新估价，但实际上又常是对于选定的某个局部的坚持，使其余部分，在比较上成为无意义。在这无聊的反照中便产生了滑稽可笑。这方法的成功与否，全视萧伯讷所取的问题是一个有关生机的问题或只是一个迅暂的现象而定。例如《人与超人》把《唐璜》*Don Juan* 表现成一个被女子所牺牲的人，但这种传说的改变并无多大益处。可是像在《凯撒与克莉奥佩特拉》*Cesar and Cleopatre*、《康蒂妲》*Candida* 二剧，人的气氛浓厚得多。萧的善良的观念把“力强”与“怯弱”的争执表现得多么悲壮，而其结论又是多么有力。

萧伯讷，据若干批评家的意见，并且是一个乐观的清教徒，他不信 metaphysique 的乐园，故他发愿要在地球上实现这乐园。萧氏宣传理性、逻辑，攻击一切阻止人类向上的制度和组织。他对于军队、政治、婚姻、慈善事业，甚至医药，都尽情地嬉笑怒骂，萧氏整部作品建筑在进化观念上。

然而，萧伯讷并不是创造者，他曾宣言：“如果我是一个什么人物，那么我是一个解释者。”是的，他是一个解释者，他甚至觉得戏剧本身不够解释他的思想而需要附加与剧本等量的长序。

离开了文学，离开了戏剧，离开了一切技巧和枝节，那末，萧伯讷在本世纪思想上的影响之重大，已经成为不可动摇的史迹了。

这篇短文原谈不到“评”与“传”，只是乘他东来的机会，在追悼最近逝世的高尔斯华绥之余，对于这个现代剧坛的巨星表示相当的敬意而已。

在此破落危亡，大家感着世纪末的年头，这个讽刺之王的来华，当更能引起我们的感慨吧！

一九三二年二月九日

（原载一九三三年二月《艺术旬刊》第二卷第二期）

雨果的少年时代

一、父　亲

维克托·雨果（Victor Hugo）的曾祖，是法国东北洛林（Lorraine）州的农夫，祖父是木匠，父亲是拿破仑部下的将军。

雨果将军（Général Léopold Hugo）于一七七三年生于法国东部南锡城（Nancy）。一七八八年从朗西中学出来之后，不久便投入行伍，数十年间，身经百战，受伤数次：从莱茵河直到地中海，从科西嘉岛（Corse——即拿破仑故乡）远征西班牙。一八一二年法国军队退出西班牙后，雨果将军回到故国，度着差不多是退休的生活，一八二八年病死巴黎。

论到将军的为人，虽然是一个勇武的战士，可并非善良的丈夫。如一切大革命时代的军人一样，心地是慈悲的，慷慨的，但生性是苛求的，刚愎的，在另一方面又是肉感的，在长年远征的时候，不能保守对于妻子的忠实。

一七九三年革命军与王党战于旺代（Vendée）的时候，利奥波德·雨果还只是一个大尉，他结认了一个名叫索菲·特雷比谢（Sophie Trébuchet）的女子，两人渐渐相悦，一七九七年十一月十五日在巴黎结了婚。最初，夫妇颇相得，一七九八年在巴黎生下第一个儿子阿贝尔（Abel），一八〇〇年于南锡生下次子欧仁（Eugène）。一八〇二年于贝桑（Besancon）复生下我们的大诗人维克托（Victor）。

结缡六载，夫妇的感情，还和初婚时一样热烈，一样新鲜。丈夫出征莱茵河畔的时候，不断的给留在家里的妻子写信，这些信至今保留着那时卢梭的《新哀洛绮思》*Nouveile Hèlose* 式的多愁善感的情书。妻子的性情似乎比较冷静，但对于丈夫竭尽忠诚。一八〇二年，维克托生下不久，他们正在南方的口岸马赛预备出发到科西嘉去；她为了丈夫的前程特地折回巴黎去替他疏通。她一直逗留了九个月，回来的时光，热情的丈夫耐不住这长期的孤寂，“不能远远地空洞地爱她”（这是丈夫信中的话），已经另觅了一个情妇，从此，直到老死，就和妻妇仳离了。雨果夫人从马赛到科西嘉，从科西嘉到易北河岛（Elbe），从易北河到意大利，到西班牙，转辗跟从着丈夫，想使他回心转意，责备他忘恩负义，可是一切的努力，只是加深了夫妇间的裂痕。

父亲一向只欢喜长子阿贝尔，两个小兄弟，欧仁和维克托，从小就难得见到父亲，直到一八二一年母亲死后，父亲才渐渐注意到两个孤儿，也在这时候，维克托发现了他父亲“伟大处”，才感觉到这个硕果仅存的老军人，带有多少史诗的神秘性和英雄气息。但在母亲生存的时期，幼弱的儿童所受到父亲的影响，只有生活的悲苦，从一八一五年起，雨果将军差不多是退伍了，收入既减少，供给妻子的生活费也就断绝了：母亲和两个小儿子的衣食须得自己设法。幼年所受到的人生的磨难，数十年后便反映在《悲惨世界》*Les Misérables* 里。维克托·雨果描写玛里于斯·蓬曼西（Marius Pontmercy）从小远离着父亲的生活：父亲是拿破仑部下的一个大佐，早年丧妻，远游在外，又因迫于穷困，把儿子玛里于斯寄养在有钱的外祖家。这是一个保王党的家庭，周围的人对于拿破仑的名字都怀着敌意，因为父亲是革命军人，故孩子亦觉得到处受人歧视："终于他想起父亲时，心中满着羞惭悲痛……一年只有两次，元旦日和圣乔治节（那是父亲的命名纪念日），他写信给父亲，措辞却是他的姨母读出来教他录写的……他确信父亲不爱他，故他亦不爱父亲……"这段叙述，只要把圣乔治节换做圣莱沃博节，把姨母换做母亲，便是维克托·雨果自己的历史了。如玛里于斯一般，维克托想着不为父亲所爱而难过。见到自己的母亲活守寡般的痛苦，孤身为了一家生活而奋斗，因了母亲的受难，觉得自己亦在受难，这种思想对于幼弱的心灵是何等惨酷！雨果早岁的严肃，在少年作品中表现的悲愁，便可在此得到解释。他在一八三一年（二十九岁）刊行的《秋叶》*Feuilles d' Automne* 诗集中颇有述及他苦难的童年的句子，例如：

Maintenant，jeune encore et souvent éprouvé，
J' ai plus d' un souvenir profondément gravé，
Et I' on pout distinguer bien des choses passées，
Dans ces plis de front que creusent mes pensés，

父亲赐与儿童的，除了早岁便识得人生悲苦以外，还有是长途的旅行，当后来雨果逃亡异国的时候，他的夫人根据他的口述写下那部《一个伴侣口中的维克托·雨果》*Victor Hugo raconté par un témoin de sa vie*，其中便有多少童年的回忆，尤其是关于一八一一年维克托九岁时远游西班牙的纪录，无异是一首儿童的史诗。

一八一一年三月十日，他们从巴黎出发：但旅行的计划在数星期前已经决定了；三个孩子也不耐烦地等了好久了，老是翻阅那部西班牙文法，把大木箱关了又开，开了又关。终于动身了，雨果夫人租一辆大车，装满了箱笼行李，车内坐着母亲，长子阿贝尔，男仆一名，女仆一名。两个幼子虽然亦有他们的位置，却宁愿蹲在外面看野景。他们经过法国南部的各大名城，布卢瓦（Blois），图尔（Tours），博蒂埃（Poitiers)。昂古莱姆（Angoulême）的两座古塔的印象一直留在雨果的脑海里，到六十岁的时候，还能清清楚楚的凭空描绘下来。至于那西部的大商埠波尔多（Bordeaux），他只记得那些巨大无比的沙田鱼和比蛋糕还有味的面包。每天晚上，他们随便在乡村旅店中寄宿。多少日子以后，到达西南边省的首府，巴约纳（Bayonne）。从此过去，得由雨果将军调派的一队卫兵护送的了，可是卫兵来迟了，不得不在城里老等。等待，可也有它的乐趣，巴约纳有座戏院，雨果夫人去买了长期票。第一个晚上，孩子们真是快乐得无以形容："那晚上演的剧，叫做《巴比仑的遗迹》，是一出美好的小品歌剧……可喜第二晚仍是演的同样的戏！再来一遍，正好细细玩味……第三天仍旧是《巴比仑的遗迹》，这未免过分，他们已全盘看熟了；但他们依旧规规矩矩静听着……第四天戏目没有换，他们注意到青年男女在台下喁喁做情话。第五天，他们承认太长了些；第六天，第一幕没有完，他们已睡熟了；第七天，他们获得了母亲的同意不再去了。"

对于维克托，时间究竟过得很快；因为他们寄住的寡妇家里，有一个比他年纪较长的女孩，大约是十四五岁，在他眼里，已经是少女了。他离不开她：终日坐在她身旁听她讲述美妙的故事，但他并不真心的听，他呆呆地望着她，她回过头来，他脸红了。这是诗人第一次的动情……一八四三年，他写 *Lise* 一诗，有言：

Jeunes amou rs si vite épanouies，
Vous êtes l' aube et le matin du coeur，
Charmez nos coeurs，extases inouies，
Et quand le soir vient avec la douleur，
Charmez encor nosames éblouies，
Jeunes amours si vite épanouies！

三月过去了，卫兵到了，全家往西班牙京城进发。

这是雨果将军一生最得意的时代，他把最爱的长子阿贝尔送入王宫，当了西班牙王何塞（Joseph）的侍卫。欧仁和维克托被送入一所贵族学校。那里的课程是幼稚得可怜，弟兄俩在一星期中从七年级直跳到修辞班。那些当地的同学都是西班牙贵族的子弟，他们都怀恨战胜的法国人。雨果兄弟时常和他们打架，欧仁的鼻子被他们用剪刀戳伤了，维克托觉得很厌烦，忧忧郁郁的病倒了。母亲来看他，抚慰他。有一天，他在膳厅里和贝那王德侯爵夫人的四个孩子在一起玩耍时，忽然看见一个穿着绣花袍子的妇人高傲地走进来，严肃地伸手给四个孩子亲吻，依着年龄长幼的次序。维克托看到这种情景，益发觉得自己的母亲是如何温柔如何真切了。日子一天一天的过去，法国人在西班牙的势力一天一天的瓦解了。雨果一家人启程回国，孩子们在归途上和出发时一样高兴。

这些经过不独在雨果老年时还能历历如绘般讲述出来，且在他的许多诗篇（如 *Orientales*）许多剧本（如 *Hernani*，*Ruy Blas*）中，留下西班牙的鲜艳明快的风光，和强悍而英武的人物。东方的憧憬，原是浪漫派感应之一，而东方色彩极浓厚的西班牙景色，却在这位巨匠的童稚的心中早已种下了根苗。

二、母　　亲

凡是世间做了母亲的女子，至少可以分成二类：一是母性掩蔽不了取悦男子的本能的女子，虽然生男育女，依旧卖弄风情，要博取丈夫的欢心；一是有了孩子之后什么都不理会的女子，她们觉得自己的使命与幸福，只在于抚育儿女，爱护儿女。

维克托·雨果的母亲便是这后一类的女子，不消说，这是一个贤母，可是她为了孩子，不知不觉的把丈夫的爱情牺牲了。

关于她的出身，我们知道得很少。索菲·特雷比谢于一七七二年生于法国西部海口南特（Nantes）。她的父亲从水手出身做到船长，在她十一岁上便死了，她的母亲却更早死三年，故她自幼即由姑母罗班

（Robin）教养。姑母家道寒素，由此使她学得了俭省。姑母最爱读书观剧，使她感染了文学趣味。嫁给雨果将军的最初几年，可说是她一生最幸福的岁月，我们在上文已提及。但自一八〇三年起，丈夫便和她分居了，他亦难得有钱寄给她，只有在一八〇七到一八一二年中间，因为雨果将军在意大利西班牙很有权势，故陆续供给她相当的生活费。一八〇七年，她收到全年的费用三千法郎，一八〇八年增至四千法郎，一八一二年竟二千法郎。但一八〇五年时她每月只有一百五十法郎，一八一二年十月到一八一三年九月之间也只收到二千五百法郎，从此直到一八一八年分居诉讼结束时，她的生活费几乎是分文无着。但这最艰苦的几年，亦是她一生最快乐的几年。她自己操作，自己下厨房，省下钱来充两个小儿子的教育费。但她受着他们热烈的爱戴，弟兄俩早岁已露头角，使她感到安慰，感到骄傲。对于一个可怜的弃妇，还有比这更美满的幸福么！

她的性格，也许缺少柔性，夫妇间的不睦，也许并非全是将军的过错，也许她不是一个怎样的贤妻，但她整个心身都交给孩子了。从一八〇三年为了丈夫的前程单身到巴黎勾留了九个月回来以后，她从没有离开孩子。虽然经济很拮据，她可永远不让孩子短少什么，在巴黎所找的住处，总是为了他们的健康与快乐着想。

她是一个思想自由，意志坚强的女子，尽管温柔地爱着儿子，可亦保持着严厉的纪律。在可能范围内，她避免伤害儿童的本能与天性，她让他们尽量游戏，在田野中奔跑，或对着大自然出神。但她亦限制他们的自由，教他们整饬有序，教他们勤奋努力；不但要他们尊敬她，还要他们尊敬不在目前的父亲，这是有维克托兄弟俩写给将军的信可以证明的。她老早送他入学，维克托七岁时已能讲解拉丁诗人的名作。他十一二岁时，母亲让他随便看书，亦毫不加限制，她认为对于健全的人一切都是无害的。她每天和他们长时间的谈话，在谈话中她开发他们的智慧，磨炼他们的感觉。

不久，父母间的争执影响到儿童了。雨果将军以为他们站在母亲一边和他作对；为报复起见，他于一八一四年勒令把欧仁和维克托送入 Decotte et Cordier 寄宿舍，同时到路易中学（Lycée Louis le Grand）上课。他禁止两个儿子和母亲见面，把看护之责付托给一个不相干的姑母。母子间的信札，孩子的零用都亦经过她的手。这种行为自然使小弟兄俩非常愤懑，他们觉得这不但是桎梏他们，且是侮辱他们的母亲。他们偷偷和母亲见面，写信给父亲抗议，诉说姑母从中舞弊，吞没他们的零用钱。一八一八年分居诉讼的结果，把两个儿子的教养责任判给了母亲，恰巧他们的学业也修满了，便高高兴兴离开了寄宿舍重行回到慈母的怀抱里。维克托表面上是在大学法科注册，实际已开始过着著作家生活。雨果将军原要他进理科，进国立多艺学校（Ecole Polytechnique），维克托还是仗着母亲回护之力，方能实现他自己的愿望。

知子莫若母，她的目力毕竟不错。十五岁，维克托获得法兰西学院（Académie Francaise）的诗词奖；十七岁，又和于也纳创办了一种杂志，叫做 *Le Conservateur Littéraire*；一八二三年，二十一岁时，又加入 *Muse Francaise* 杂志社。未来的文坛已在此时奠下了最初的基础，因为缪塞，维尼，拉马丁辈都和这份杂志发生关系，虽然刊物存在的时候很短，无形中却已构成了坚固的文学集团（Cénacle）。

像这样的一位慈母，雨果自幼受着她的温柔的爱护，刚柔并济的教育，相依为命的直到成年，成名，自无怪这位诗人在一生永远纪念着她，屡次在诗歌中讴歌她，颂赞她，使她不朽了。

三、弗伊朗坦斯（Feuillantines）

现在我们得讲述维克托·雨果少年时代最亲切的一个时期。

治法国文学的人，都知道在十八九世纪的法国文学史上有三座著名的古屋。第一是夏多布里昂（Chateaubriand）的孔布（Combourg）古堡：北方阴沉的天色，郁郁苍苍的丛林，荒凉寂寞的池塘环绕着两座高矗的圆塔，这是夏多布里昂童时幻想出神之处，这凄凉忧郁的情调确定了夏氏全部作品的倾向。第二是拉马丁（Lamartine）在米里（Milly）的住处，这是在法国最习见的乡间的房屋，一座四方形的二层楼，墙上满是葡萄藤，前面是一个小院落，后面是一个小园，一半种菜一半莳花，远景是两座山头。这是拉马丁梦魂萦绕的故乡，虽然他并不在那里诞生，可是他的心“永远留在那边”。

夏多布里昂和拉马丁的古屋至今还很完好，有机会旅行的人，从法国南方到北方，十余小时火车的途程，便可到前述的两处去巡礼。至于第三处的旧居，却只存在于雨果的回忆与诗歌中了。那是巴黎的一座女修道院，名字铿锵可诵，叫做 Feuillantines，建于一六二二至一六二三年间，到十八世纪的末叶大革命的时候，修道院解散了，雨果夫人领着三个儿子于一八〇九年迁入的辰光，园林已经荒芜了十七年。

一八〇九年，雨果母亲和他们从意大利回到巴黎，住在 Rue du faubourg St-Jacques 二五〇号。母亲天天在街上跑，想找一所有花园的屋子，使孩子们得以奔驰游散。一天，母亲从外面回来，高兴地喊道：“我找到了！”翌日，她便领着孩子们去看新居，就在同一条街上，只有几十步路，一条小街底上，推开两扇铁门，走过一个大院落，便是正屋，屋子后面是座花园，二百米长，六十米宽。园子里长满着高高矮矮的丛树和野草，孩子们无心细看正屋里的客厅卧室，只欣喜欲狂地往园里跑，他们计算着刈除蔓草，计算着在大树的桠枝上悬挂千秋。这是他们的新天地啊。

从此他们便迁居在这座几百年古屋中。维克托和长兄们，除了每天极少时间必得用功读书之外，便可自由在园子里嬉游。他们在那里奔驰，跳跃，看书，讲故事。周围很静穆，什么喧闹都没有，只听见风在树间掠过的声音，小鸟啼唱的声音。仰首只是浮云，一片无垠的青天，虽然巴黎天色常多阴暗，可亦有晨曦的光芒，灿烂的晚霞夕照。一八一一年他们到西班牙去了，回来依旧住在这里。四年的光阴便在这乐园似的古修院中度过了，虽然四年不能算长久，对于诗人心灵的启发和感应也已可惊了。在雨果一生的作品里，随处可以见出此种痕迹。一八一五年十六岁时，他在《别了童年》*Adieux à l'enfance* 一诗中已追念那弗伊朗坦斯（Feuillantines）的幸福的儿时。

四、学　业

虽然雨果是那么的自由教养的，他的母亲对于他的学业始终很关心，很严厉。在出发到意大利之前，他们住在 Rue de Clichy，那时孩子每天到 Mont Blanc 街上的一个小学校去消磨几小时。只有四五岁，他到学校去当然不是真正为了读书，而是和若干年纪同他相仿的孩子玩耍。雨果在老年时对于这时代的回忆，只是他每天在老师的女儿，罗思小姐的房里——有时竟在她的床上——消磨一个上午。有一次学校里演戏用一顶帷幕把课室分隔起来。罗思小姐扮女主角，而他因为年纪最小的原故，扮演戏中的小孩。人家替他穿着一件羊皮短褂，手里拿着一把铁钳。他一些也不懂是怎么一回事，只觉得演剧时间冗长乏味，他把铁钳轻轻地插到罗思小姐两腿中间去，以致在剧中最悲怆的一段，台下的观众听见女主角和他的儿子说："你停止不停止，小坏蛋!"

到十二岁为止，他真正的老师一个叫做特·拉·里维埃（Dela Riviére）的神甫。这是一个奇怪好玩的人物，因为大革命推翻了一切，他吓得把黑袍脱下了还不够，为证明他从此不复传道起见，他并结了婚，和他一生所熟识的惟一的女子——他以前的女佣结了婚。夫妇之间却也十分和睦，帝政时代，他俩在 St. Jacques 路设了一所小学校，学生大半是工人阶级的子弟，学校里一切都像旧式的私塾，什么事情都由夫妇合作。上课了，妻子进来，端着一杯咖啡牛奶放在丈夫的面前，从他手里接过他正在诵读的默书底稿（dictée）代他接念下去，让丈夫安心用早餐。一八〇八至一八一一年间，维克托一直在这学校里；一八一二年春从西班牙回来后，却由里维埃到弗伊朗坦斯来教他兄弟两人。

思想虽是守旧，里氏的学问倒很有根基。他熟读路易十四时代的名著，诗也做得不错，很规矩，很叶韵，自然很平凡。他懂得希腊文亦懂得拉丁文。维克托从那里窥见了异教的神话，懂得了鉴赏古罗马诗人。这于雨果将来灵智的形成，自有极大的帮助。

法国文学一向极少感受北方的影响，英德两国的文艺是法国作家不十分亲近的，拉丁思想才是他们汲取不尽的精神宝库。雨果是拉丁文学的最光辉的承继人，他幼年的诗稿，即有此种聪明的倾向。他崇拜维尔吉尔（Virgile），一八三七年时他在《内心的呼声》*Les Voix Intérieures* 中写道："噢，维尔吉尔！噢，诗人！噢，我的神明般的老师！"他不但在古诗人那里学得运用十二缀音格（alexandrin），学习种种做诗的技巧，用声音表达情操的艺术，他尤其爱好诗中古老的传说。希腊寓言，罗马帝国时代伟大的气魄，苍茫浑朴的自然界描写；高山大海，丛林花木，晨曦夕照，星光日夜的吟咏，田园劳作，农事苦役的讴歌。一切动物，从狮虎到蜜蜂；一切植物，从大树到一花一草，无不经过这位古诗人的讽咏赞叹，而深深地印入近代文坛宗师的童年的脑海里。

一八一四年九月，雨果兄弟进了寄宿舍，一切都改变了。这是一座监狱式的阴沉的房子，如那时代的一切中学校舍一样，维克托虽比欧仁小二岁，但弟兄们俩同在一级。普通的功课在寄宿舍听讲，数学与哲学则到路易中学上课。一八一六年他写信给父亲，叙述他一天的工作状况，说："我们从早上八时起上课，直到下午五时，八时至十时半是数学课，课后是吉亚尔教授为少数学生补习，我亦被邀在内。下午一时至二时，有每星期三次的图书课；二时起，到路易中学上哲学，五时回到宿舍。六时至十时，我们或是听德科特先生的数学课，或是做当天的练习题。"

实际说来，六时至十时这四小时，未必是自修。维克托也很会玩，兄弟俩常和同学演戏，各有各的团体，各做各的领袖。但他毕竟很用功，四年终了，大会考中，获得了数学的第五名奖。

一八一七年他十五岁时，入选法兰西学士院的诗词竞赛，他应征的诗是三百五十句的十二缀音格，一共是三首，合一千〇五十句。一个星期四的下午，寄宿舍的学生循例出外散步，维克托请求监护的先生特地绕道学士院，当别的同学在门外广场上游散时，他一直跑进学士院，缴了应征的诗卷。数星期后，长兄阿贝尔从外面回来感动地说："你入选了！"学士院中的常任秘书雷努阿尔（Raynouard）并在大会中把他的诗朗诵了一段，说："作者在诗中自言只有十五岁，如果他真是只有十五岁……"接着又恭维了一番。以后，雷努阿尔写信给维克托，说很愿认识他。学士院院长纳沙托（Neufchteau）回忆起他十三岁时亦曾得到学士院的奖，当时服尔德（Voltaire）曾赞美他，期许他做他的承继人，此刻他亦想做什么人的服尔德了；他答应接见维克托，请他吃饭。于是，各报都谈论起这位少年诗人，雨果立地成名了。两年以后，他又获得外省学会的 Jeux Floraux 奖。

五、罗曼斯

雨果的母族特雷比谢，在故乡有一家世交，姓福希（Foucher）。在雨果大佐结婚之前，福希先生已和雨果交往频繁，他们在巴黎军事参议会中原是同事。雨果婚后不久，福希也结了婚。在婚筵上，雨果大佐举杯祝道："愿你生一个女儿，我生一个儿子，将来我们结为亲家。"

维克托生后一年，福希果然生了一个女儿，取名阿代勒（Adèle）。一八〇九至一八一一年间，在雨果夫人住在 Feuillantines 的时候，两家来往颇密，福希夫人带着六岁的阿代勒来看他们。大人在室内谈话，小孩便在园中游戏。他们一同跳跃奔驰，荡千秋，有时也吵架，阿代勒在母亲前面哭诉，说维克托把她推跌了，或是抢了她的玩具。可是未来的热情，已在这儿童争吵中渐渐萌芽。

一八一二年雨果一家往西班牙去了一次回来，仍住在 Feuillantines。福希夫人挈着阿代勒继续来看他们，但此时的维克托已经不同了，罢伊翁的女郎，在讲述美好的故事给他听的时候，已经使他模模糊糊的懂得鉴赏女性的美，感受女性魅力。他不复和阿代勒打架了。两人之间开始蕴藉着温存的友谊和雏形的爱恋。当雨果晚年回忆起这段初恋的情形时曾经说过：

我们的母亲教我们一起去奔跑嬉戏；我们便到园里散步……

“坐在这里吧，”她和我说。天还很早，“我们来念点什么吧。你有书么？”

我袋里正藏着一本游记，随便翻出一面，我们一起朗诵；我靠近着她，她的肩头倚着我的肩头……

慢慢地，我们的头挨近了，我们的头发飘在一处，我们互相听到呼吸的声音，突然，我们的口唇接合了……

当我们想继续念书时，天上已闪耀着星光。

“喔！妈妈妈妈，”她进去时说，“你知道我们跑的多起劲！”

我，一声不响。

“你一句话也不说，”母亲和我说，“你好像很悲哀。”

“可是我的心在天堂中呢！”

寄宿舍的四年岁月把他们两小无猜的幸福打断了，然而他们并未相忘。雨果的学业终了时，正住在 Petits-Augustins 街十八号，福希先生一家住在 Cherche-Midi 街，两家距离不远。每天晚上，雨果夫人领了两个儿子，携了针凿袋去看她的老友福希夫人。孩子在前，母亲在后，他们进到福希的卧室，房间很大，兼作客厅之用。福希先生坐在一角，在看书或读报，福希夫人和女儿阿代勒在旁边织绒线。一双大安乐椅摆在壁炉架前，等待着每晚必到的来客。全屋子只点着一支蜡烛，在黝暗的光线下，雨果夫人静静地做着活计。福希先生办完了一天的公事，懒得开口，他的夫人生性很沉默，主客之间，除了进门时的日安，出门时的晚安以外，难得交换别的谈话。在这枯索乏味，冗长单调的黄昏，维克托却不觉得厌倦，他幽幽地坐在椅子上尽量看着阿代勒。

有一次——那是一八一九年四月二十六日，阿代勒大胆地要求维克托说出他心中的秘密，答应他亦把她的秘密告诉他。结果是两人的隐秘完全相同，读者也明白他们是相爱了。但他只有十七岁，她十六岁，要谈到结婚自然太早。他们必得隐瞒着，知道他们的父母一旦发觉了，会把他们分开。从此他们格外留神，偷偷地望几眼，交换一二句心腹话。阿代勒很忠厚，也很信宗教，觉得欺瞒父母是一件罪过，一方面又恐扮演这种喜剧会使维克托瞧她不起。一年之中，维克托只请求十二次亲吻，把一首赠诗作交换品，她在答应的十二次中只给了他四次，心中还怀着内疚。

虽然雨果夫人那么精细，毕竟被儿子骗过了；阿代勒没有维克托巧妙，终于使她的母亲起了疑窦。一经盘诘，什么都招供了。

一八二〇年四月二十六日，恰巧是他们倾诉秘密后的周年纪念日，福希夫妇同到雨果家里来和雨果夫人讲明了。如一切母亲一样突然发现自己的孩子成了人，未免觉得骇异。雨果夫人更是抱有很大的野心，确信维克托的前程定是光荣灿烂的，满望要替他找一个优秀的妻子，配得上这头角峥嵘的儿子的媳妇。阿代勒，这平凡的女孩，公务员的女儿，维克托爱她，热情地爱她！不，不，这是不可能的。这是要不得的。虽然她和福希夫妇是多年老友，她亦不能隐蔽这种情操。他们决裂了，大家同意从此不复相见，把维克托叫来当场宣布了。他，当着客人前面表示很顺从，一切都忍耐着，但一待他和母亲一起时，他哭了。他爱母亲，不愿拂逆她的意志，可亦爱他的阿代勒，永远不愿分离：他不知如何是好，尽自流泪。

隔离了一年，他担心阿代勒的命运，他不知道福希夫妇曾想强把她出嫁，但他猜到会有这样的事。偶巧福希先生发表了一篇关于征兵问题的文字，机会来了，年轻的雨果运用手段，在他自办的 Le Conservateur Littéraire 杂志上面写了一篇评论，着实恭维了一番。他没有忘记福希曾订阅他的刊物，他发表了多少的情诗和剧本，表白他矢志不再爱别的女子，自然，这是预备给阿代勒通消息，保证他的忠诚的。他又探听得阿代勒一星期数次到某处去学绘画，他候在路上，有机会遇到时便偷偷交谈几句，递一封信。

一八二一年六月，雨果夫人突然病故。在维克托与阿代勒中间，她是惟一的障碍，她坚持反对这件婚事。现在她死了，障碍去了，可是维克托依旧哀毁逾恒：母亲是他一生最敬爱的人，最可靠的保护者。葬礼完了，欧仁发疯似的出门去了，父亲住在布卢瓦，一时不来理睬他们。他们是孤儿。其间，虽然福希先生曾来看过他们，唁慰他们，但为了尊重死者生前的意志之故，他并未和维克托提起阿代勒。

同年七月，终竟和福希夫妇见了面，正式谈判他的婚事。福希先生答应他可以看阿代勒，但必须当了母亲的面。他们的订婚，也只能在维克托力能自给时方为正式成立。

这是第一步胜利，他从此埋头工作，加倍热心，加倍勤奋。这是他的英雄式的奋斗时期。他经济来源既很枯竭，卖得的稿费又用作购办订婚的信物，他只有尽力节省。他自己煮饭，一块羊肉得吃三天：第一天吃瘦的部分，第二天吃肥的部分，第三天啃骨头。

一八二二年六月，他的《颂歌集》*Odes* 出版了，路易十八答应赐他一千二百法郎的年俸，在当时，这个数目，刚好维持一夫一妻的生活，福希先生因此还要留难。加以部里领俸手续又很麻烦，不知怎样，数目又减到一千法郎。九月杪，福希夫人又生了第二个女儿，还要等待…… 小女儿的洗礼举行过了，雨果与阿代勒，经过了多年的相恋，多少的磨难周折，终于同年十月十二日在巴黎 St. Sulpice 教堂中结合了。拉马丁和当时知名的青年作家都在场参与。

雨果的罗曼斯实现为完满的婚姻以后，我们可以展望到诗人未来的荣光，将随 *Cromwell* 剧的序言，*Hernani* 的诞生而逐渐肯定，但他少年时代的历史既已告一段落，本文便以下列的参考书目作为结束。

研究雨果少年时代的主要参考书目：

一、*Victor Hugo raconté par un témoin de sa vie*. .

二、*Oeuvres de Victor Hugo*（édition Gustave Simon).

三、*L'Enfance de V. Hugo*，par G. Simon.

四、*Le Général Hugo*，par G. Simon.

五、*V. Hugo et son père le Général Hugo à Blois*，*V. Hugo à la pension Decotte et Cordier*，par L. Belton.

六、*V. Hugo à Vingt ans*. par P. Dufay.

七、*Bio-bibliographie de V. Hugo*，par l' abbé P. Dubois.

八、*La Jeunesse de Victor Hugo*，Par A. Le Breton.

（原载一九三五年十二月《中法大学月刊》第八卷第二期）

读剧随感

决心给《万象》写些关于戏剧的稿件，是好久以前的事了。因为笔涩，疏懒，一直迁延到现在。朋友问起来呢，老是回答他：写不出。写不出是事实，但一部分，也是推诿。文章有时候是需要逼一下的，倘使不逼，恐怕就永远写不成了。

这回提起笔来，却又是一番踌躇：写什么好呢？题目的范围是戏剧，自己对于戏剧又知道些什么呢？自然，我对“专家”这个头衔并不怎样敬畏，有些“专家”，并无专家之实，专家的架子却十足，动不动就引经据典，表示他对戏剧所知甚多，同时也就是封住有些不知高下者的口。意思是说：你们知道些什么呢？也配批评我么？这样，专家的权威就保了险了。前些年就有这样的“专家”：在报纸上发表文章，号召建立所谓“全面的”剧评：剧评不但应该是剧本之评，而且灯光，装置，道具，服装，化妆……举凡有关于演出的一切，都应该无所不包地加以评骘。可惜那篇文章发表之后，“全面的”剧评似乎至今还是影踪全无。我倒抱着比较偷懒的想法，以为“全面”云云不妨从缓，首先是对于作为文艺一部门之戏剧须有深切的认识，这认识，是决定一切的。

我所考虑的，也就是这个认识的问题。

平时读一篇剧本，或者看一个戏剧的演出，断片地也曾有过许多印象和意见。后来，看到报上的评论，从自己一点出发——也曾有过对于这些评论的意见。但是，提起笔来，又有点茫茫然了。从苏联稗贩来的似是而非的理论，我觉得失之幼稚；装腔作势的西欧派的理论，我又嫌它抓不着痒处。自己对于戏剧的见解究竟如何呢？一时又的确回答不上来。

然而，文章不得不写。没有法子，只好写下去再说。

这里，要申明的，第一，是所论只限于剧本，题目冠以“读剧”二字，以示不致掠“专家”之美；第二，所说皆不成片段，故谓之“随感”，意云想到哪里，写到哪里也。

释题即意，请入正文。

一、不是止于反对噱头

战后，话剧运动专注意“生意眼”，脱离了文艺的立场很远（虽然营业蒸蒸日上，竟可以和京戏绍兴戏媲美），这是众所周知的事实。特别是《秋海棠》演出以后，这种情形更为触目，以致使一部分有心人慨叹起来，纷纷对于情节戏和清唱噱头加以指摘。综其大成者为某君一篇题为“圮忧”的文章，里面除了对明星制的抨击外，主要提出了目前话剧倾向上二点病象：一曰闹剧第一主义，一曰演出杂耍化。

刚好手头有这份报纸，免得我重新解释，就择要剪贴在下面：

闹剧第一主义

其实，这是一句老生常谈的话，不过现在死灰复燃，益发白热化罢了。主要，我想这是基于商业上的要求；什么类型的观众最欢迎？这当然是剧团企业化后的先决问题。于是适应这要求，剧作家大都屈尊就辱。放弃了他们的“人生派”或“艺术派”的固守的主见，群趋“闹剧”（melodrama）的一条路上走去，因为只有这玩意儿：情节曲折，剧情热闹，苦——苦个痛快，死——死个精光，不求合理，莫问个性。观众看了够刺激，好在他们跑来求享受或发泄；自己写起来也方便，只要竭尽“出奇”和“噱头”的能事！

……岂知这种荒谬的无原则的“闹剧第一主义”，不仅断送了剧艺的光荣的史迹，阻碍了演出和演技的进步，使中国戏剧团堕入万劫不复的深渊，嗣后只有等而下之，不会再向上发展一步，同时可能得到“争取观众”的反面——赶走真正热心拥护它的群众，因之，作为一个欣赏剧艺的观众，今后要想看一出有意义的真正的悲剧或喜剧，恐怕也将不可能了！

演出“杂耍化”

年来，剧人们确是进步了，懂得观众心理，能投其所好。导演们也不甘示弱，建立了他们的特殊的功绩，这就是，演出“杂耍化”。安得列夫的名著里，居然出现了一段河南杂耍，来无踪去无影，博得观众一些愚蠢的哄笑！其间，穿串些什么象舞，牛舞，马舞——纯好莱坞电影的无聊的噱头。最近，话剧里插京剧，似乎成了最时髦的玩意儿，于是清唱，插科打诨，锣鼓场面，彩排串戏……甚至连夫子庙里的群芳会唱都搬上了舞台，兴之所至，再加上这么一段昆曲或大鼓，如果他们想到申曲或绍兴戏，又何尝安插不上？我相信不久的将来，连科天影的魔术邓某某的绝技，何什么的扯铃……独角戏，口技，或草裙舞等，都有搬上舞台的可能，这样，观众花了一次代价，看了许多有兴味的杂耍，岂不比上游戏场还更便宜，经济！……

上面所引，大部分我是非常同感的。但我以为：光是这样指出，还是不够。固然，闹剧第一和杂耍化等都是非常要不得的，但我想反问一句：不讲情节，不加噱头，难道剧本一定就“要得”了么？那又不尽然。

在上文作者没有别的文章可以被我征引之前，我不敢说他的文章一定有毛病，但至少是不充分的。

一个非常明显的破绽，他引《大马戏团》里象舞牛舞马舞为演出杂耍化作佐证，似乎就不大妥当。事实如此，《大马戏团》是我一二年来看到的少数满意戏中的一个，这样的戏而被列为抨击的对象，未免不大公允。也许说的不是剧本，但导演又有什么引起公愤的地方呢？加了象舞、牛舞、马舞，不见得就破坏了戏剧的统一的情调。演员所表达的“惜别”的气氛不大够，这或许是事实，但这决不是导演手法的全盘的失败。同一导演在《阿Q正传》中所用的许多样式化（可以这样说吗?）手法，说实话，我是不大喜欢的。我对《大马戏团》的导演并无袒护之处，该文作者将《大马戏团》和《秋海棠》等戏并列，加以攻击，我总觉得不能心服。

然而，抱有这样理论的人，却非常之多。手头没有材料，就记忆所及，就有某周刊上“一年来”的文章，其中列为一年来好戏者有四五个，固然，《称心如意》是我所爱好的，其余几个，我却不但不以为好戏，而且对之反感非常之深。我奇怪：“一年来”的作者为什么欣赏《称心如意》呢？外国人的虚构而被认为“表现大地气息”，外国三四流的作品而被视做“社会教化名剧”……抱有这样莫名其妙的文艺观的人，他对《称心如意》是否真的欣赏呢？其理解是否真的理解呢？在这些地方，我不免深于世故而有了坏的猜测。我想一定是为了《称心如意》中没有曲折情节或京剧清唱之故。这样，就成了为“反对”而反对。对恶劣倾向的反对的意义也就减弱了。

我并不拥护噱头。相反，我对噱头有同样深的厌恶。但是，我想提起大家注意，这样一窝蜂的去反对噱头是不好的。我们不应该止于反对噱头，我们得更进一步，加深对戏剧的文学的认识，加深对人物性格的把握。一篇乌七八糟的充文艺的作品，并不一定比噱头戏强多少。反之，如果把噱头归纳成几点，挂在城门口，画影图形起来，说：凡这样的，就是坏作品，那倒是滑天下之大稽的。

二、内容与技巧孰重？

新文艺运动上一个永远争论，但是永远争论不出结果来的问题——需要不需要“意识”？或者换一种说法：内容与技巧孰重？

对这问题，一向是有三种非常单纯的答案。

一、主张意识（亦即内容——他们以为）超于一切的极左派；

二、主张技巧胜于一切的极右派；

三、主张内容与技巧并重的折衷派。

其中，第二种技巧论是最落伍的一种。目前，它的公开的拥护者差不多已经绝迹，但“成名作家”躲在它的羽翼下的，还是非常之多。第一种最时髦，也最简便，他像前清的官吏，不问青红皂白，把犯人拉上堂来打屁股三十了事，口中念念有词，只要背熟一套“意识”呀“社会”呀的江湖诀就行。第三种更是四平八稳，“意识要，技巧也要”，而实际只是从第一派支衍出来的调和论而已。

说得刻薄点，这三派其实都是“瞎子看匾”，争论了半天，匾根本还没有挂出来哩。

第一第三派的理论普遍，刊物上，报纸上到处可以看到不少。这一点，如《海国英雄》上演时有人要求添写第五幕以示光明之到来，近则有某君评某剧“……主人公之恋爱只写到了如‘罗亭’一样而缺乏‘前夜’的写实”云云的妙语。尤其有趣的，是两个人对《北京人》的两种看法，一个说他表达出了返璞归真的“意识”——好！一个又说他表达出了茹毛饮血的“意识”——不好！这哪里是在谈文艺？简直是小学生把了笔在写描红格，写大了不好，写小了不好，写正了不好，写歪了也不好，总之，不能跳出批评老爷们所“钦定”的范围才谓之“好”。可惜批评老爷们的意见又是这样地歧异，两个人往往就有两种不同的批示！

写到这里，我不禁又要问一句了：譬如《海国英雄》吧，左右是那么一出戏，加了第五幕怎样？不加第五幕又怎样呢？难道一个“尾巴”

的去留就能决定一篇作品价值之高下吗?《北京人》是一部好作品，有优点，也有缺点，但是，优点就在返璞归真，缺点就在茹毛饮血吗?

光明尾巴早已是被申斥了的，但这种理论是残余，却还一直深印在人们的脑海，久久不易拔去。人们总是要求教训——直接的单纯的教训(此前些年“历史剧”之所以煊赫一时也)。《秋海棠》的观众们(大概是些小姐太太之流)要求的是善恶分明的伦理观念，戏子可怜，姨太太多情，军阀及其走狗可恶……等等。前进派的先生们看法又不同了，但是所要求的伦理观念还是一样，戏子姨太太不过换了“到远远的地方去……”的革命青年罢了。

我这样说，也许有人觉得过分。前进派的批评家到底不能和姨太太小姐并提呀!自然，前者在政治认识上的进步，是不容否认的。但是，政治认识尽管“正确”，假使没有把握住文艺的本质，也还是徒然。这样的批评家是应该淘汰的。这样的批评家孵育下所产生的文艺作家，更应该被淘汰。

现在要说到第二派了。前面说过，他们的理论是非常落伍的。目下凡是一些不自甘于落伍的青年，大都一听见他们的理论就要头痛。但是，我又要说一句不合时流的话:这也不能一概而论。唯技巧论是应该反对的，但也得看你拿什么来反对。如果为了反技巧而走入标语口号或比标语口号略胜一筹的革命伦理剧，那正是单刀换双鞭，半斤对八两，我以为殊无从判别轩轾。

总括地说，第一第三派的毛病是根本不知文艺为何物，第二派的毛病则在日亲王尔德、莫利哀等人作品，而同样没有认清楚这些作家的真面目——至多只记熟一些警句，以自炫其博学而已。

那么，文艺到底是什么东西呢?

第一，它的构成条件决不是一般人所说的政治“意识”。历史上许多伟大的文艺作家，他们的意识未必都“正确”，甚至还有好些非常成问题的。

第二，也决不是为了他们技巧好，场面安排得紧凑，或者对白写得

“帅”。事实上，有许多伟大作家是不讲词藻的，而中国许多斤斤于修辞锻句的作家，其在文学上的成就，却非常可怜（这里得补充一点技巧倘指均衡，谐和，节奏……等所构成的那整个的艺术效果而言，自然我也不反对，文体冗长如杜思妥益夫斯基，他的作品还是保持着一定的基调的。但这，与其说杜氏的技巧如何如何好，倒不如说他作品里另外有感人的东西在）。

第三，当然更不是因为什么意识与技巧之“辩证法的统一”。这些人大言不惭地谈辩证法，其实却是在辩证法的旗帜下偷贩着机械论的私货。

曹禺的成功处，是在他意识的正确么？技术的圆熟么？或者此二者的机械的揉合么？都不是的。拿《北京人》来说，愫芳一个人在哭，陈奶妈进来，安慰她……这样富有感情的场面，我们可以说一句：是好场面。前进作家写得出来么？艺术大师写得出来么？曹禺写出来了，那就是因为曹禺蘸着同情的泪深入了曾文清，曾思懿，愫芳……等人的生活了之故。意识需要么？需要的。但决不是一般人所说的那种单纯的政治“意识”。决定一件艺术品优胜劣败的，说了归齐，乃是通过文艺这个角度反映出来的——作家对现实之认识。

这里，就存在着一切大作家成功的秘诀。

作品不是匠人的东西。在任何场合，它都展示给我们看作家内在的灵魂。当我们读一篇好作品时，眼泪不能抑制地流了下来，但是还不得不继续读下去，我们完全被作品里人物的命运抓住了。这样，一直到结束，为哭泣所疲倦，所征服，我们禁不住从心窝里感谢作者——是他，使我们的胸襟扩大，澄清，想抛弃了生命去爱所有的人！……

在这种对比之下，字句雕琢者，文字游戏者……以及“打肿脸成胖子”的口头革命家之流，岂不要像浪花一样显得生命之渺小么？

三、关于“表现上海”

大约三四年前吧，正是大家喊着“到远远的地方去……”（或者

“大明朝万岁”之类）沉醉于一些空洞的革命辞句的时候，“表现上海”的口号提出来了。

但是，结果如何呢？还是老毛病：大家只顾得“表现上海”，却忘记从人物性格，人与人的关系上去表现上海了。比“到远远的地方去……”或者“大明朝万岁”自然实际多了，这回的题材尽是些囤米啦，投机啦……之类，但人物同样地是架空的，虚构的。这样的作家，我们只能说他是观念论者，不管他口头上“唯物论，唯物论……”喊得多起劲。

发展到极致，更造成了“繁琐主义”的倾向（名词是我杜造的）。这在戏剧方面，表现得最显明。黄包车夫伸手要钱啦，分头不用，用分头票啦，铁丝网啦，娘姨买小菜啦……等等。上海气味诚然十足，但我不承认这是作家对现实的透视。相反，这只是小市民对现实的追随。

“吴友如画宝”现在是很难买到了。里面就有这样的图文：《拔管灵方》；意谓将臭虫捣烂，和以面，插入肛门，即能治痔疮。图上并画出一张大而圆的屁股来，另一人自后将药剂插入。另有二幅，一题《医生受毒》，一题《粪淋娇客》，连呕吐的龌龊东西以及尿粪都一并画在图上。我人看后，知道清末有这样的风俗，传说，对民俗学的研究上不能说绝无俾助，然而艺术云乎哉！

我不想拿“吴友如画宝”和某些表现上海的作品比拟，从而来糟蹋那些作品的作者。我只是指出文学上“冷感症”所引起的许多坏结果，希望大家予以反省而已。

这许多病象，现在还存在不存在呢？还存在的。谓余不信，不妨随手举几个例子：

一、“关灯，关灯，空袭警报来啦”，戏中颇多这样的噱头。这不显明地是繁琐主义的重复么？这和整个的戏有什么关系呢？由此可以帮助观众了解上海的什么呢？

二、关于几天内雪茄烟价格的变动，作者调查得非常仔细，并有人在特刊上捧之为新写实主义的典范。作者的心血，我们当然不可漠视，但也得看看心血花在了一些什么地方。如果新写实主义者只能为烟草公司制造一张统计表，那么，我宁取旧写实主义。

三、对话里面硬加许多上海白，如“自说自话”,“搅搅没关系”……等，居然又有“惟一的诗情批评家”之某君为之吹嘘；“活的语言在作家笔下开了花了……”云云。这实在让人听了不舒服。比之作者，我是更对这些不负责任的批评家们不满的。捧场就捧场得了，何苦糟蹋“新写实主义”“活的语言”呢?

……

这类例子，实在是举不胜举。而这意见的出入，就在对“现实”两个字的诠释。

我对企图表现上海的作家的努力，敬致无上的仰慕。但有一点要请求他们注意：勿卖弄才情，或硬套公式，或像《子夜》一样，先有了一番中国农村崩溃的理论再来“制造”作品。而是得颠倒过来：热烈地先去生活，在生活里，把到现在为止只是书斋的理论加以深化，揉和著作者的血泪，再拿来再现在作品。

且慢谈表现什么，或者给观众带回去什么教训。只要作者真有要说的话，作者能自身也参加在里面，和作品里的人物一同哭，一同受难，有许多话自然而然地奔赴笔尖，一个字一个字，像活的东西一样蹦跳到纸上，那便是好作品的保证。也只有那样，才能真到“表现”出一些什么东西来。

什么都是假的。决定一件艺术品的品格的，就是作者自身的品格。

四、论鸳鸯蝴蝶派小说之改编

鉴于《秋海棠》卖座之盛，张恨水的小说也相继改编上演了。姑无论改编者有怎样的口实，至少动机是为了“生意眼”，那是不可否认的。其实“生意眼”也不是什么可耻的事，只要是对得起良心的生意就成。

张恨水的小说改编得如何，不在本文讨论之列。本文只想对鸳鸯蝴蝶派作一简单的评价。既有评价，鸳鸯蝴蝶派之是否值得改编以及应该怎样改编，就可任凭读者去想像了。

对于《秋海棠》，说实话，我是没有好感的——虽然秦瘦鸥自己不承认《秋海棠》是鸳鸯蝴蝶。张恨水就不同了。我始终认为他是鸳鸯蝴蝶派中较有才能的一个。在体裁上，也许比秦瘦鸥距离新文艺更远（如章回体，用语之陈腐……等），但这都没有关系，主要的在处理人物的态度上，他是更为深刻，更为复杂的。因此一点，也就值得我们向他学习。

张恨水的小说我看得并不多。有许多也许是非常无聊的。但读了《金粉世家》之后，使我对他一直保持着相当的崇敬，甚至觉得还不是有些新文艺作家所能企及于万一的。在这部刻画大家庭崩溃没落的小说中，他已经跳出了鸳鸯蝴蝶派传统的圈子，进而深入到对人物性格的刻画。

然而张恨水的成功只是到此为止。我不想给予他过高的估价。

最近，刊物上开始有人丑诋所谓“新文艺腔”了。新文艺腔也许真有，亦未可知，但那种一笔抹煞的态度，窃未敢引为同调。一位先生引了萧军小说中一段描写，然后批道：全篇废话！其实用八个字就可以说完（大概是“日落西山”“大雪纷飞”之类非常笼统的话，详细已忘）。这是历史的倒退，在他们看来，新文艺真不如“水浒”“三国志”了。

萧军行文非常疙瘩，且有故意学罗宋句法之嫌，但这不能掩盖他其余的优点。

同样，张恨水对生活的确熟悉之至，但这许多优点，却不能掩盖他主要的弱点——他对生活的看法，到底，不免鸳鸯蝴蝶气啊！

鸳鸯蝴蝶的特点到底是什么呢？

我以为那就是“小市民性”。

张恨水是完全小市民的作家。他写金家的许多人物，父母、子女、兄弟、妯娌、姑嫂……以及金家周围的许多亲戚朋友，都是站在和那些人同等的地位去摄取的。他所发的感慨正是金家人的感慨。他所主张的小家庭主义正是金家人所共抱的理想。实际上他就是那些人中间的一个。他不能站在更高的角度去理解他们，批判他们。

我并不要求张恨水有什么“正确的世界观”，或者把主人公写得怎么“觉悟”，怎么“革命”，而是说，作者得跳出他所描写的人物圈子，站在作为作家的立场上去看一看人。

曹雪芹在文学上的成就，就大多了。那就是因为他有了自己的哲学——不管这哲学是多么无力，多么消极——他能从自己的哲学观点去分析笔下的那些人。

写作的诀窍就在这里：得深入生活，同时又得跳出生活！

五、驳斥几种谬论

上面几节已经把我的粗浅的意见说了个大概。就是，我认为，决定一篇作品好坏的，乃是作家对现实之深刻的观察和分析（当然得通过文艺这个特殊的角度）。

遗憾的是，合乎标准的作品，却少得可怜。不但少而已，还有人巧立名目和这原则背逆，那就更其令人痛心了。

这种巧立名目的理论，我无以名之，名之为“谬论”。

第一种谬论说：这年头儿根本用不着谈文艺。尤其是戏剧，演出了完事，就是赚钱要紧。因此，公开地主张多加噱头。

这种议论，乍看也未尝不头头是道。君不见，天天挤塞在话剧院里的人何止千万，比起从前“剧艺社”时代来，真是不可同日而语。不加噱头行吗？

然而，这是离开了文艺的立场来说话的。和他多辩也无益。

也有人说：这是话剧的通俗化，那就不得不费纸墨来和他讨论一下。

首先，我对通俗化三字根本就表示怀疑。假使都通俗到《秋海棠》那样，那何不索性上演话剧的《山东到上海》，把大世界的观众也争取了来呢？事实上，《称心如意》那样的文艺剧，据我所知，爱看的人也不少（当然不及《秋海棠》或《小山东》）。那些大都是比较在生活里打过滚的人，他们的口味幸还不曾被海派戏所败倒，他们感觉兴趣的是戏中人的口吻，神情，所以看到阔亲戚的叽叽喳喳，就忍不住笑了。当然，抱了看噱头的眼光来看这出戏是要失望的。

“通俗化”的正确的诠释，应该就是人物的深刻化。从人物性格的刻画上去打动观众，使观众感到亲切。脱离了人物而抽象地谈什么“通俗不通俗”，无异是向低级观众缴械，结果，只有取消了话剧运动完事。

事实上，现在已经倾向到这方面来了。不说普通的观众，连一部分指导家们也大都有这样的意见，似乎不大跳大叫，白刀子进红刀子出就不成其为戏剧似的。喜剧呢，那就一律配上音乐，打一下头，鼓咚的一声；脱衣服时，钢琴键子卜龙龙龙的滑过去。兴趣都被放在这些无聊的东西上面，话剧的前途真是非常可怕的。说起来呢，指导家们会这样答覆你：不这样，观众不“吃”呀！似乎观众都是天生的孱种，不配和文艺接近的。这真是对观众的侮辱，同时也是对文学机能的蔑视。我不否认有许多观众是为了看热闹来的，给他们看冷静点的戏，也许会掉头不顾而去，但这样的观众即使失去，我以为也并不值得惋惜。

第二种谬论，比前者进了一步。他们不否认话剧运动有上述的危机，他们也知道这样发展下去是不好的，但是“……没有法子呀！一切为了生活！”淡淡“生活”两个字，就把一切的责任推卸了！

对说这话的人，我表示同情。事实如此，现在有许多剧本，拿了去，被导演们左改右改，你也改，我也改，弄得五牛崩尸，再不像原来的面目。生活程度又如此之昂贵。怎么办呢？当然只有敷衍了事的一法。

然而，还是那句话：尽可能地不要脱离人物性格。

文艺究竟不是“生意经”，粗制滥造些，是可被原谅的，但若根本脱离了性格，那就让步太大了。

我不劝那些作家字斟句酌地去写作。那样做，别的不说，肚子先就不答应。不过，话又说回来。这并不能作玩弄噱头的藉口。生活的担子无论怎么压上来，我们的基本态度是不能改变的。

第三种谬论，可以说是谬论之尤。他们干脆撕破了脸，说道：我这个是……剧，根本不能拿你那个标准来衡量的！前二种谬论，虽然也在种种藉口下躲躲闪闪，但文艺的基本原则，到底还没有被否认。到这最后一种，连基本的原则都被推翻了，他们的大胆，不能不令人吃惊。

什么作品可以脱离现实呢？无论你的才思多么“新奇”，那才思到底还是现实的产物。既是现实的产物，我们就可以拿现实这个标准来批评它。

一个人对现实的看法，是无在而无不在的。文以见人，从他的文章里，也一定可以看出为人的态度来——无论那篇文章写得多么渺茫不可捉摸。不是吗？在许多耀眼的革命字眼之下，结果还是发见了在妓院里打抱不平的章秋谷（见《九尾龟》）式的英雄……

六、并非“要求过高”

回过头来一看，觉得自己似乎是在旷野里呐喊。喊完之后，回答你的，只是自己的回声的嘲笑。

有几个人会同意我的话呢？说不定还会冷冷地说一句，这是要求过高。

前些年就有这样冷眼旁观的英雄。当“历史剧”评价问题正引起人们激辩的时候，他出来说话了：历史剧固然未必好，但是应该满意的了——要求不可过高呀！

后来又有各种类似的说法：

一、批评应该宽恕；

二、须讲“统一战线”；

三、坏的，得评，好的，也应该指出……等等。

这样，一场论战就被化为面子问题，宽恕问题了。

不错，东西有好的，也有坏的，梅毒患到第三期的人，说不定还有几颗好牙齿哩！但是，这样的批评有什么意思呢？我顶恨的就是这种评头品足的批评。因为它们只有使问题愈弄愈不明白。

我的意见正相反，我以为斤斤于一件作品哪一点好，哪一点坏，是毫无意义的。主要的，我们须看它的基本倾向如何，基本倾向倘是走的文艺的正路，其余枝节尽可以不管，否则，饶你有更大的优点，我也要说它是件坏作品。

这何尝是“要求过高”！这明明是各人对文艺的认识的不同。

譬如不甚被人注意的《称心如意》，我就认为是一二年来难得的一部佳作。也许有人要奇怪：我为什么在这短文里要一再提到它？难道就没有比它更好的作品了？这样想的人，说不定正是从前骂人要求过高的人亦未可知。

《大马戏团》因为取材较为热闹之故，比较地容易使观众接受。顶倒楣（霉）的是《称心如意》这类作品。左派说它“温开水”，不如《结婚进行曲》有意义。右派比较赞成它，但内心也许还在鄙薄它，说它不如自己的有些“肉麻当有趣”的作品那样结构完密，用词富丽。《称心如意》得到这样的评论，这也就是我特别喜爱它的原因。

别瞧《称心如意》这样味道很淡的作品，上述二派人恐怕就未必写得出来。这是勉强不来的事。《称心如意》的成功，是杨绛先生日积月累观察人生深入人生后的结果。这和空洞的政治意识不同，是可望而不可求的。同时，也和技巧至上论者的技巧不同，不是看几本书就可“雕琢”出来的。

《称心如意》不可否认地有它许多写作上的缺点和漏洞，但我完全原谅它。

这何尝是“要求过高”！

七、尾　声

写到此处，拉拉杂杂，字数已经近万了。还有许多话，只好打住。

最后，我要申明一句：因为是抽空出来说的原故，凡所指摘的病征，也许甲里面有一些，乙里面也有一些，然而，这不是“人身攻击”。请许多人不必多疑，以为这篇文章是专对他而发的，那我就感激不尽了。

倘仍有人老羞成怒，以为失了他作家的尊严者，那我就没有办法——无奈，只好罚他到《大马戏团》里去饰那个慕容天锡的角色罢。

（原载《万象》一九四三年十月期）

论张爱玲的小说

前言

在一个低气压的时代，水土特别不相宜的地方，谁也不存什么幻想，期待文艺园地里有奇花异卉探出头来。然而天下比较重要一些的事故，往往在你冷不防的时候出现。史家或社会学家，会用逻辑来证明，偶发的事故实在是酝酿已久的结果。但没有这种分析头脑的大众，总觉得世界上真有魔术棒似的东西在指挥着，每件新事故都像从天而降，教人无论悲喜都有些措手不及。张爱玲女士的作品给予读者的第一个印象，便有这情形。“这太突兀了，太像奇迹了”，除了这类不着边际的话以外，读者从没切实表示过意见。也许真是过于意外而怔住了。也许人总是胆怯的动物，在明确的舆论未成立以前，明哲的办法是含糊一下再说。但舆论还得大众去培植；而且文艺的长成，急需社会的批评，而非谨慎的或冷淡的缄默。是非好恶，不妨直说。说错了看错了，自有人指正。——无所谓尊严问题。

我们的作家一向对技巧抱着鄙夷的态度。五四以后，消耗了无数笔墨的是关于主义的论战。仿佛一有准确的意识就能立地成佛似的，区区艺术更是不成问题。其实，几条抽象的原则只能给大中学生应付会考。哪一种主义也好，倘没有深刻的人生观，真实的生活体验，迅速而犀利的观察，熟练的文字技能，活泼丰富的想像，决不能产生一件像样的作品。而且这一切都得经过长期艰苦的训练。《战争与和平》的原稿修改过七遍：大家可只知道托尔斯泰是个多产的作家（仿佛多产便是滥造似的）。巴尔扎克一部小说前前后后的修改稿，要装订成十余巨册，像百科辞典般排成一长队。然而大家以为巴尔扎克写作时有债主逼着，定是匆匆忙忙赶起来的。忽视这样显著的历史教训，便是使我们许多作品流产的主因。

譬如，斗争是我们最感兴趣的题材。对，人生一切都是斗争。但第一是斗争的范围，过去并没包括全部人生。作家的对象，多半是外界的敌人：宗法社会，旧礼教，资本主义……可是人类最大的悲剧往往是内在的。外来的苦难，至少有客观的原因可得而诅咒，反抗，攻击；且还有赚取同情的机会。至于个人在情欲主宰之下所招致的祸害，非但失去了泄仇的目标，且更遭到“自作自受”一类的谴责。第二是斗争的表现。人的活动脱不了情欲的因素；斗争是活动的尖端，更其是情欲的舞台。去掉了情欲，斗争便失掉活力。情欲而无深刻的勾勒，一样失掉它的活力，同时把作品变成了空的躯壳。

在此我并没意思铸造什么尺度，也不想清算过去的文坛；只是把已往的主要缺陷回顾一下，瞧瞧我们的新作家把它们填补了多少。

一、《金锁记》

由于上述的观点，我先讨论《金锁记》。它是一个最圆满肯定的答复。情欲（passion）的作用，很少像在这件作品里那么重要。

从表面看，曹七巧不过是遗老家庭里一种牺牲品，没落的宗法社会里微末不足道的渣滓。但命运偏偏要教渣滓当续命汤，不但要做她儿女的母亲，还要做她媳妇的婆婆，——把旁人的命运交在她手里。以一个小家碧玉而高举簪缨望族，门户的错配已经种下了悲剧的第一个远因。原来当残废公子的姨奶奶的角色，由于老太太一念之善（或一念之差），抬高了她的身份，做了正室；于是造成了她悲剧的第二个远因。在姜家的环境里，固然当姨奶奶也未必有好收场，但黄金欲不致被刺激得那么高涨，恋爱欲也就不致被抑压得那么厉害。她的心理变态，即使有，也不致病入膏肓，扯上那么多的人替她殉葬。然而最基本的悲剧因素还不在此。她是担当不起情欲的人，情欲在她心中偏偏来得嚣张。已经把一种情欲压倒了，才死心塌地来服侍病人，偏偏那情欲死灰复燃，要求它的那份权利。爱情在一个人身上不得满足，便需要三四个人的幸福与生命来抵偿。可怕的报复！

可怕的报复把她压瘪了。“儿子女儿恨毒了她”，至亲骨肉都给“她沉重的枷角劈杀了”，连她心爱的男人也跟她“仇人似的”；她的惨史写成故事时，也还得给不相干的群众义愤填胸的咒骂几句。悲剧变成了丑史，血泪变成了罪状：还有什么更悲惨的？

当七巧回想着早年当曹大姑娘时代，和肉店里的朝禄打情骂俏时，“一阵温风直扑到她脸上，腻滞的死去的肉体的气味……她皱紧了眉毛。床上睡着她的丈夫，那没有生命的肉体……”当年的肉腥虽然教她皱眉，究竟是美妙的憧憬，充满了希望。眼前的肉腥，却是刽子手刀上气味。——这刽子手是谁？黄金。——黄金的情欲。为了黄金，她在焦灼期待，“啃不到”黄金的边的时代，嫉妒妯娌姑子，跟兄嫂闹架。为了黄金，她只能“低声”对小叔嚷着：“我有什么地方不如人？我有什么地方不好？”为了黄金，她十年后甘心把最后一个满足爱情的希望吹肥皂泡似的吹破了。当季泽站在她面前，小声叫道：“二嫂！……七巧！”接着诉说了（终于！）隐藏十年的爱以后：——

> 七巧低着头，沐浴在光辉里，细细的音乐，细细的喜悦……这些年了，她跟他捉迷藏似的，只是近不得身，原来还有今天！

“沐浴在光辉里”，一生仅仅这一次，主角蒙受到神的恩宠。好似伦勃朗笔下的肖像，整个的人都沉没在阴暗里，只有脸上极小的一角沾着些光亮。即是这些少的光亮直透入我们的内心。

> 季泽立在她跟前，两手合在她扇子上，面颊贴在她扇子上。他也老了十年了。然而人究竟还是那个人呵！他难道是哄她么？他想她的钱——她卖掉她的一生换来的几个钱？仅仅这一念便使她暴怒起来了……

这一转念赛如一个闷雷，一片浓重的乌云，立刻掩盖了一刹那的光辉；“细细的音乐，细细的喜悦”，被暴风雨无情地扫荡了。雷雨过后，一切都已过去，一切都已晚了。“一滴，一滴，……，一更，二更，……一年，一百年……”完了，永久的完了。剩下的只有无穷的悔恨。“她要在楼上的窗户里再看他一眼。无论如何，她从前爱过他。她的爱给了她无穷的痛苦。单只这一点，就使她值得留恋。”留恋的对象消灭了，只有留恋往日的痛苦。就在一个出身低微的轻狂女子身上，爱情也不曾减少圣洁。

> 七巧眼前仿佛挂了冰冷的珍珠帘，一阵热风来了，把那帘紧紧贴在她脸上，风去了，又把帘子吸了回去，气还没透过来，风又来了，没头没脸包住她——一阵凉，一阵热，她只是淌着眼泪。

她的痛苦到了顶点（作品的美也到了顶点），可是没完。只换了方向，从心头沉到心底，越来越无名。忿懑变成尖刻的怨毒，莫名其妙的只想发泄，不择对象。她眯缝着眼望着儿子，“这些年来她的生命里只有这一个男人，只有他，她不怕他想她的钱——横竖钱都是他的。可是，因为他是她的儿子，他这一个人还抵不了半个……”多怆痛的呼声！“……现在，就连这半个人她也保留不住——他娶了亲。”于是儿子的幸福，媳妇的幸福，女儿的幸福，在她眼里全变作恶毒的嘲笑，好比公牛面前的红旗。歇斯底里变得比疯狂还可怕，因为“她还有一个疯子的审慎与机智”。凭了这，她把他们一齐断送了。这也不足为奇。炼狱的一端紧接着地狱，殉难者不肯忘记把最亲近的人带进去的。

最初她把黄金锁住了爱情，结果却锁住了自己。爱情磨折了她一世和一家。她战败了，她是弱者，但因为是弱者，她就没有被同情的资格了么？弱者做了情欲的俘虏，代情欲做了刽子手，我们便有理由恨她么？作者不这么想。在上面所引的几段里，显然有作者深切的怜悯，唤引着读者的怜悯。还有：“多少回了，为了要按捺她自己，她迸得全身的筋骨与牙根都酸楚了。”“十八九岁做姑娘的时候……喜欢她的有……如果她挑中了他们之中的一个，往后日子久了，生了孩子，男人多少对她有点真心。七巧挪了挪头底下的荷叶边洋枕，凑上脸去揉擦一下，那一面的一滴眼泪，她也就懒怠去揩拭，由它挂在腮上，渐渐自己干了。”这些淡淡的朴素的句子，也许为粗忽的读者不会注意的，有如一阵温暖的微风，抚弄着七巧墓上的野草。

和主角的悲剧相比之下，几个配角的显然缓和多了。长安姊弟都不是有情欲的人。幸福的得失，对他们远没有对他们的母亲那么重要。长白尽往陷坑里沉，早已失去了知觉，也许从来就不曾有过知觉。长安有过两次快乐的日子，但都用“一个美丽而苍凉的手势”自愿舍弃了。便是这个手势使她的命运虽不像七巧的那样阴森可怕，影响深远，却令人觉得另一股惆怅与凄凉的滋味。Long，Long ago 的曲调所引起的无名的悲哀，将永远留在读者心坎。

结构，节奏，色彩，在这件作品里不用说有了最幸运的成就。特别值得一提的，还有下列几点：——

第一是作者的心理分析，并不采用冗长的独白，或枯索繁琐的解剖，她利用暗示，把动作、言语、心理三者打成一片。七巧，季泽，长安，童世舫，芝寿，都没有专写他们内心的篇幅；但他们每一个举动，每一缕思维，每一段谈话，都反映出心理的进展。两次叔嫂调情的场面，不光是那种造型美显得动人，却还综合着含蓄、细腻、朴素、强烈、抑止、大胆，这许多似乎相反的优点。每句说话都是动作，每个动作都是说话。即在没有动作没有言语的场合，情绪的波动也不曾减弱分毫。例如童世舫与长安订婚以后：——

……两人并排在公园里走着，很少说话，眼角里带着一点对方的衣服与移动着的脚，女子的粉香，男子的淡巴菰气，这单纯而可爱的印象，便是他们的阑干，阑干把他们与大众隔开了。空旷的绿草地上，许多人跑着，笑着，谈着，可是他们走的是寂寂的绮丽的回廊，——走不完的寂寂的回廊。不说话，长安并不感到任何缺陷。

还有什么描写，能表达这一对不调和的男女的调和呢？能写出这种微妙的心理呢？和七巧的爱情比照起来，这是平淡多了，恬静多了，正如散文、牧歌之于戏剧。两代的爱，两种的情调。相同的是温暖。

至于七巧磨折长安的几幕，以及最后在童世舫前毁谤女儿来离间他们的一段，对病态心理的刻划，更是令人“毛骨悚然”的精彩文章。

第二是作者的节略法（raccourci）的运用：——

风从窗子里进来，对面挂着的回文雕漆长镜被吹得摇摇晃晃。磕托磕托敲着墙。七巧双手按住了镜子。镜子里反映着翠竹帘子和一幅金绿山水屏条依旧在风中来回荡漾着，望久了，便有一种晕船的感觉。再定睛看时，翠竹帘子已经褪色了，金绿山水换了张丈夫的遗像，镜子里的人也老了十年。

这是电影的手法：空间与时间，模模糊糊淡下去了，又隐隐约约浮上来了。巧妙的转调技术！

第三是作者的风格。这原是首先引起读者注意和赞美的部分。外表的美永远比内在的美容易发见。何况是那么色彩鲜明，收得住，泼得出的文章！新旧文字的揉和，新旧意境的交错，在本篇里正是恰到好处。仿佛这俐落痛快的文字是天造地设的一般，老早摆在那里，预备来叙述这幕悲剧的。譬喻的巧妙，形象的入画，固是作者风格的特色，但在完成整个作品上，从没像在这篇里那样的尽其效用。例如："三十年前的上海，一个有月亮的晚上……年轻的人想着三十年前的月亮，该是铜钱大的一个红黄的湿晕，像朵云轩信笺上落了一滴泪珠，陈旧而迷糊。老年人回忆中的三十年前的月亮是欢愉的，比眼前的月亮大，圆，白，然而隔着三十年的辛苦路望回看，再好的月色也不免带些凄凉。"这一段引子，不但月的描写是那么新颖，不但心理的观察那么深入，而且轻描淡写的呵成了一片苍凉的气氛，从开场起就罩住了全篇的故事人物。假如风格没有这综合的效果，也就失掉它的价值了。

毫无疑问，《金锁记》是张女士截至目前为止的最完满之作，颇有《猎人日记》中某些故事的风味。至少也该列为我们文坛最美的收获之一。没有《金锁记》，本文作者决不在下文把《连环套》批评得那么严厉，而且根本也不会写这篇文字。

二、《倾城之恋》

一个"破落户"家的离婚女儿，被穷酸兄嫂的冷嘲热讽撵出母家，跟一个饱经世故，狡猾精刮的老留学生谈恋爱。正要陷在泥淖里时，一件突然震动世界的变故把她救了出来，得到一个平凡的归宿。——整篇故事可以用这一两行包括。因为是传奇（正如作者所说），没有悲剧的严肃、崇高，和宿命性；光暗的对照也不强烈。因为是传奇，情欲没有惊心动魄的表现。几乎占到二分之一篇幅的调情，尽是些玩世不恭的享乐主义者的精神游戏：尽管那么机巧，文雅，风趣，终究是精练到近乎病态的社会的产物。好似六朝的骈体，虽然珠光宝气，内里却空空洞洞，既没有真正的欢畅，也没有刻骨的悲哀。《倾城之恋》给人家的印象，仿佛是一座雕刻精工的翡翠宝塔，而非哥特式大寺的一角。美丽的对话，真真假假的捉迷藏，都在心的浮面飘滑；吸引，挑逗，无伤大体的攻守战，遮饰着虚伪。男人是一片空虚的心，不想真正找着落的心，把恋爱看作高尔夫与威士忌中间的调剂。女人，整日担忧着最后一些资本——三十岁左右的青春——再吃一次倒账；物质生活的迫切需求，使她无暇顾到心灵。这样的一幕喜剧，骨子里的贫血，充满了死气，当然不能有好结果。疲乏，厌倦，苟且，浑身小智小慧的人，担当不了悲剧的角色。麻痹的神经偶而抖动一下，居然探头瞥见了一角未来的历史。病态的人有他特别敏锐的感觉——

……从浅水湾饭店过去一截子路，空中飞跨着一座桥梁，桥那边是山，桥这边是一块灰砖砌成的墙壁，拦住了这边的山……柳原看着她道："这堵墙，不知为什么使我想起地老天荒那一类的话……有一天，我们的文明整个的毁掉了，什么都完了——烧完了，炸完了，坍完了，也许还剩下这堵墙。流苏，如果我们那时候再在这墙根底下遇见了……流苏，也许你会对我有一点真心，也许我会对你有一点真心。"

好一个天际辽阔，胸襟浩荡的境界！在这中篇里，无异平凡的田野中忽然显现出一片无垠的流沙。但也像流沙一样，不过动荡着显现了一刹那。等到预感的毁灭真正临到了，完成了，柳原的神经却只在麻痹之上多加了一些疲倦。从前一刹那的觉醒早已忘记了。他从没再加思索。连终于实现了的"一点真心"也不见得如何可靠。只有流苏，劫后舒了一口气，淡淡的浮起一些感想——

流苏拥被坐着，听着那悲凉的风。她确实知道浅水湾附近，灰砖砌的那一面墙，一定还屹然站在那里……她仿佛做梦似的，又来到墙根，迎面来了柳原……在这动荡的世界里，钱财，地产，天长地久的一切，全不可靠了。靠得住的只有她腔子里的这口气，还有睡在她身边的这个人。她突然爬到柳原身边，隔着他的棉被拥抱着他。他从被窝里伸出手来握住她的手。他们把彼此看得透明透亮。仅仅是一刹那彻底的谅解，然而这一刹那够他们在一起和谐地活个十年八年。

两人的心理变化，就只这一些。方舟上的一对可怜虫，只有“天长地久的一切全不可靠了”这样淡漠的惆怅。倾城大祸（给予他们的痛苦实在太少，作者不曾尽量利用对比），不过替他们收拾了残局；共患难的果实，“仅仅是一刹那的彻底的谅解”，仅仅是“活个十年八年”的念头。笼统的感慨，不彻底的反省。病态文明培植了他们的轻佻，残酷的毁灭使他们感到虚无，幻灭。同样没有深刻的反应。

而且范柳原真是一个这么枯涸的（fade）人么？关于他，作者为何从头至尾只写侧面？在小说中他不是应该和流苏占着同等地位，是第二主题么？他上英国去的用意，始终暧昧不明；流苏隔被拥抱他的时候，当他说“那时候太忙着谈恋爱了，哪里还有工夫恋爱”的时候，他竟没进一步吐露真正切实的心腹。“把彼此看得透明透亮”，未免太速写式的轻轻带过了。可是这里正该是强有力的转捩点，应该由作者全副精神去对付的啊！错过了这最后一个高峰，便只有平凡的，庸碌鄙俗的下山路了。柳原宣布登报结婚的消息，使流苏快活得一忽儿哭一忽儿笑，柳原还有那种 cynical 的闲适去“羞她的脸”；到上海以后，“他把他的俏皮话省下来说给旁的女人听”；由此看来，他只是一个暂时收了心的唐·裘安，或是伊林华斯勋爵一流的人物。

“他不过是一个自私的男子，她不过是一个自私的女人。”但他们连自私也没有迹象可寻。“在这兵荒马乱的时代，个人主义者是无处容身的。可是总有地方容得下一对平凡的夫妻。”世界上有的是平凡，我不抱怨作者多写了一对平凡的人。但战争使范柳原恢复一些人性，使把婚姻当职业看的流苏有一些转变（光是觉得靠得住的只有腔子里的气和身边的这个人，是不够说明她的转变的），也不能算是怎样的不平凡。平凡并非没有深度的意思。并且人物的平凡，只应该使作品不平凡。显然，作者把她的人物过于匆促的送走了。

勾勒的不够深刻，是因为对人物思索得不够深刻，生活得不够深刻；并且作品的重心过于偏向俏皮而风雅的调情。倘再从小节上检视一下的话，那末，流苏“没念过两句书”而居然够得上和柳原针锋相对，未免是个大漏洞。离婚以前的生活经验毫无追叙，使她离家以前和以后的思想引动显得不可解。这些都减少了人物的现实性。

总之，《倾城之恋》的华彩胜过了骨干：两个主角的缺陷，也就是作品本身的缺陷。

三、短篇和长篇

恋爱与婚姻，是作者至此为止的中心题材；长长短短六七件作品，只是 variations upon a theme。遗老遗少和小资产阶级，全都为男女问题这噩梦所苦。噩梦中老是淫雨连绵的秋天，潮腻腻的，灰暗，肮脏，窒息与腐烂的气味，像是病人临终的房间。烦恼，焦急，挣扎，全无结果。噩梦没有边际，也就无从逃避。零星的磨折，生死的苦难，在此只是无名的浪费。青春，热情，幻想，希望，都没有存身的地方。川嫦的卧房，姚先生的家，封锁期的电车车厢，扩大起来便是整个的社会。一切之上，还有一只瞧不及的巨手张开着，不知从哪儿重重的压下来，要压瘪每个人的心房。这样一幅图画印在劣质的报纸上，线条和黑白的对照迷糊一些，就该和张女士的短篇气息差不多。

为什么要用这个譬喻？因为她阴沉的篇幅里，时时渗入轻松的笔调，俏皮的口吻，好比一些闪烁的磷火，教人分不清这微光是黄昏还是曙色。有时幽默的分量过了分，悲喜剧变成了趣剧。趣剧不打紧，但若沾上了轻薄味（如《琉璃瓦》），艺术就给摧残了。

明知挣扎无益，便不挣扎了。执著也是徒然，便舍弃了。这是道地的东方精神。明哲与解脱；可同时是卑怯，懦弱，懒惰，虚无。反映到艺术品上，便是没有波澜的寂寂的死气，不一定有美丽而苍凉的手势来点缀。川嫦没有和病魔奋斗，没有丝毫意志的努力。除了向世界遗憾的投射一眼之外，她连抓住世界的念头都没有。不经战斗的投降。自己的父母与爱人对她没有深切的留。读者更容易忘记她。而她还是许多短篇中（《心经》一篇只读到上半篇，九月期《万象》遍觅不得，故本文特置不论。好在这儿写的不是评传，挂漏也不妨。）刻划得最深的人物！

微妙尴尬的局面，始终是作者最擅长的一手。时代，阶级，教育，利害观念完全不同的人相处在一块时所有暧昧含糊的情景，没有人比她传达得更真切。各种心理互相摸索，摩擦，进攻，闪避，显得那么自然而风趣，好似古典舞中一边摆着架式（figute）一边交换舞伴那样轻盈，潇洒，熨帖。这种境界稍有过火或稍有不及，《封锁》与《年轻的时候》中细腻娇嫩的气息就要给破坏，从而带走了作品全部的魅力。然而这巧妙的技术，本身不过是一种迷人的奢侈；倘使不把它当作完成主题的手段（如《金锁记》中这些技术的作用），那末，充其量也只能制造一些小骨董。

在作者第一个长篇只发表了一部分的时候就来批评，当然是不免唐突的。但其中暴露的缺陷的严重，使我不能保持谨慎的缄默。

《连环套》的主要弊病是内容的贫乏。已经刊布了四期，还没有中心思想显露。霓喜和两个丈夫的历史，仿佛是一串五花八门，西洋镜式的小故事杂凑而成的。没有心理的进展，因此也看不见潜在的逻辑，一切穿插都失掉了意义。雅赫雅是印度人，霓喜是广东养女：就这两点似乎应该是《第一环》的主题所在。半世纪前印度商人对中国女子的看法，即使逃不出玩物二字，难道竟没有旁的特殊心理？他是殖民地种族，但在香港和中国人的地位不同，再加是大绸缎铺子的主人。可是《连环套》中并无这二三个因素错杂的作用。养女（而且是广东的养女）该有养女的心理，对她一生都有影响。一朝移植之后，势必有一个演化蜕变的过程；决不会像作者所写的，她一进绸缎店，仿佛从小就在绸缎店里长大的样子。我们既不觉得雅赫雅买的是一个广东养女，也不觉得广东养女嫁的是一个印度富商。两个典型的人物都给中和了。

错失了最有意义的主题，丢开了作者最擅长的心理刻划，单凭着丰富的想像，逞着一支流转如踢跶舞似的笔，不知不觉走上了纯粹趣味性的路。除开最初一段，越往后越着重情节：一套又一套的戏法（我几乎要说是噱头），突兀之外还要突兀，刺激之外还要刺激，仿佛作者跟自己比赛似的，每次都要打破上一次的纪录，像流行的剧本一样，也像歌舞团里的接一连二的节目一样，教读者眼花缭乱，应接不暇。描写色情的地方（多的是），简直用起旧小说和京戏——尤其是梆子戏——中最要不得而最叫座的镜头！《金锁记》的作者竟不惜用这种技术来给大众消闲和打哈哈，未免太出人意外了。

至于人物的缺少真实性，全都弥漫着恶俗的漫画气息，更是把taste“看成了脚下的泥”。西班牙女修士的行为，简直和中国从前的三姑六婆一模一样。我不知半世纪前香港女修院的清规如何，不知作者在史实上有何根据；但她所写的，倒更近于欧洲中世纪的丑史，而非她这部小说里应有的现实。其次，她的人物不是外国人，便是广东人。即使地方色彩在用语上无法积极的标识出来，至少也不该把纯粹《金瓶梅》、《红楼梦》的用语，硬嵌入西方人和广东人嘴里。这种错乱得可笑的化装，真乃不可思议。

风格也从没像在《连环套》中那样自贬得厉害。节奏，风味，品格，全不讲了。措词用语，处处显出“信笔所之”的神气，甚至往腐化的路上走。《倾城之恋》的前半篇，偶而已看到“为了宝络这头亲，却忙得鸦飞雀乱，人仰马翻”的套语；幸而那时还有节制，不过小疵而已。但到了《连环套》，这小疵竟越来越多，像流行病的细菌一样了：——“两个嘲戏做一堆”，“是那个贼囚根子在他跟前……”“一路上凤尾森森，香尘细细”，“青山绿水，观之不足，看之有余”，“三人分花拂柳”，“衔恨于心，不在话下”，“见了这等人物，如何不喜”，“……暗暗点头，自去报信不提”，“他触动前情，放出风流债主的手段”，“有话即长，无话即短”， “那内侄如同箭穿雁嘴，钩搭鱼腮，做声不得”……这样的滥调，旧小说的渣滓，连现在的鸳鸯蝴蝶派和黑幕小说家也觉得恶俗而不用了，而居然在这里出现。岂不也太像奇迹了吗？

在扯了满帆，顺流而下的情势中，作者的笔锋“熟极而流”，再也把不住舵。《连环套》逃不过刚下地就夭折的命运。

四、结　论

我们在篇首举出一般创作的缺陷，张女士究竟填补了多少呢？一大部分，也是一小部分。心理观察，文字技巧，想像力，在她都已不成问题。这些优点对作品真有贡献的，却只《金锁记》一部。我们固不能要求一个作家只产生杰作，但也不能坐视她的优点把她引入危险的歧途，更不能听让新的缺陷去填补旧的缺陷。

《金锁记》和《倾城之恋》，以题材而论似乎前者更难处理，而成功的却是那更难处理的。在此见出作者的天分和功力。并且她的态度，也显见对前者更严肃，作品留在工场里的时期也更长久。《金锁记》的材料大部分是间接得来的：人物和作者之间，时代，环境，心理，都距离甚远，使她不得不丢开自己，努力去生活在人物身上，顺着情欲发展的逻辑，尽往第三者的个性里钻。于是她触及了鲜血淋漓的现实。至于《倾城之恋》，也许因为作者身经危城劫难的印象太强烈了。自己的感觉不知不觉过量的移注在人物身上，减少了客观探索的机会。她和她的人物同一时代，更易混入主观的情操。还有那漂亮的对话，似乎把作者首先迷住了：过度的注意局部，妨害了全体的完成。只要作者不去生活在人物身上，不跟着人物走，就免不了肤浅之病。

小说家最大的秘密，在能跟着创造的人物同时演化。生活经验是无穷的。作家的生活经验怎样才算丰富是没有标准的。人寿有限，活动的环境有限；单凭外界的材料来求生活的丰富，决不够成为艺术家。唯有在众生身上去体验人生，才会使作者和人物同时进步，而且渐渐超过自己。巴尔扎克不是在第一部小说成功的时候，就把人生了解得那么深，那么广的。他也不是对贵族，平民，劳工，富商，律师，诗人，画家，荡妇，老处女，军人……那些种类万千的人的心理，分门别类的一下子都研究明白，了如指掌之后，然后动笔写作的。现实世界所有的不过是片段的材料，片段的暗示经小说家用心理学家的眼光，科学家的耐心，宗教家的热诚，依照严密的逻辑推索下去，忘记了自我，化身为故事中的角色（还要走多少回头路，白花多少心力），陪着他们作身心的探险，陪他们笑，陪他们哭，才能获得作者实际未曾经历的经历。一切的大艺术家就是这样一面工作一面学习的。这些平凡的老话，张女士当然知道。不过作家所遇到的诱惑特别多，也许旁的更悦耳的声音，在她耳畔盖住了老生常谈的单调的声音。

技巧对张女士是最危险的诱惑。无论哪一部门的艺术家，等到技巧成熟过度，成了格式，就不免要重复他自己。在下意识中，技能像旁的本能一样时时骚动着，要求一显身手的机会，不问主人胸中有没有东西需要它表现。结果变成了文字游戏。写作的目的和趣味，仿佛就在花花絮絮的方块字的堆砌上。任何细胞过度的膨胀，都会变成癌。其实，彻底的说，技巧也没有止境。一种题材，一种内容，需要一种特殊的技巧去适应。所以真正的艺术家，他的心灵探险史，往往就是和技巧的战斗史。人生形相之多，岂有一二套衣装就够穿戴之理？把握住了这一点，技巧永久不会成癌，也就无所谓危险了。

文学遗产的记忆过于清楚，是作者另一危机。把旧小说的文体运用到创作上来，虽在适当的限度内不无情趣，究竟近于玩火，一不留神，艺术会给它烧毁的。旧文体的不能直接搬过来，正如不能把西洋的文法和修辞直接搬用一样。何况俗套滥调，在任何文字里都是毒素！希望作者从此和它们隔离起来。她自有她净化的文体。《金锁记》的作者没有理由往后退。

聪明机智成了习气，也是一块绊脚石。王尔德派的人生观，和东方式的“人生朝露”的腔调混合起来，是没有前程的。它只能使心灵从洒脱而空虚而枯涸，使作者离开艺术，离开人生，埋葬在沙龙里。

我不责备作者的题材只限于男女问题。但除了男女之外，世界究竟还辽阔得很。人类的情欲不仅仅限于一二种。假如作者的视线改换一下角度的话，也许会摆脱那种淡漠的贫血的感伤情调；或者痛快成为一个彻底的悲观主义者，把人生剥出一个血淋淋的面目来。我不是鼓励悲观。但心灵的窗子不会嫌开得太多，因为可以免除单调与闭塞。

总而言之：才华最爱出卖人！像张女士般有多方面的修养而能充分运用的作家（绘画，音乐，历史的运用，使她的文体特别富丽动人），单从《金锁记》到《封锁》，不过如一杯对过几次开水的龙井，味道淡了些。即使如此，也嫌太奢侈，太浪费了。但若取悦大众（或只是取悦自己来满足技巧欲，——因为作者能可谦抑地说：我不过写着玩儿的）到写日报连载小说（fcuilleton）的所谓 fiction 的地步，那样的倒车开下去，老实说，有些不堪设想。

宝石镶嵌的图画被人欣赏，并非为了宝石的彩色。少一些光芒，多一些深度，少了一些词藻，多一些实质：作品只会有更完满的收获。多写，少发表，尤其是服侍艺术最忠实的态度。（我知道作者发表的决非她的处女作，但有些大作家早年废弃的习作，有三四十部小说从未问世的纪录。）文艺女神的贞洁是最宝贵的，也是最容易被污辱的。爱护她就是爱护自己。

一位旅华数十年的外侨和我闲谈时说起："奇迹在中国不算希奇，可是都没有好收场。"但愿这两句话永远扯不到张爱玲女士身上！

一九四四年四月七日

（原载《万象》一九四四年五月期）

《勇士们》读后感

刚结束的战争已经把人弄糊涂了，方兴未艾的战争文学还得教人糊涂一些时候。小说，诗歌，报告，特写，新兵器的分析，只要牵涉战争的文字，都和战争本身一样，予人万分错综的感觉。战事新闻片，《勇士们》一类的作品，仿佛是神经战的余波，叫你忽而惊骇，忽而叹赏，忽而愤慨，忽而感动，心中乱糟糟的，说不出是什么情绪。人，这么伟大又这么渺小，这么善良又这么残忍，这么聪明又这么愚蠢……

然而离奇矛盾的现象下面，也许藏着比宗教的经典戒条更能发人深省的真理。

厮杀是一种本能。任何本能占据了领导地位，人性中一切善善恶恶的部分都会自动集中，来满足它的要求。一朝入伍，军乐，军旗，军服，前线的几声大炮，把人催眠了，领进一个新的境界——原始的境界。心理上一切压制都告消灭，道德和教育的约束完全解除，只有斗争的本能支配着人的活动。生命贬值了，对人生对世界的观念一齐改变。正如野蛮人一样，随时随地有死亡等待他。自己的生命操在敌人手里，敌人的生命也操在自己手里。究竟谁主宰着谁，只有上帝知道。恐怖，疑虑，惶惑，终于丢开一切，满不在乎。（这是新兵成为老兵的几个阶段，也是“勇士们”的来历。）真到了满不在乎的时候，便勇气勃勃，把枪林弹雨看做下雾刮风一样平常，屠杀敌人也好比掐死一个虱子那么简单。哪怕对方是同乡，同胞，亲戚，也不会叫士兵软一软心肠。一个意大利人，移民到美国不过七年光景，在西西里岛上作战毫不难过，“我们既然必须打仗，打他们和打旁的人们还不是一样。”他说。勇气是从麻木来的，残忍亦然。故勇敢和残忍必然成双作对。自家的性命既轻于鸿毛，别人的性命怎会重于泰山？在这种情形之下，超人的勇敢和非人的残酷，同样会若无其事的表现出来。我们的惊怖或钦佩，只因为我们无法想像赤裸裸的原人的行为，并且忘记了文明是后天的人工的产物。

论理，战争的本能还是渊源于求生和本能。多杀一个敌人，只为减少一分自己的危险，老实说，不过是积极的逃命而已。因此，休戚相关的感觉在军队里特别锐敏。对并肩作战的伙伴的友爱，真有可歌可泣的事迹，使我们觉得人性在战争中还没完全澌灭。对占领区人民的同情，尤其像黑夜中闪出几道毫光，照射着垂死的文明。

> 军队在乡村或农庄附近发饭的行列边，每每有些严肃有耐性的孩子，手里端着锡桶子在等人家吃剩下来的。有位兵士对我说：“他们这样站在旁边看，我简直吃不下去。有好几次我领到饭菜后，走过去望他们的桶子里一倒，踅回狐狸洞去。我肚子不饿。”

这一类的事情使我想到，倘使战争只以求生为限，战争的可怕性也可有一个限度。例如野蛮民族的部落战，虽有死伤，规模不大，时间不久，对于人性也没有致命的损害。但现代的战争目标是那么抽象，广泛，空洞，跟作战的个人全无关连。一个兵不过是战争这个大机构中间的一个小零件，等于一颗普通的子弹，机械的，盲目的，被动的。不幸人究非子弹。你不用子弹，子弹不会烦闷焦躁，急于寻觅射击的对象。兵士一经训练，便上了非杀人不可的瘾。

> 第四十五师的训练二年有半，弄得人人差一点发疯，以为永远没有调往海外作战的机会。
>
> 我们的兵士对于义军很生气。“我们连开一枪的机会都没有”，有个兵士实在厌恶地说……他又说他本人受训练得利如刀锋，现在敌人并无顽强的抵抗，失望之余，坐卧不安。

久而久之，战争和求生的本能、危险的威胁完全脱节，连憎恨敌人都谈不到。

> 巴克并不恨德国人，虽然他已经杀死不少。他杀死他们，只为要保持自己的生命。年代一久，战争变成他惟一的世界，作战变成他惟一的职业……“这一切我都讨厌死了，”他安静地说，“但是诉苦也没用。我心里这么打算：人家派我做一件事，我非做出来不可。要是做的时候活不了，那我也没法子想。”

人生变成一片虚无，兵士的苦闷是单调、沉寂、休战，所害怕的不是死亡，而是不堪忍受的生活。唯有高速度的行军，巨大的胜仗，甚至巨大的死伤，还可以驱散一下疲惫和厌烦。这和战争的原因——民族的仇恨，经济的冲突，政治的纠纷，离得多远！上次大战，一个美国兵踏上法国陆地时，还会迸出一句充满着热情和友爱，兼有历史意义的话：“拉斐德，我们来了。”此次大战他们坐在诺曼底滩头阵地看报，还不知诺曼底滩头阵地在什么地方。人为思想的动物，这资格被战争取消了。

> 兵士们的心灵，也像肉体那样疲惫……总而言之，一个人对于一切都厌烦。

例如第一师的士兵，在前线日夜跑路作战了二十八天……兵士们便超越了人类疲惫的程度。从那时起，他们昏昏的干去，主要因为别人都在这么干，而他们就是不这么干，实在也不行。

连随军记者也受不了这种昏昏沉沉的非人非兽的生活，时间空间都失去了意义。

到末了所有的工作都变成一种情感的绣帏，上面老是一种死板不变的图样——昨天就是明天，特路安那就是兰达索，我们不晓得什么时候可以停止，天啊，我太累了。(《勇士们》作者的自述)

这种人生观是战争最大罪恶之一。它使人不但失去了人性，抑且失去了兽性。因为最凶恶的野兽也只限于满足本能。他们的胃纳始终是凶残的调节器。赤裸裸的本能，我们说是可怕的；本能灭绝却没有言语可以形容。本能灭绝的人是什么东西，简直无法想像。

固然，《勇士们》一书中有的是战争的光明面。硬干苦干的成绩（“他们做的比应当做的还要多”），合作互助的精神（那些工兵），长官的榜样（一位师长黑夜里无意中妨碍了士兵的工作，挨了骂，默不作声的走开了），都显出人类在危急之秋可以崇高到不可思议的地步。还有世人熟知的那种士兵的幽默，在阴惨或紧张的场面中格外显得天真，朴实。那么无邪的诙谐，叫后方的读者都为之舒一口苏慰的气，微微露一露笑容。可是话又说回来，这种诙谐实在是人性最后的遗留，遮掩着他们不愿想的战争的苦难。

是的，兵士除了应付眼前的工作，大都不用思想。但他们偶尔思想的时候，即是我们最伟大的宗教家也不能比他们想得更深刻、更慈悲。

“看着新兵入营，我总有些不好过，”巴克有一天夜里用迟缓的声调对我说，话声里充满着一片精诚，“有的脸上刚刚长了毛，什么事都不懂，吓又吓得要死，不管怎么样，他们中间有的总得死去……他们的被杀我也知道不是我的错处……但是我渐渐觉得杀死他们的不是德国人，而是我。我逐渐有了杀人犯的感觉……”

这种释迦牟尼似的话，却出自于一个美国军曹之口。他并不追究真正的杀人犯。

可是我读完了《勇士们》，觉得他，他们，我们，全世界的人都应当追究真正的杀人犯。我们更要彻底觉悟：现代战争和个人的生存本能已经毫不相关，从此人类不能再受政治家的威胁利诱，赴汤蹈火地为少数人抓取热锅中的栗子。试想：那么聪明、正直、善良、强壮的“勇士们”，一朝把自己的命运握在自己手里，把他们在战争中表现的超人的英勇，移到和平事业上来的时候，世界该是何等的世界！

谈翻译、出版、发行、印刷等问题

一、关于翻译工作方面

甲、据本人经验，翻译任何作品，欲求彻底提高品质，必须与国外学术机关联系：倘属现代作品，尤须与原作者联系；倘属古典作品，国外也有不少专门团体，例如法国的巴尔扎克学会，照理对翻译巴尔扎克的人可有很多帮助。但最好先由政府做好沟通工作，然后由译者直接通信。

附带说明：本人历来均系靠数十年前之法国老同学，由其代为委托青年讲师及教授，解决文学、风俗、史地、法律等方面的难题。但本人工作既系经常的，又是长期的，势不能无条件麻烦人家。因每部巴尔扎克的小说，问题平均有百数以上。帮助我们解答的青年讲师往往需在图书馆工作，时间精力都耗费不少，以往均以国内所印画册（例如北京所印的《敦煌壁画选》及古代名画复制画册等）寄赠作为酬劳，但事实上远不如金钱酬报实惠。关于此点，一九五三年年底，曾向中央文化部提出；据答，我国与资本主义国家通汇不便，不能允许国内私人汇款前往。

乙、为翻译工作的方便，事实上需要多种不同的版本，特殊的字典、辞典等等作参考。资本主义国家因纸张缺乏，二次大战后图书印数极少，转瞬售罄（本人往往请法国友人转托旧书店物色新书，否则永远无法购得）。过去所出图书辞典，又极少重印。本人虽以朋友关系，偶尔还能买到，但汇款亦成问题。国际书店历来经营不够积极，在西欧各国又无直接代理人，倘译者作者需要搜罗某种参考书而不知书名，简直无法解决。鄙意应请国际书店与国外各大书店建立经常关系，由其经常供应新书及重版书目，同时也需要与国外规模较大的旧书店发生关系（理由见前）。基本上还要请求国际书店改善经营作风，手续力求迅速简便，办事提高效率。

二、关于出版方面

公营出版机构宏大，任务繁重，熟练工作人员不够，许多地方还在手工业经营的阶段，致有时反不及少数进步的私营出版社。最显著的是办事迟缓、拖拉，各部门联络不够，甚至完全没有联络；所出图书，以印刷装订而论，倘以其他工业标准测量，“次货”比重极大；编辑方面的错误屡见迭出，即使经原作者一再提出，原书一再重印，亦未改正（此点巴金先生亦可提供材料）。

以办事迟缓与拖拉言，可举一事为证：拙译《约翰·克利斯朵夫》于一九五四年年终即由平民出版社将全部纸型移交人民文学出版社，至今瞬将一载，仍未与译者签订出版契约。据“人文”称，是为了审阅“译注”；但审阅“译注”前后几及一年而仍未竣事，不无拖拉之嫌。

以“次货”比重极大而言，亦可举一事为证：一九五五年年初，“人文”所印精装本《巴尔扎克选集》五种，印刷及装订成绩，以言“精装”二字，无异讽刺。

以各部门缺乏联络而言，则本人对“人文”直接提出意见，二三年来已不知凡几，但事实上并无改进（最近十个月来，本人因此已不再提意见了）。

综上所述，可见问题关键，在于内部工作人员对业务认识不足，又不专心学习，而这两点又可归纳到对业务的爱好不够。

本人与公营出版社的接触，只限于人民文学出版社，其他公营出版机关，情况是否较好，不得而知。但“人文”系中央级文艺出版社，一切应起带头作用，本人不能不对之求全责备。

三、关于发行方面

历年来各方面（包括出版社、作者、译者）对新华书店的经营作风及办事态度、效率，意见极多，本人兹提出两个基本问题——

甲、每种新书或重版书的印数，向例均由新华书店估计销售数额而批定，事实上此种办法流弊甚多：一则，新华书店总店所根据的估计，是各地分店所填写的需要量；而各分店工作人员水平不够，所填需要量往往甚不可靠。二则，新华书店对实际销售问题的注意比较多，对中央关于图书的政策注意比较少；故出版社根据政策需要大量印行的图书，新华书店从销量方面着眼而要求减少。出版社根据政策决定少量印行的图书，新华书店反要求增加。此种矛盾情形，经常发生，成为出版社与发行机构之间极不容易调和的困难。鄙意宜做根本解决，即——

（一）图书的印数（不论初版、重版）不能由新华书店决定，而当由出版社规定；新华书店只能以销售情况提供出版社作为参考；（二）凡根据政策需要大量印行的图书，新华书店应视为重要政治任务，设法大力推广。

乙、新华书店各级工作人员应大力加强业务学习，熟悉图书内容概要，研究各种推销方法，改善门市部人员的服务精神；同时，也当提高政治学习，彻底认识政府对图书发行的政策，明了图书发行业务，与其他消费品发行业务的本质上的不同，从而减少纯业务观点——即利润观点。

四、关于印刷装订方面

本人过去每出一书，常与印刷所，装订所直接发生关系，故有一印象，似乎解放以后的印刷业及装订业的工作成绩，并无显著提高，反有退步现象；与其他各业比较，相差甚远。鄙意宜发动各该业工人的劳动热情，加强他们的业务学习，提高他们的政治觉悟。总之，希望印刷装订两业中，也多几个劳模与先进工作者。

五、一般性的问题

作家协会会员向无会员证，会员身份无从证明，在实际生活中常常遇到困难。一九五五年八月举行全国翻译会议时，周扬先生也曾提及此点。希望能于短时期内实现。否则无实际行政工作的作家，仿佛是无组织无单位的个体，在日常生活中尤其是往外埠时，常感苦闷。

一九五五年十二月二十日

关于少年儿童读物的问题

甲、现有缺点

一、儿童读物出版社所出各书，无论创作或翻译，所用辞汇均不及小学或初中之语文教科书的广泛。——曾问该社编辑，据云总编辑对文字力求浅显。鄙意，少年儿童读物兼有作课外语文补充材料的教育使命，正宜比语文教科书酌量提高，至少亦当相等，方能收效。若一味迁就儿童，专从浅显着眼，恐与普及与提高并重之原则不尽相符。

二、对少数质量较高的作品或翻译，稿酬太低，对著译者缺少鼓励。——例如，已故之戴望舒所译的《鹅妈妈的故事》，早在开明出版，但不知印数，据估计不可能超过三四千册。今移归儿童读物出版社，则以第三个定额印数计算稿费（即照第一个印数，七折计算），未免太不公平。

三、争取老作家不够努力。——例如，冰心的第一部特约稿，由社方提过三次意见，认为资产阶级意识过重（事实上作者均已接受、改正）；故此次冰心由闽返京，道经上海，社方当局虽与见面，即不再继续约稿。其实老作家在思想方面极需要、亦极欢迎帮助。社方似应利用其纯熟的写作技巧，同时鼓励其思想进步。若对作家的选择过于郑重，则少年儿童读物的稿源势必愈形枯竭。鄙意，新生力量固宜培养，老作家也需要尽量帮助。希望出版社能放手做去，勿太顾虑。

四、社内编辑平日兼管杂务太多——为答复信件、接见著译者（以上两项工作，在北京中青出版社大多由"通联组"处理），版权问题，其他出版社移交过来的纸型问题等等，致妨碍本位工作，致无从提高工作质量。缺少业务进修的时间；无暇阅读书籍，当然亦为无法提高质量之重要原因。

五、社内工作人才安排不尽恰当。——例如，前商务印书馆儿童读物编辑宗亮寰，现任校对科主任；前世界书局编辑朱翊新，现在秘书处任职；以写作技巧及体验而论，均以调任编辑为更能发挥。

六、本年度（一九五六年）出版计划，译文部门大量减少，以求与创作部门平衡。其实问题在于创作太少，而非译文太多。平衡之道，似宜大量鼓励创作。儿童文学的翻译，除供应小读者阅读外，兼可为作者进修之参考，不宜偏废。

七、《少年文艺》月刊，由新华印刷厂承印，自发稿至出版，需时五十日，编辑极感困难，历次交涉均无结果。此事恐需由新闻出版事业管理处切实调查，倘新华厂任务太忙，宜另行指派他厂——甚至私营印刷厂——排印。

乙、几点建议

一、为扩大少年儿童文学的写作内容，凡（一）劳动模范及先进工作者的生活故事、传记，（二）解放军故事及有名战役，（三）各地的伟大建设（如沿淮及边疆地区新建之公路、铁路）的描写，（四）民间传说，（五）有名的历史故事及寓言，（六）科学故事及发明家传记，（七）有名的戏剧故事，（八）少数民族的风俗介绍，（九）各地游记……等等，均可尽量利用。

二、为号召更多的作家为少年儿童写作，似宜与各日报（包括《少年报》、《青年报》、《劳动报》等等）、画报、期刊（特别如《旅行家》、《新观察》、《解放军文艺》等）的记者与作者联系，加以组织，请他们将适当材料改写为儿童读物；或组织少年儿童读物的作家，随同记者及摄影记者等，同时下去采访及体验生活。为达到上述目的，（一）专业出版社不妨设一“创作组织科”专门负责；（二）作家协会推定一二人员从旁协助；（三）大力号召过去写作儿童读物或通俗故事的老作家，由出版社帮助其思想改造（不一定出诸“座谈”等形式，即以他们的作品多提意见，使他们从实践中打通思想，或许收效更大、更实际）。

三、为提高及丰富出版物内容，专业出版社似应加强业务领导。——目前社内业务会议，往往偏重于制订计划，而未能对执行状况做细致与深入的检查（例如“甲”项第一条所提的辞汇问题），不但对广大的读者群众隔膜，即社内同事亦太少接触；对所提的合理化意见未能充分重视，更不能及时纠正与改进 。

一九五六年一月二日

艺术创造性与劳动态度

——艺术界二三事之二

几何学上有一条基本原理，叫做正定理对的，反定理不一定对；初步的逻辑学也告诉我们：马是四足动物，四足动物不一定是马。同样，艺术制作的成就绝对少不了辛勤的劳动，辛勤的劳动不一定能保证艺术上的成就。黄卷青灯，磨了一辈子而没留下一篇可读的文章的人，古今中外都屡见不鲜。相传王羲之练字用旧的破笔堆得像土丘一般高；破笔堆得同样高的人可能很多，但有王羲之那样成就的，历史上寥寥可数。且不谈艺术，只说可以苦修苦练以求的技巧吧，到了某个水平不能更进一步的实例也多得很。

因此，付出了高度劳动而没有多大收获是不足为奇的；但说劳动态度不好而能产生有创造性的作品，可就要目为笑谈了。

我这段开场白仍是为今年的青年美术作品展览会说的。作品经过“自报公议”的初选程序，又经过非常郑重的三番四复的复选程序（这一阶段的工作值得表扬），然后按照艺术创造性与劳动态度两大项目评定等第，颁发奖励金（这奖励金与最近文化局所给的奖金不同）。评定结果，有些作品是劳动态度得了甲，艺术创造性得了乙或丙；那不但可能，而且根据上文的论点，是在情理之内的。但另有不少作品的艺术创造性评了甲，劳动态度评了乙或丙，或者创造性列入乙，劳动态度列入丙的。

所谓劳动态度不好，在我想来无非是指态度不严肃，投机取巧，懒于思考；表现在作品上的是草率，因袭，模仿，公式化。这种工作态度的成果竟会是具有创造性的作品，岂不成了奇迹？——除非评选委员会对劳动态度另有一套我们意想不到的解释。但他们总不至于把画面的繁简，用笔的粗细，技巧的工拙，花的时间多少当作劳动态度吧？若果如此，大部分的云林、石涛、八大、浙江，以至扬州八怪（八怪确有劳动态度不好的作品，所以那些作品也就缺乏艺术性），还有外国的画家如玛蒂斯、毕卡索，劳动态度都不会超过丙的了。再说，画面的繁简与花的时间也不成正比例：简笔的作品往往需要长期的酝酿与思索。评选委员会也不见得会把内容脱离生活，单纯追求技巧等等的思想问题，与劳动态度混为一谈吧？作品有艺术性，但题材不够现实，内容的教育性不强：那是政治认识问题，不是劳动态度问题；正如出品精良而言论落伍的工人，只能批评他政治觉悟不高，却无法指摘他劳动态度不好。

再按事实，艺术创造性评为甲或乙，劳动态度评为丙的作品，我见过，也细细琢磨过，实在琢磨不出评定两者高下的标准。

我们并非体会不到主事者奖励青年，繁荣创作的热忱，但除了把艺术创造性与劳动态度硬生生的割裂以外，是否就别无他法可以鼓励那些下了苦功而尚无成就的青年呢？而对另外一批劳动态度被评为低于艺术性的作家，是否也该照顾到他们今后的积极性呢？何况歪曲了艺术观点，对整个艺术界的不良影响不是任何物质奖励所能补救的。

（原载一九五六年十一月二十二日《文汇报》）

关心书籍的命运，注意积累和淘汰

——改变姑息新生力量，迁就老作家的现象

这里我想谈两个问题：

第一，书籍的积累与淘汰问题。

新中国成立后，出版工作者在组稿、审稿、发排和校对工作上很努力认真，可是书籍一经付印之后，就很少去关心，似乎不大注意积累，因此许多好书发生脱销现象，过去私营出版社大都有几本所谓“生命线”的好书，而现在的出版社却不注意这一点，往往不大关心书籍的命运。我想如果经常注意积累，可以部分的解决书的“缺”的问题。

与积累相对的是淘汰，如果只注意好书的积累，对坏书不加淘汰，品种越来越多，若干年后就无法应付，好书的积累也会成问题。我也主张今后决不出坏书，可出可不出的书也坚持不出。同一品种的书，必须比较其内容、品质，择优出版。同一原作的译本，一定要各有特长，才允许有不同译本并存。新译本比老译本好，老译本就该淘汰。

要做到既积累又淘汰，辨别书的好坏，必须既要依靠群众（如举办读者座谈会，调查书的销数、多少与快慢，图书阅览室的反映等），又

要依靠专家（如提倡批评，征求专家意见等）。

第二，提高质量与增加品种问题，这是一个矛盾。

解放后书的品种多了，是好现象。但是“质”落后于“量”，也是事实。质量不高，原因很多，譬如我们学术界水平不高，与社会主义建设和读者需要不相适应；出版社方面追求数量，有任务观点，也是一个重要原因。往往在刊物上不能发表的作品，送到出版社去倒印成了书。出版社对作者的实际能力了解不够，所委托的译者也往往不恰当。

与提高书籍质量有关的是提高编辑的水平，这个问题早已提出，今后在于实践，否则提高质量也会落空，出版社与作者之间的关系也不易搞好。

出版物质量不高的另一原因，在于我们有些作者、译者责任感不强，艺术良心不高。有些作者为了“生活”而草率著书。这需要通过知识分子的自我改造自觉的转变过来。有些译者对自己中外文能力估计不正确，专业知识很欠缺，不肯经过艰苦的学徒阶段，译出第一本书就急于出版。有些青年作者往往把学校里课卷式的创作到处投稿，遇到退稿，火气很大，不愿冷静的把自己的作品与比较成熟的作品比一比。这样，对编辑来说，增加了负担，对自己，也阻止了进步。一般业余作者、译者工作忙碌，时间不够，也需要努力争取解决。出版界反映，近一二年来有一种对新生力量姑息、对老作家迁就的现象，这些都是值得著作家、翻译家深自检查的。

（原载一九五七年三月十一日《文汇报》）

翻译经验点滴

《文艺报》编辑部要我谈谈翻译问题，把我难住了，多少年来多少人要我谈，我都婉词谢绝，因为有顾虑。谈翻译界现状吧，怕估计形势不足，倒反犯了自高自大的嫌疑；五四年翻译会议前，向领导提过一份意见书，也是奉领导之命写的，曾经引起不少人的情绪，一之为甚，岂可再乎？谈理论吧，浅的大家都知道，不必浪费笔墨；谈得深入一些吧，个个人敝帚自珍，即使展开论战，最后也很容易抬出见仁见智的话，不了了之。而且翻译重在实践，我就一向以眼高手低为苦。文艺理论家不大能兼作诗人或小说家，翻译工作也不例外；曾经见过一些人写翻译理论，头头是道，非常中肯，译的东西却不高明得很，我常引以为戒。不得已，谈一些点点滴滴的经验吧。

我有个缺点：把什么事都看得千难万难，保守思想很重，不必说出版社指定的书，我不敢担承，便是自己喜爱的作品也要踌躇再三。一九五三年译《嘉尔曼》，事先畏缩了很久，一九五四年译《老实人》，足足考虑了一年不敢动笔，直到试译了万把字，才通知出版社。至于巴尔扎克，更是远在一九三八年就开始打主意的。

我这样的踌躇当然有思想根源。第一，由于我热爱文艺，视文艺工作为崇高神圣的事业，不但把损害艺术品看做像歪曲真理一样严重，并且介绍一件艺术品不能还它一件艺术品，就觉得不能容忍，所以态度不知不觉的变得特别郑重，思想变得很保守。译者不深刻的理解、体会与感受原作，决不可能叫读者理解、体会与感受。而朋友，有的人始终与我格格不入，那就不必勉强；有的人与我一见如故，甚至相见恨晚。但即使对一见如故的朋友，也非一朝一夕所能真切了解。想译一部喜欢的作品要读到四遍五遍，才能把情节、故事记得烂熟，分析彻底，人物历历如在目前，隐藏在字里行间的微言大义也能慢慢咂摸出来。但做了这些功夫是不是翻译的条件就具备了呢？不。因为翻译作品不仅仅在于了解与体会，还需要进一步把我所了解的，体会的，又忠实又动人地表达出来。两个性格相反的人成为知己的例子并不少，古语所谓刚柔相济，相反相成；喜爱一部与自己的气质迥不相侔的作品也很可能，但要表达这样的作品等于要脱胎换骨，变做与我性情脾气差别很大，或竟相反的另一个人。倘若明知原作者的气质与我的各走极端，那倒好办，不译就是了。无奈大多数的情形是双方的精神距离并不很明确，我的风格能否适应原作的风格，一时也摸不清。了解对方固然难，了解自己也不容易。比如我有幽默感而没写过幽默文章，有正义感而没写过匕首一般的杂文；面对着服尔德那种句句辛辣，字字尖刻，而又笔致清淡，干净素雅的寓言体小说，叫我怎能不逡巡畏缩，试过方知呢？《老实人》的译文前后改过八道，原作的精神究竟传出多少还是没有把握。

因此，我深深地感到：（一）从文学的类别来说，译书要认清自己的所短所长，不善于说理的人不必勉强译理论书，不会做诗的人千万不要译诗，弄得不仅诗意全无，连散文都不像，用哈哈镜介绍作品，无异自甘做文艺的罪人。（二）从文学的派别来说，我们得弄清楚自己最适宜于哪一派：浪漫派还是古典派？写实派还是现代派？每一派中又是哪几个作家？同一作家又是哪几部作品？我们的界限与适应力（幅度）只能在实践中见分晓。勉强不来的，即是试译了几万字，也得“报废”，毫不可惜；能适应的还须格外加工。测验“适应”与否的第一个尺度是对原作是否热爱，因为感情与了解是互为因果的；第二个尺度是我们的艺术眼光，没有相当的识见，很可能自以为适应，而实际只是一厢情愿。

使我郑重将事的第二个原因，是学识不足，修养不够。虽然我趣味比较广，治学比较杂，但杂而不精，什么都是一知半解，不派正用。文学既以整个社会整个人为对象，自然牵涉到政治、经济、哲学、科学、历史、绘画、雕塑、建筑、音乐，以至天文地理，医卜星相，无所不包。有些疑难，便是驰书国外找到了专家说明，因为国情不同，习俗不同，日常生活的用具不同，自己懂了仍不能使读者懂（像巴尔扎克那种工笔画，主人翁住的屋子，不是先画一张草图，情节就不容易理解清楚）。

琢磨文字的那部分工作尤其使我长年感到苦闷。中国人的思想方式和西方人的距离多么远。他们喜欢抽象，长于分析；我们喜欢具体，长于综合。要不在精神上彻底融化，光是硬生生的照字面搬过来，不但原文完全丧失了美感，连意义都晦涩难解，叫读者莫名其妙。这不过是求其达意，还没有谈到风格呢。原文的风格不论怎么样，总是统一的，完整的；译文当然不能支离破碎。可是我们的语言还在成长的阶段，没有定形，没有准则；另一方面，规范化是文艺的大敌。我们有时需要用文言，但文言在译文中是否水乳交融便是问题；我重译《约翰·克利斯朵夫》的动机，除了改正错误，主要是因为初译本运用文言的方式，使译文的风格驳杂不纯。方言有时也得用，但太浓厚的中国地方色彩会妨碍原作的地方色彩。纯粹用普通话吧，淡而无味，生趣索然，不能作为艺术工具。多读中国的古典作品，熟悉各地的方言，急切之间也未必能收效，而且只能对译文的语汇与句法有所帮助；至于形成和谐完整的风格，更有赖于长期的艺术熏陶。像上面说过的一样，文字问题基本也是个艺术眼光的问题；要提高译文，先得有个客观标准，分得出文章的好坏。

文学的对象既然以人为主，人生经验不丰富，就不能充分体会一部作品的妙处。而人情世故是没有具体知识可学的。所以我们除了专业修养，广泛涉猎以外，还得训练我们观察、感受、想像的能力；平时要深入生活，了解人，关心人，关心一切，才能亦步亦趋地跟在伟大的作家后面，把他的心曲诉说给读者听。因为文学家是解剖社会的医生，挖掘灵魂的探险家，悲天悯人的宗教家，热情如沸的革命家；所以要做他的代言人，也得像宗教家一般的虔诚，像科学家一般的精密，像革命志士一般的刻苦顽强。

以上说的翻译条件，是不是我都做到了？不，差得远呢！可是我不能因为能力薄弱而降低对自己的要求。艺术的高峰是客观的存在，决不会原谅我的渺小而来迁就我的。取法乎上，得乎其中，一切学问都是如此。

另外一点儿经验，也可以附带说说。我最初从事翻译是在国外求学的时期，目的单单为学习外文，译过梅里美和都德的几部小说，非但没想到投稿，译文后来怎么丢的都记不起来，这也不足为奇，谁珍惜青年时代的课卷呢？一九二九年至一九三一年间，因为爱好音乐，受到罗曼·罗兰作品的启示，便译了《贝多芬传》，寄给商务印书馆，被退回了；一九三三年译了莫罗阿的《恋爱与牺牲》寄给开明，被退回了（上述两种以后都是重新译过的）。那时被退的译稿当然不止这两部；但我从来没有什么不满的情绪，因为总认为自己程度不够。事后证明，我的看法果然不错；因为过了几年，再看一遍旧稿，觉得当年的编辑没有把我幼稚的译文出版，真是万幸。和我同辈的作家大半都有类似的经历。甘心情愿地多做几年学徒，原是当时普遍的风气。假如从旧社会中来的人还不是一无足取的话，这个风气似乎值得现代的青年再来提倡一下。

一九五七年五月十二日

（原载《文艺报》一九五七年第十期）

关于译名统一之意见

（一）统一译名是一件长时期的艰巨工作，属于专门学术机构的业务范围，不仅需要集中相当数量精通各种外文发音的专家，也需要国语发音专家参加。便是这些专家也得经过反复讨论，甚至热烈争论，一再修正才能制定一系列的译音标准，然后方能从事译音本身的工作。而即使一致通过了原则，在译音过程中仍然会有不同的意见需要一再商讨，方能决定。并且译音不但要尽量符合或接近原音，还须照顾过去的习惯用法，照顾吾国人名不宜太长（以致难记），从而力求简化等；总之，仅凭常识推断，此事已极复杂，倘请教音韵学者以及中外语文发音专家，则内容还要复杂。

（二）目前出版社所能做的工作，恐怕只能限于：一、统一每本书内本身的译名，避免前后参差；二、统一“流行广泛，历有年数”的译名；三、对于理论及历史著作，书末附加中西姓氏对照表，以资补救。超过此范围，恐徒然引起作译者与出版社之间无穷尽的争论而仍无结果可言。

（三）即以出版社作小规模之统一而论，统一也要有原则，有标准。仅仅因某种译名先用，并不能成为统一以后译名之理由。凡已有译名并无正确可靠之把握者即不能据为统一之标准，若证明确系不合原音者更不能令后人向“不合理”看齐。至何种译名与原音为最接近，非一二人所能解决，有赖于作译者长时期摸索，从错误与正确中逐渐减少错误，接近真理。——以上所云，当然并非指大众皆知之西人名字或作品名字，而是指近年来开始有一小部分人注意之译名，或过去数十年中不时有人提及，但并不十分普遍之名字：——凡属此类，似可多放任译者各自推敲，以期于试验中逐步获得成绩。

（四）在已有的数种流行广度相仿之译名中，不妨听任译者自行选择一种，而不必硬性规定一种（除非有极充分之理由），例如 Tennyson 自“五四”以来即有数种译音同时流行，普遍性均不相上下，则大可不必立即肯定某一种。

（五）希腊译名牵涉问题更多，接触的学术性与专门性的面更广。除一般熟知之荷马、柏拉图、苏格拉底等，神话名字如宙斯等，作品如《奥德赛》等，确宜加以统一之外，其他较生僻之专名均可从缓统一。

例如将希腊文中之 p 一律译作轻唇音“珀”，the 译作“忒”，lysi 译作“吕西”，phoe 译作“福”，he 译作“赫”，ge 译作“革”，Ares 译作“阿瑞斯”[带 s 或 sh 音（ㄕㄨㄟ），决不可能接近 r 音]，Aphrodite 中之 di 译作短音“狄”等等，均难使人折服。又如 Pythagoras 之后半既已承认可译作“哥拉”，则 Anaxagoras 之后半又何必改作“戈拉”？可见出版社目前之统一，实亦无原则。

最后，古希腊人名究应用古希腊文发音为准，抑应以现代希腊文发音为准，更是一个专门性学术问题，非出版社所能解决。

（六）法文译音部分——一、初将一切 de 改作“德”，后于校样上一律改为“特”，而 Delacroix，Delaroche，Delarigne 又一律改为“德”，更可证统一并无准则。二、特拉克洛阿为国内美术界数十年来熟知之译名，更不必多所更动。三、Manon Lescault 改作“曼侬·列斯戈”——

“曼”与“列”以国语标准音读或国内各重要方言读，都不可能读成法文中之ma与les两音；且ma作“曼”，les作“列”，即初学法文之人亦知为大错。四、Bruyère中之yère译作“耶”，不知根据何种文字？yère在法文中并无子音音素［因y＝ii（两个i）］，无论如何念不出“耶”这个音的。五、Boileau译作波瓦洛，“瓦”明明含有子音“W”，而法文中oi二字母，只连在B字上，念做鲍阿（或布阿）。六、pou是重唇音，于“波”为近，绝非轻唇音“普”。七、Leclec中lec应读作开口音“兰”，非闭口音“莱”。八、Pascal之cal于“格”为近，与“加”则相差甚远。九、Stendhal之ten为重舌音“当”，非轻舌音“汤”；法文中之ten或tan都读如“当”，惟有英国人才会把法文的ten、tan念做“汤”；且国内译作“斯当达”尚远在译作“史汤达”之前。原有正确之音译废置不用，而以不正确之“音译”代之，恐于学术界并无补益。十、Roland应读作“洛朗”。罗曼·罗兰之译名实因在国内历史太久，知者太多，罗曼·罗兰之名气亦太大，不便再改。今Chanson de Roland并无此种特殊情形，正应改正。——以我的法文读音知识，认为不能附和之新改译名尚多，不能一一列举。

（七）特别重要的一点，是Taine译作“泰纳”，原是最初从英文中介绍过来之故。Tai在法文中是重舌尖音，非轻舌尖音。且Taine在国内尚非大众皆知之人，译名更可改正为“丹讷”。

（八）法国名著译名——莫里哀的Ecole des Femmes，其中仅仅是一个普通人（非教师）教导一女子，预备造成自己理想中的人物，日后娶之为妻，如何能译作“妇人学堂”？我因剧中主旨是讽刺当时对女子的教育，故译作“女子教育”。若译作“妇人学堂”未免望文生义，文不对题（其实是题不对文）了。Les Femmes Savantes，内容系讥刺说话装腔作势，冒充有学问的女子；译为“才女”与十七世纪法国社会比较恰当。“女博士”之“博士”二字太新，太近代化。

（九）意大利人名中如Vinci，原有“文西”、“文琪”、“芬奇”数种译音同时并存，任择一种固无不可；但Leonardo之le明明读“雷”，

nar 读“那”，今改 le 为“列”，改“nar”为“纳”，纯是英文音。Titien 译作“铁相”亦为数十年来美术界熟知，不宜改为完全陌生之“提善”。本书既以艺术为主题，更应照顾国内美术界读者习惯。Perugino 亦素来译作“班鲁琴”，且法文美术书常常将外国人名“法文化”，Perugino 即写作“Pérugin”。

（十）本人译《艺术哲学》时除一般通用而且年代已久之译音外，凡比较生疏之专名均参照商务印书馆一九二四年出之《外国人名地名表》。该书既非一人执笔，并且数年后经过彻底修正，读音均根据 *Century Encyclopedia* 内之《专名读音表》，似乎比较有系统，有原则，有标准。西方人对各国文字发音还是值得我们参考的。

翻译专名时，本人亦曾加以郑重考虑，且全部制成卡片，以期前后一致；但仍有挂漏及疏忽之处，承一一改正，甚为感谢；但新改译音仍有绝大部分缺少说服力，不能使原译者接受，甚为抱歉！

总之，译名统一及整理工作，无法匆促从事，亦不能枝枝节节为之；最好仍由专门学术机构组织专门人才处理。

凡仍用原译音者，译者均有其不成熟之理由，恕不从头至尾一一罗列，幸请见谅。

一九六一年四月二十二日

莫罗阿《恋爱与牺牲》译者序

幻想是逃避现实，是反抗现实，亦是创造现实。无论是逃避或反抗或创造，总得付代价。

幻想须从现实出发，现实要受幻想影响，两者不能独立。

因为总得付代价，故必需要牺牲：不是为了幻想牺牲现实，便是为了现实牺牲幻想。

因为两者不能独立，故或者是幻想把现实升华了变做新的现实，或者是现实把幻想抑灭了始终是平凡庸俗的人生。

彻底牺牲现实的结果是艺术，把幻想和现实融和得恰到好处亦是艺术；惟有彻底牺牲幻想的结果是一片空虚。

艺术是幻想的现实，是永恒不朽的现实，是千万人歌哭与共的现实。

恋爱足以孕育创造力，足以产生伟大的悲剧，足以吐出千古不散的芬芳；然而但丁、歌德之辈寥寥无几。

恋爱足以养成平凡性，足以造成苦恼的纠纷：这样的人有如恒河沙数。

本书里四幅历史上的人物画，其中是否含有上述的教训，高明的读者自己会领悟。

一九三五年岁杪译者

本书第一篇叙述歌德写《少年维特之烦恼》的本事，第二篇叙作者一个同学的故事，第三篇叙英国名女优西邓斯夫人（Mrs. Siddons 一七五五——一八三一）故事，第四篇叙英国名小说家爱德华·布尔沃—李顿爵士（Sir Edward-Bulwer Lytton 一八〇五——一八七三）故事，皆系真实史绩。所记年月亦与事实相符，证以歌德之事可知。

本书初版时附有木版插图数十幅，书名《曼伊帕或解脱》，后于Grasset 书店版本中改名《幻想世界》，译者使中国读者易于了解计擅改今名。

本书包含中篇小说四篇，但作者于原著中题为《论文集》，可见其用意所在。

译者附注

罗素《幸福之路》译者弁言

人尽皆知戏剧是综合的艺术；但人生之为综合的艺术，似乎还没被人充分认识，且其综合意义的更完满更广大，尤其不曾获得深刻的体验。在戏剧舞台上，演员得扮演种种角色，追求演技上的成功，经历悲欢离合的情绪。但在人生舞台上，我们得扮演更多种的角色，追求更多方面的成功，遇到的局势也更光怪陆离，出人意外。即使在长途的跋涉奔波，忧患遍尝之后，也不一定能尝到甘美的果实——这果实我们称之为人生艺术的结晶品，称之为幸福。

症结所在，就如本书作者所云，有内外双重的原因。外的原因是物质环境，现存制度，那是不在个人能力范围以内的；内的原因有一切的心理症结，传统信念，那是在个人能力之内而往往为个人所不知或不愿纠正的。精神分析学近数十年来的努力，已驱除了不少内心的幽灵；但这种专门的科学智识既难于普遍，更难于运用。而且人生艺术所涉及的还有生物学，伦理学，社会学，历史，经济，以及无数或大或小的智识和——尤其是——智慧。能综合以上的许多观点而可为我们南针的，在近人著作中，罗素的《幸福之路》似乎是值得介绍的一部。他的现实的观点，有些人也许要认为卑之无甚高论，但我认为正是值得我们紧紧抓握的关键。现实的枷锁加在每个人身上，大家都沉在苦恼的深渊里无以自拔；我们既不能鼓励每个人都成为革命家，也不能抑压每个人求生和求幸福的本能，那末如何在现存的重负之下挣扎出一颗自由与健全的心灵，去一尝人生的果实，岂非当前最迫切的问题？

在此我得感谢几位无形中促使我译成本书的朋友。我特别要感激一位年轻的友人，使我实地体验到：人生的暴风雨和自然界的一样多，来时也一样的突兀；有时内心的阴霾和雷电，比外界的更可怕更致命。所以我们多一个向导，便多一重盔甲，多一重保障。

这是我译本书的动机。

译者

一九四二年一月

杜哈曼《文明》译者弁言

假如战争是引向死亡的路，战争文学便是描写死亡的文学。这种说法，对《文明》似乎格外真切。因为作者是医生，像他所说的，是修理人肉机器的工匠。医院本是生与死的缓冲地带，而伤兵医院还有殡殓与墓地的设备。

伤兵撤离了火线，无须厮杀了，没有了眼前的危险；但可以拼命的对象，压抑恐惧的疯狂，也随之消灭。生与死的搏斗并没中止，只转移了阵地：从庞大的军事机构转到渺小的四肢百体，脏腑神经。敌人躲在无从捉摸无法控制的区域，加倍的凶残，防御却反而由集团缩为个人。从此是无穷尽的苦海，因为人在痛苦之前也是不平等的。有的“凝神壹志使自己尽量担受痛苦”；有的“不会受苦，像一个人不会说外国话一样”；有的靠了坚强的意志，即使不能战胜死亡，至少也暂时克服了痛楚；有的求生的欲望和溃烂的皮肉对比之下，反而加增了绝望。到了忍无可忍的时候，死亡变成解放的救星，不幸“死亡并不肯俯从人的愿望，它由它的意思来打击你：时间，地位，都得由它挑”——这样的一部战争小说集，简直是血肉淋漓的死的哲学。它使我们对人类的认识深入了一步，“见到了他们浴着一道更纯洁的光，赤裸裸的站在死亡前面，摆脱了本能，使淳朴的灵魂恢复了它神明的美”。

可是作者是小说家，他知道现实从来不会单纯，不但沉沦中有伟大，惨剧中还有喜剧。辛酸的讽喻，激昂的抗议，沉痛的呼号，都抑捺不了幽默的微笑，人的愚蠢、怪僻、虚荣，以及偶然的播弄，一经他尖刻辛辣的讽刺，在那些惨淡的岁月与悲壮的景色中间，滑稽突梯，宛如群鬼的舞蹈（dance macabre）。

作者是冷静的心理分析者，但也是热情的理想主义者。精神交感的作用，使他代替杜希中尉挨受临终苦难。没有夸张，没有嚎恸，两个简单的对比，平铺直叙的刻划出多么凄凉的悲剧。“这个局面所有紧张刺激的部分，倒由我在那里担负，仿佛这一大宗苦难无人承当就不成其为人生。”

有时，阴惨的画面上也射入些少柔和的光，人间的嘻笑教读者松一口气。多少微妙的情绪互相激荡、感染；温馨美妙的情趣，有如华多的风情画。剖析入微的心理描写，用的却是婉转蕴藉的笔触：本能也罢，潜意识也罢，永远蒙上一层帷幕，微风飘动，只透露一些消息。作者是外科医生，知道开刀的时候一举一动都要柔和。轻松而端庄的喜剧气氛，也是那么淡淡的，因为骨子里究竟有血腥味；战争的丑恶维持着人物的庄严。还有绿衣太太那种似梦似幻的人物，连爱国的热情也表现得那么轻灵。她给伤兵的安慰，就像清风明月一样的自然，用不到费心，用不到知觉就接受了。朴素的小诗，比英勇的呼号更动人。

然而作者在本书中尤其是一个传道的使徒。对死亡的默想，对痛苦的同情，甚至对长官的讽刺，都归结到本书的题旨，文明！个人的毁灭，不但象征一个民族的，而且是整个文明的毁灭。“我用怜悯的口气讲到文明，是经过思索的，即使像无线电那样的发明也不能改变我的意见……今后人类滚下去的山坡，决不能再爬上去。”他又说：“文明，真正的文明，我是常常想到的，那应该是齐声合唱着颂歌的一个大合唱队…… 应该是会说‘大家相爱’，‘以德报怨’的人。”到了三十年后的今日，无线电之类早已失去魅力，但即使像原子能那样的发明，我相信仍不能改变作者对文明的意见。

《文明》所描写的死亡，纵是最丑恶的场面，也有一股圣洁的香味。但这德性并不是死亡的，而是垂死的人类的。就是这圣洁的香味格外激发了生命的意义。《文明》描写死亡，实在是为驳斥死亡，否定死亡。

一九四二年四月我译完这部书的时候，正是二次大战方酣的时候。如今和平恢复了快二年，大家还没意思从坡上停止翻滚。所以本书虽是第一次大战的作品，我仍旧花了一个月的功夫把旧译痛改了一遍。

译者

一九四七年三月

《文明》作者杜哈曼略传

乔治·杜哈曼（Georges Duhamel）一八八四年六月三十日生于巴黎，是八个兄弟姐妹中的第七个，他的父亲一生颠沛，到五十一岁才得到医学博士学位。离开巴黎大学才两年，小儿子乔治也进了校门。那位自学成功的老医生天性烦躁，不耐定居；乔治记得曾经跟父母搬过四十一次家。清贫而骚乱的童年，便是杜哈曼初期的经历。

一九〇二年，乔治·杜哈曼十八岁，中学毕业，专攻的科目是文学和数学。

从二十到三十岁（一九〇四——一九一四）杜哈曼在巴黎大学同时修习医科与理科，写最初的几册诗集与戏剧，徒步旅行欧洲，在“寺院”干印刷工作，在公立医院临诊，维持生活。

所谓“寺院”是几个青年学生的理想集团，大半是诗人，梦想过一种公共的隐遁生活，一面从事各人的研究与写作，一面把印刷作为自食其力的生计。他们在巴黎近郊克莱端伊（Créteuil）租下一所有大花园的屋子，设立印刷工场，承印书籍。大门上标着十六世纪拉伯雷的名句："这里，请进来……这里，有的是栖枝和堡垒，可以抵御那可恶的谬误……进来，大家来锻炼深刻的信仰……"不久经济问题逼倒了这个理想集团，十几个月的历史，存留下来的只有一二十册印成的书，和许多现在已经成名的作家，如尤里乌斯·罗曼、查理·维特拉克与杜哈曼等。杜氏也在那边认识了白朗希·亚巴纳小姐，他未来的夫人。

一九〇八年，杜哈曼理科毕业；一九〇九年，又修完医科学程，得博士学位。从此到一九一四年，他做着实验室工作，同时热烈从事文学活动：每年一部作品，三年中有三部剧本问世。

一九一四年大战爆发，杜哈曼志愿入伍（按第一次大战时，法国尚许医生免除军役），被任为二等助理军医。在五十七个月的长期军役内，五十个月都在前线，先在第一军的救护队，继而在自动救护队，终于升为外科队主任。

大战结束的时候，杜氏成绩是：经他救护的伤兵：四千名；由他亲手开刀的：二千三百名；三部战争文学：《殉难者行述》《文明》《动乱中的谈话》；一部默想录：《世界之占有》。

《殉难者行述》在一九一四至一九一六年间写成，过了九个月方始印行；《文明》的完稿期是一九一七年，一九一八年初版时用但尼·丹佛南（Denis Thévenin）的假名，据说一半是为书中有批评军事长官的地方，恐怕引起纠纷。结果这两册书都获得极大的成功，《文明》更受到一九一八年的龚古尔奖，立刻被译成各国文字，畅销一时的情形，仅次于巴比塞的战争小说：《火线下》。

他的重要作品，是以一个人物为研究中心的五部小说（出版于一九二〇至一九三二年间）：《午夜忏悔录》《两人》《萨拉伐日记》《里昂街上的俱乐部》《如此内心》，总称叫做《萨拉伐历险记》。内容偏重于心理分析，描写一个没有力量控制潜意识的人，据作者自白，是"发掘一个人的隐蔽世界，——精神领域"。短篇小说集最著名的有《被遗弃的人们》。戏剧有《光明》《战争》等五种。批评集有《诗与诗人》等三种。诗集有《伴侣》与《挽歌》两种。游记有《莫斯科游记》《未来生活的景象》（美国游记）等。迄二次大战为止，杜哈曼全部的著作共计五十种左右。

一九三五年，杜氏当选为法兰西学士院委员。

巴尔扎克《高老头》重译本序

以效果而论，翻译应当像临画一样，所求的不在形似而在神似。以实际工作论，翻译比临画更难。临画与原画，素材相同（颜色，画布，或纸或绢），法则相同（色彩学，解剖学，透视学）。译本与原作，文字既不侔，规则又大异。各种文字各有特色，各有无可模仿的优点，各有无法补救的缺陷，同时又各有不能侵犯的戒律。像英、法，英、德那样接近的语言，尚且有许多难以互译的地方；中西文字的扞格远过于此，要求传神达意，铢两悉称，自非死抓字典，按照原文句法拼凑堆砌所能济事。

各国的翻译文学，虽优劣不一，但从无法文式的英国译本，也没有英文式的法国译本。（《哈姆雷特》第一幕第一场有句：Not a mouse stirring，法国标准英法对照本《莎翁全集》译为：Pas un chat。岂法国莎士比亚学者不识mouse一字而误鼠为猫乎？此为译书不能照字面死译的最显著的例子。）假如破坏本国文字的结构与特性，就能传达异国文字的特性而获致原作的精神，那么翻译真是太容易了。不幸那种理论非但是刻舟求剑，而且结果是削足适履，两败俱伤。（六年前，友人某君受苏联友人之托，以中国诗人李、杜等小传译成俄文。译稿中颇多中文化的俄文，为苏友指摘。某君以保持中国情调为辩，苏友谓此等文句既非俄文，尚何原作情调可言？以上为某君当时面述，录之为“削足适履，两败俱伤”二语作佐证。）两国文字词类的不同，句法构造的不同，文法与习惯的不同，修辞格律的不同，俗语的不同，即反映民族思想方式的不同，感觉深浅的不同，观点角度的不同，风俗传统信仰的不同，社会背景的不同，表现方法的不同。以甲国文字传达乙国文字所包涵的那些特点，必须像伯乐相马，要“得其精而忘其粗，在其内而忘其外”。而即使是最优秀的译文，其韵味较之原文仍不免过或不及。翻译时只能尽量缩短这个距离，过则求其勿太过，不及则求其勿过于不及。

倘若认为译文标准不应当如是平易，则不妨假定理想的译文仿佛是原作者的中文写作。那么原文的意义与精神，译文的流畅与完整，都可以兼筹并顾，不至于再有以辞害意，或以意害辞的弊病了。

用这个尺度来衡量我的翻译，当然是眼高手低，还没有脱离学徒阶段。《高老头》初译（一九四四）对原作意义虽无大误误译的事，有时即译者本人亦觉得莫名其妙。例如近译《贝姨》，书印出后，忽发现原文的蓝衣服译作绿衣服，不但正文错了，译者附注也跟着错了。这种文字上的色盲，真使译者为之大惊失“色”。——原注，但对话生硬死板，文气淤塞不畅，新文艺习气既刮除未尽，节奏韵味也没有照顾周到，更不必说作品的浑成了。这次以三阅月的功夫重译一遍，几经改削，仍未满意。艺术的境界无穷，个人的才能有限：心长力绌，惟有投笔兴叹而已。

巴尔扎克《贝姨》译者弁言

欧洲人所谓的cousin（法文为cousine，指女性），包括：

一、堂兄弟姊妹，及其子女；

二、姑表、姨表、舅表的兄弟姊妹，及其子女；

三、妻党的堂兄弟姊妹，及其子女；妻党的表兄弟姊妹，及其子女；

四、夫党的堂兄弟姊妹，及其子女；夫党的表兄弟姊妹，及其子女。

总之，凡是与自己的父母同辈而非亲兄弟姊妹的亲属，一律称为cousin，其最广泛的范围，包括吾国所谓“一表三千里”的远亲。换言之，我们认为辈分不同的亲属，例如堂伯堂叔，表伯表叔，表姑丈表姑母等等，在欧洲都以cousin相称；因为这些亲属虽与父母同辈，但已是父母的cousin与cousine，故下一辈的人亦跟着称为cousin与cousine。

本书的主角贝德，是于洛太太的堂妹，在于洛先生应该是堂的小姨（另一方面是堂姊夫），对于洛的子女应该是堂的姨母。但于洛夫妇称贝德为 cousine，贝德亦称于洛夫妇为 cousin 与 cousine；于洛的儿女称贝德亦是 cousine，贝德称他们亦是 cousin 与 cousine。甚至于洛家旁的亲戚都跟了于洛一家称贝德为 Cousine Bette。而本书的书名也就是 Cousine Bette。

我们的习惯，只有平辈之间跟了小辈而叫长一辈（所谓三姑姑六婆婆就是这么叫起来的），决没有小辈把长辈叫低一辈的。西方习惯，称为 cousin 与 cousine 固并无长幼的暗示，但中文内除了堂兄弟姊妹表兄弟姊妹之外，就没有一个称呼，其范围之广泛能相当于 cousin 与 cousine 的。要找一个名词，使书中的人物都能用来称呼贝德，同时又能用作书名，既不违背书中的情节，又不致使中国读者观感不明的，译者认为惟有贝姨两字，而不能采取一般的译法作“从妹贝德”（从妹系古称，习俗上口头上从来不用）。对小姨子称为姨，对姨母称为姨，连自己的堂姊妹也顺了丈夫孩子而称为姨，一般人也跟着称姨，正是顺理顺章，跟原书 Cousine Bette 的用法完全相同。

巴尔扎克《赛查·皮罗多盛衰记》译者序

一八四六年十月，本书初版后九年，巴尔扎克在一篇答复人家的批评文章中提到："赛查·皮罗多在我脑子里保存了六年，只有一个轮廓，始终不敢动笔。一个相当愚蠢相当庸俗的小商店老板，不幸的遭遇也平淡得很，只代表我们经常嘲笑的巴黎零售业：这样的题材要引起人的兴趣，我觉得毫无办法。有一天我忽然想到：应当把这个人物改造一下，叫他做一个绝顶诚实的象征。"

于是作者就写出一个在各方面看来都极平凡的花粉商，因为抱着可笑的野心，在兴旺发达的高峰上急转直下，一变而为倾家荡产的穷光蛋，但是"绝顶诚实"的德性和补赎罪过的努力，使他的苦难染上一些殉道的光彩。黄金时代原是他倒楣的起点，而最后胜利来到的时候，他的生命也到了终局。这么一来，本来不容易引起读者兴趣的皮罗多，终究在《人间喜剧》（《人间喜剧》是巴尔扎克所作九十四部小说的总称。按照作者的计划，还有五十部小说没有写出。）的舞台上成为久经考验，至今还没过时的重要角色之一。

乡下人出身的赛查·皮罗多，父母双亡，十几岁到巴黎谋生。由于机会好，也由于勤勤恳恳的劳动，从学徒升到店员，升到出纳，领班伙计，最后盘下东家的铺子，当了老板。他结了婚，生了一个女儿；太太既贤慧，女儿也长得漂亮；家庭里融融泄泄，过着美满的生活。他挣了一份不大不小的家业，打算再过几年，等女儿出嫁，把铺子出盘以后，到本乡去买一所农庄来经营，就在那里终老。至此为止，他的经历和一般幸运的小康的市民没有多大分别。但他年轻的时候参加过一次保王党的反革命暴动，中年时代遇到拿破仑下台，波旁王朝复辟，他便当上巴黎第二区的副区长。一八一九年，政府又给他荣誉团勋章。这一下他得意忘形，想摆脱花粉商的身份，踏进上流社会去了。他扩充住宅，大兴土木，借庆祝领土解放为名开了一个盛大的跳舞会；同时又投资做一笔大规模的地产生意。然后他发觉跳舞会的代价花到六万法郎，预备付地价的大宗款子又被公证人卷逃。债主催逼，借贷无门，只得“交出清账”，宣告破产。接着便是一连串屈辱的遭遇和身败名裂的痛苦：这些折磨，他都咬紧牙关忍受了，因为他想还清债务，争回名誉。一家三口都去当了伙计，省吃俭用，积起钱来还债。过了几年，靠着亲戚和女婿的帮助，终于把债务全部了清，名誉和公民权一齐恢复；他却是筋疲力尽，受不住苦尽甘来的欢乐，就在女儿签订婚约的宴会上中风死了。

巴尔扎克把这出悲喜剧的教训归纳如下：

“每个人一生都有一个顶点，在那个顶点上，所有的原因都起了作用，产生效果。这是生命的中午，活跃的精力达到了平衡的境界，发出灿烂的光芒。不仅有生命的东西如此，便是城市，民族，思想，制度，商业，事业，也无一不如此；像王朝和高贵的种族一样，都经过诞生，成长，衰亡的阶段。……历史把世界上万物盛衰的原因揭露之下，可能告诉人们什么时候应当急流勇退，停止活动……赛查不知道他已经登峰造极，反而把终点看做一个新的起点……结果与原因不能保持直接关系或者比例不完全相称的时候，就要开始崩溃：这个原则支配着民族，也支配着个人。”（见本书第二章）

这些因果关系与比例的理论固然很动听，但是把人脱离了特定的社会而孤立起来看，究竟是抽象，空泛而片面的，决不能说明兴亡盛衰的关键。资本主义的商业总是大鱼吃小鱼的残酷斗争，赛查不过是无数被吞噬的小鱼之中的一个罢了。巴尔扎克在书里说："这里所牵涉的不止是一个单独的人，而是整个受苦的人群。"这话是不错的，但受苦的原因决不仅仅在于个人的聪明才智不够，或者野心过度，不知道急流勇退等等，而主要是在于社会制度。巴尔扎克说的"受苦的人群"，当然是指小市民，小店主，小食利者，在资本主义社会里注定要逐渐沦为无产者的那个阶层。作者在这本书里写的就是这般可怜虫如何在一个人吃人的社会里挣扎：为了不被人吃，只能自己吃人；要没有能力吃人，就不能不被人吃。他说："在有些人眼里，与其做傻瓜，宁可做坏蛋。"傻瓜就是被吃的人，坏蛋就是有足够的聪明去吃人的人。个人的聪明才智只有在这个意义上才有作用。从表面看，赛查要不那么虚荣，就不会颠覆。可是他的叔岳不是一个明哲保身的商人么？不是没有野心没有虚荣的么？但他一辈子都战战兢兢，提防生意上的风浪，他说："一个生意人不想到破产，好比一个将军永远不预备吃败仗，只算得半个商人。"既然破产在那个社会中是常事，无论怎样的谨慎小心也难有保障，可见皮罗多的虚荣，野心，糊涂，莽撞等等的缺点，只是促成他灾难的次要因素。即使他没有遇到罗甘和杜·蒂埃这两个骗子，即使他听从了妻子的劝告，安分守己，太平无事的照原来的计划养老，也只能说是侥幸。比勒罗对自己的一生就是这样看法。何况虚荣与野心不正是剥削社会所鼓励的么？争权夺利和因此而冒的危险，不正是私有制度应有的现象么？

而且也正是巴尔扎克，凭着犀利的目光和高度写实的艺术手腕，用无情的笔触在整部《人间喜剧》中暴露了那些血淋淋的事实。尤其这部《赛查·皮罗多盛衰记》的背景完全是一幅不择手段，攫取财富的丑恶的壁画。他带着我们走进大小商业的后台，叫我们看到各色各种的商业戏剧是怎么扮演的，掠夺与并吞是怎么进行的，竞争是怎样诞生的……

所有的细节都归结到一个主题：对黄金的饥渴。那不仅表现在皮罗多身上，也表现在年轻的包比诺身上；连告老多年的拉贡夫妻，以哲人见称的比勒罗叔叔，都不免受着诱惑，几乎把养老的本钱白白送掉。坏蛋杜·蒂埃发迹的经过，更是集卑鄙龌龊，丧尽天良之大成。他是一个典型的“冒险家”，“他相信有了钱，一切罪恶就能一笔勾销”，作者紧跟着加上一句按语：“这样一个人当然迟早会成功的。”在那个社会里，不但金钱万能，而且越是阴险恶毒，越是没有心肝，越容易飞黄腾达。所谓银行界，从底层到上层，从掌握小商小贩命脉的“羊腿子”起，到亦官亦商，操纵国际金融的官僚资本家纽沁根和格莱弟兄，没有一个不是无恶不作的大大小小的吸血鬼。书中写的主要是一八一六到一八二〇年间的事，那时的法国还谈不上近代工业；蒸汽机在一八一四年还不大有人知道，一八一七年罗昂城里几家纺织厂用了蒸汽动力，大家当作新鲜事儿；大批的铁道建设和真正的机械装备，要到一八三六年后才逐步开始。可是巴尔扎克告诉我们，银行资本早已统治法国社会，银行家勾结政府，利用开辟运河之类的公用事业大做投机的把戏，已经很普遍；交易所中偷天换日，欺骗讹诈的勾当，也和二十世纪的情况没有两样。现代资本主义商业的黑幕，例如股份公司发行股票来骗广大群众的金钱，银行用收回信贷的手段逼倒企业，加以并吞等等，在十九世纪初叶不是具体而微，而是已经大规模进行了。杜·蒂埃手下的一个傀儡，无赖小人克拉巴龙，赤裸裸的说的一大套下流无耻的人生观（见本书第十二章。——我想借此提醒一下青年读者，巴尔扎克笔下的一切冒险家都有类似杜·蒂埃和克拉巴龙的言论，充分表现愤世嫉俗，或是玩世不恭，以人生为一场大赌博的态度。我们读的时候不能忘了：那是在阶级斗争极尖锐的情形之下，一些不愿受人奴役而自己想奴役别人的人向他的社会提出的挑战，是反映你死我活的斗争的疯狂心理）和所谓企业界的内情，应用到现在的资本主义社会仍然是贴切的。克拉巴龙给投机事业下的一个精辟的定义，反映巴尔扎克在一百几十年以前对资本主义发展的预见——

“花粉商道：‘投机？投机是什么样的买卖？’——克拉巴龙答道：‘投机是抽象的买卖。据金融界的拿破仑，伟大的纽沁根说……它能叫你垄断一切，油水的影踪还没看见，你就先到嘴了。那是一个惊天动地的规划，样样都用如意算盘打好的，反正是一套簇新的魔术。懂得这个神通的高手一共不过十来个。’”（见本书第十二章）

杜·蒂埃串通罗甘做的地产生意，自己不掏腰包，牺牲了皮罗多而发的一笔横材，便是说明克拉巴龙理论的一个实例。怪不得恩格斯说：巴尔扎克“汇集了法国社会的全部历史，我从这里，……甚至在经济细节方面……所学到的东西，也要比从当时所有职业的历史学家、经济学家和统计学家那里学到的全部东西还要多”。（恩格斯一八八八年四月初致哈克纳斯的信。）而《赛查·皮罗多盛衰记》这部小说特别值得我们注意的一点是：早在王政复辟时代，近代规模的资本主义还没有在法国完全长成以前，资本主义已经长着毒疮，开始腐烂。换句话说，巴尔扎克描绘了资产阶级的凶焰，也写出了那个阶级灭亡的预兆。

历来懂得法律的批评家一致称道书中写的破产问题，认为是法律史上极宝贵的文献。我们不研究旧社会私法的人，对这一点无法加以正确的估价。但即以一般读者的眼光来看，第十四章的《破产概况》所揭露的错综复杂的阴谋，又是合法又是非法的商业活剧，也充分说明了作者的一句很深刻的话：“一切涉及私有财产的法律都有一个作用，就是鼓励人勾心斗角，尽量出坏主意。”——在这里，正如在巴尔扎克所有的作品中一样，凡是他无情的暴露现实的地方，常常会在字里行间或是按语里面，一针见血，挖到资本主义社会的病根，而且比任何作家都挖得深，挖得透。但他放下解剖刀，正式发表他对政治和社会的见解的时候，就不是把社会向前推进，而是往后拉了。很清楚，他很严厉的批判他的社会；但同样清楚的是他站在封建主义立场上批判。他不是依据他现实主义的分析作出正确的结论，而是拿一去不复返的，被历史淘汰了的旧制度作批判的标准。所以一说正面话，巴尔扎克总离不开封建统治的两件法宝：君主专制和宗教，仿佛只有这两样东西才是救世的灵药。这部小说的保王党气息还不算太重，但提到王室和某些贵族，就流露出作者的虔敬，赞美，和不胜怀念的情绪，使现代读者觉得难以忍受。而凡是所谓“好人”，几乎没有一个不是虔诚的教徒，比勒罗所以不能成为完人，似乎就因为思想左倾和不信上帝。陆罗神甫鼓励赛查拿出勇气来面对灾难的时候，劝他说：“你不要望着尘世，要把眼睛望着天上。弱者的安慰，穷人的财富，富人的恐怖，都在天上。”当然，对一个十九世纪的神甫不是这样写法也是不现实的；可是我们清清楚楚感觉到，那个教士的思想正是作者自己的思想，正是他安慰一切穷而无告的人，劝他们安于奴役的思想。这些都是我们和巴尔扎克距离最远而绝对不能接受的地方。因为大家知道，归根结蒂他是一个天才的社会解剖家，同时是一个与时代进程背道而驰的思想家。

顺便说一说作者和破产的关系。巴尔扎克十八九岁的时候，在一个诉讼代理人的事务所里当过一年半的见习书记，对法律原是内行。在二十六至二十九岁之间，他做过买卖，办过印刷所，结果亏本倒闭，欠的债拖了十年才还清。他还不断欠着新债，死后还是和他结婚只有几个月的太太代为偿还的。债主的催逼使他经常躲来躲去，破产的阴影追随了他一辈子。这样长时期的生活经验和不断感受的威胁，对于他写《赛查·皮罗多盛衰记》这部以破产为主题的小说，不能说没有影响。书中那个啬刻的房东莫利奈说的话：“钱是不认人的，钱没有耳朵，没有心肝”，巴尔扎克体会很深。

本书除了暴露上层资产阶级，还写了中下层的小资产阶级（法国人分别叫做布尔乔亚和小布尔乔亚）。这个阶层在法国社会中自有许多鲜明的特色与风俗，至今保存。巴尔扎克非常细致生动的写出他们的生活，习惯，信仰，偏见，庸俗，闭塞，也写出他们的质朴，勤劳，诚实，本分。公斯当斯，比勒罗，拉贡夫妻，包比诺法官，以及皮罗多本人，都是这一类的人物。巴尔扎克在皮罗多的跳舞会上描写他们时，说道：

“这时，圣·但尼街上的布尔乔亚正在耀武扬威，把滑稽可笑的怪样儿表现得淋漓尽致。平日他们就喜欢把孩子打扮成枪骑兵，民兵；买《法兰西武功年鉴》，买《士兵归田》的木刻……上民团值班的日子特别高兴……他们想尽方法学时髦，希望在区公所里有个名衔。这些布尔乔亚对样样东西都眼红，可是本性善良，肯帮忙，人又忠实，心肠又软，动不动会哀怜人……他们为了好心而吃亏，品质不如他们的上流社会还嘲笑他们的缺点；其实正因为他们不懂规矩体统，才保住了那份真实的感情。他们一生清白，教养出一批天真本色的女孩子，刻苦耐劳，还有许多别的优点，可惜一踏进上层阶级就保不住了。”（见本书第七章）

作者一边嘲笑他们，一边同情他们。最凸出的当然是他对待主角皮罗多的态度，他处处调侃赛查，又处处流露出对赛查的宽容与怜悯，最后还把他作为一个“为诚实而殉道的商人”加以歌颂。

倘若把玛杜太太上门讨债的一幕跟纽沁根捉弄皮罗多一幕作一个对比，或者把皮罗多在破产前夜找克拉巴龙时心里想的“他平民大众的气息多一些，说不定还有点儿心肝”的话思索一下，更显出作者对中下阶层的看法。

所以这部作品不单是带有历史意义的商业小说，而且还是一幅极有风趣的布尔乔亚风俗画。

一九五八年六月五日

巴尔扎克《搅水女人》译者序

《搅水女人》最初发表第一部，题作《两兄弟》，第二部发表的时候标题是《一个内地单身汉的生活》，写完第三部印成单行本，又改用《两兄弟》作为总题目。巴尔扎克在遗留的笔记上又改称这部小说为《搅水女人》，在他身后重印的版本便一贯沿用这个题目。

因为巴尔扎克一再更改书名，有些学者认为倘若作者多活几年，在他手里重印一次全部《人间喜剧》的话，可能还要改动名字。原因是小说包含好几个差不多同样重要的因素（或者说主题），究竟哪一个因素或主题最重要，连作者自己也一再踌躇，难以决定。

按照巴尔扎克生前手订的《人间喜剧》总目，这部小说列在“风俗研究编”的“内地生活栏”，在“内地生活栏”中又作为写“独身者”生活的第三部：可见当时作者的重点是在于约翰·雅各·罗日这个单身汉。

在读者眼中，罗日的故事固然重要，他的遗产和他跟搅水女人的关系当然是罗日故事的主要内容；可是腓列普的历史，重要的程度有过之而无不及；而两兄弟从头至尾的对比以及母亲的溺爱不明也占着很大的比重。《搅水女人》的标题与小说的内容不相符合，至少是轻重不相称。作者用过的其他两个题目，《两兄弟》和《一个内地单身汉的生活》，同样显不出小说的中心。可怜的罗日和腓列普相比只是一个次要人物，争夺遗产只是一个插曲，尽管是帮助腓列普得势的最重要的因素。

再以本书在《人间喜剧》这个总体中所占的地位而论，以巴尔扎克在近代文学史上创造的人物而论，公认的典型，可以同高老头，葛朗台，贝姨，邦斯，皮罗多，伏脱冷，于洛，杜·蒂埃等并列而并传的，既非搅水女人，亦非脓包罗日，而是坏蛋腓列普·勃里杜。腓列普已是巴尔扎克笔下出名的“人妖”之一，至今提到他的名字还是令人惊心动魄的。

检阅巴尔扎克关于写作计划的文件以及他和友人的通信，可以断定他写本书的动机的确在于内地单身汉，以争夺遗产为主要情节，其中只是牵涉到一个情妇，一个外甥和其他有共同承继权的人。但人物的发展自有他的逻辑，在某些特殊条件之下，有其势所必然的发展阶段和最后的归宿。任何作家在创作过程中都不免受这种逻辑支配，也难免受平日最感兴趣的某些性格吸引，在不知不觉中转移全书的重心，使作品完成以后与动笔时的原意不尽相符，甚至作者对书名的选择也变得迟疑不决了。巴尔扎克的《搅水女人》便是这样一个例子。大家知道，巴尔扎克最爱研究也最擅长塑造的人物，是有极强烈的情欲，在某个环境中畸形的发展下去，终于变做人妖一般的男女！情欲的对象或是金钱，结果就有葛朗台那样的守财奴；或是儿女之爱，以高老头为代表；或是色情，以于洛为代表；或是口腹之欲，例如邦斯。写到一个性格如恶魔般的腓列普，巴尔扎克当然不会放过机会，不把他尽量发展的。何况在所有的小说家中，巴尔扎克是最富于幻境的一个：他的日常生活常常同幻想生活混在一起，和朋友们谈天会忽然提到他所创造的某个人物现在如何如何，仿佛那个人物是一个实有的人，是大家共同认识的，所以随时提到他的近状。这样一个作家当然比别的作家更容易被自己的假想人物牵着走。作品写完以后，重心也就更可能和原来的计划有所出入。

他的人物虽然发展得畸形，他却不认为这畸形是绝无仅有的例外。腓列普就不是孤立的；玛克斯对搅水女人和罗日的命运起着决定性的作用，明明是腓列普的副本；在腓列普与玛克斯背后，还有一批拿破仑的旧部和在书中不露面的，参加几次政治阴谋的军人。为了写玛克斯的活动和反映伊苏屯人的麻痹，作者加入一个有声有色的插曲——逍遥团的捣乱。要说明逍遥团产生的原因，不能不描绘整个伊苏屯社会，从而牵涉到城市的历史；而且地方上道德观念的淡薄，当局的懦弱无能，也需要在更深远的历史中去找根据。内地生活经过这样的写照，不但各种人物各种生活有了解释，全书的天地也更加扩大，有了像巨幅的历史画一样广阔的视野。

与腓列普作对比的约瑟也不是孤立的。一群优秀的艺术家替约瑟做陪衬，也和一般堕落的女演员作对比。应当附带提一句的是，巴尔扎克在阴暗的画面上随时会加几笔色调明朗的点染：台戈安太太尽管有赌彩票的恶习，却是古道热肠的好女人，而且一举一动都很可爱；便是玛丽埃德也有一段动人的手足之情和向社会英勇斗争的意志，博得读者的同情。巴尔扎克的人物所以有血有肉，那么富于人情味与现实感，一部分未始不是由于这种明暗的交织。

巍然矗立在这些错综复杂的景象后面的，一方面是内地和巴黎的地方背景；一方面是十九世纪前期法国的时代背景：从大革命起到一八三〇年七月革命以后一个时期为止，政治上或明或暗的波动，金融与政治的勾结，官场的腐败，风气的淫靡，穷艺术家的奋斗，文艺思潮的转变，在小说的情节所需要的范围之内都接触到了。

巴尔扎克在《人间喜剧》的总序中说，他写小说的目的既要像动物学家一般分析人的动物因素，就是说人的本性，又要分析他的社会因素，就是说造成某一典型的人的环境。他认为："人性非善非恶，生来具备许多本能和才能。社会决不像卢梭说的使人堕落，而能使人进步，改善，但利害关系往往大大发展了人的坏倾向。"巴尔扎克同时自命为历史家，既要写某一时代的人情风俗史，还要为整个城市整个地区留下一部真实的记录。因此他刻划人物固然用抽丝剥茧的方式尽量挖掘；写的城市，街道，房屋，家具，衣着，装饰，也无一不是忠实到极点的工笔画。在他看来，每一个小节都与特定时期的物质生活精神生活密切相关。这些特点见之于他所有的作品，而在《搅水女人》中尤其显著，也表现得特别成功。

环绕在忍心害理，无恶不作的腓列普周围的，有脓包罗日的行尸走肉的生活，有搅水女人的泼辣无耻的活剧，有玛克斯的阴险恶毒的手段，有退伍军人的穷途末路的挣扎，有无赖少年的无法无天的恶作剧，又有勃里杜太太那样糊涂没用的好人，有腓列普的一般酒肉朋友，社会的渣滓，又有约瑟和一般忠于艺术的青年，社会的精华……形形色色的人物与场面使这部小说不愧为巴尔扎克的情节最复杂，色彩最丰富的杰作之一。有人说只要法国小说存在下去，永远有人会讨论这部小说，研究这部小说。

一九六〇年一月十一日

巴尔扎克《都尔的本堂神甫》《比哀兰德》译者序

一八三三年《都尔的本堂神甫》初次出版，题目叫做《独身者》；独身者一字用的是多数，因为书中几个主角都是单身人。作品未写成时，巴尔扎克曾想命名为《老姑娘》；（一八三六年巴尔扎克另外写了一部题作《老姑娘》的小说，按性质也可归在《独身者》的总标题下，但作者列为《竞争》的第三部。）用《独身者》为书题出版以后，一度又有意改为《脱罗倍神甫》；直到一八四三年以《人间喜剧》为全部小说总名的计划完全确定的时候，才改作《都尔的本堂神甫》，而把《独身者》作为《比哀兰德》，《搅水女人》和这篇小说的总标题。［一八四五年作者编定的《人间喜剧》总目，共有一百四十三部小说，分作“风俗研究”，“哲学研究”，“分析研究”三编。“风俗研究”编又分为“私生活场面”，“内地生活场面”，“巴黎生活场面”，“政治生活场面”，“军事生活场面”，“乡下生活场面”六大项目。在“内地生活场面”中，《都尔的本堂神甫》，《比哀兰德》和《搅水女人》三部小说另成一组（以几部小说合为一组的编制方式，在《人间喜剧》中是常用的），称为《独身者》之一，之二，之三。〕作者身后，一切版本都合《都尔的本堂神甫》与《比哀兰德》为一册，《搅水女人》单独一册；只有全集本才合印三部作品为一册。

这部小说的三个主要人物，一个是老姑娘，一个是脱罗倍神甫，一个原来为大堂的副堂长，后来降级为郊外小堂的本堂神甫。作者一再更动题目，足见他对于小说的重心所在有过长时期的犹豫，最后方始采用他对待《赛查·皮罗多盛衰记》和《邦斯舅舅》（《邦斯舅舅》一书原来他想题作《两个朋友》）的办法，决定以不幸的牺牲者，无辜受辱的可怜虫作为故事的主体。

迦玛小姐是承包脱罗倍和皮罗多两个神甫膳宿的房东，她气量狭小，睚眦必报，又抱着虚荣的幻想。脱罗倍是工于心计的阴谋家，只想在教会中抓权势。皮罗多则是天真无知的享乐主义者，也是率直笨拙的自私自利者。同居的摩擦使迦玛小姐和脱罗倍通同一气，花了很大的力量，使尽卑鄙恶毒的手段，迫害一个忠厚无用，不堪一击的弱者。琐碎无聊的小事所引起的仇恨不但酿成一幕悲惨的戏剧，还促发了内地贵族和布尔乔亚的党争，甚至影响到远在巴黎的政客。不管内容多么单调平凡，巴尔扎克塑造的人物，安排的情节，用极朴素而极深刻的手法写出的人情世故和社会的真相，使这个中篇成为一个非常有力和悲怆动人的故事，在《人间喜剧》中占着重要地位。

正如作者用过几个不同的书名，我们研究的时候也可以有几个不同的线索：老处女的心理特征和怪僻，脱罗倍的阴狠残忍，皮罗多的懦弱与愚蠢，都可作为探讨各种典型面貌的中心。像巴尔扎克那样的作家，几乎没有一部作品不是有好几个人物刻划得同样深刻，性格发展得同样充分，每个角色都能单独成为一个主体的。但我们现在看来，最有意义的或许并不在于分析单身人的心理，而尤其在于暴露政治和教会的内幕。出家人而如此热衷于名位，对起居饮食的舒适如此恋恋不舍，脱罗倍为此而不择手段（他除了在教会中希图高位以外，还觊觎皮罗多的住屋），皮罗多为此而身败名裂：岂不写尽了教士的可笑可怜，可鄙可憎！开口慈悲，闭口仁爱，永远以地狱吓唬人的道学家，原来干得出杀人不见血的勾当！自命为挽救世道，超度众生的教会，不仅允许宣教师与政府相互勾结利用，为了满足私欲而颠倒是非，陷害无辜，教会本身还做脱罗倍的帮凶，降了皮罗多的级位，还要宣布他为骗子。虽然巴尔扎克又是保王党，又是热心的旧教徒，事实所在，他也不能不揭发君主政体的腐败与教会的黑暗。即使他不愿，也不敢明白指出教会的伪善便是宗教的伪善，作品留给读者的印象终究逃不过这样一个结论。

《比哀兰德》是另一情调的凄凉的诗篇，像田间可爱的野花遭到风雨摧残一样令人扼腕，叹息，同时也是牛鬼蛇神争权夺利的写照。主要事实很简单，交织在一起的因素却是光怪陆离；因为人的外部表现可能很单纯，行事可能很无聊，不值一谈，他的精神与情绪的波动永远是复杂的。以比哀兰德来说，周围大大小小的事故从头至尾造成她的悲剧，她遭遇不幸好像是不可解释的；以别的人物来说，一切演变都合乎斗争的逻辑，不但在意料之中，而且动机和目标都很明确，经过深思熟虑的策划和有意的推动：比哀兰德不过是他们在向上爬的阶梯上踩死的一个虫蚁而已。在并无感伤气质的读者眼中，与比哀兰德的悲剧平行的原是一场由大小布尔乔亚扮演的丑恶的活剧。

巴尔扎克写《人间喜剧》的目标之一，原要替一个时代一个民族留下一部完整的风俗史，同时记录各个城市的外貌，挖掘各种人物的内心，所以便是情节最简单的故事，在他笔下也要牵涉到几个特殊的社会阶层和特殊背景。在这部书里，作者分析了小商人，也分析了各个不同等级的布尔乔亚；写了一对少年男女的纯洁的爱，也写了老处女和老单身汉的鄙俗的情欲，——他并不一味谴责他们的褊狭，自私，鄙陋，庸俗，也分析造成这些缺点的社会原因，家庭教育的不足和学徒生活的艰苦，流露出同情的口吻；他既描绘了某个内地城市的风土人情，又考证历史，作了一番今昔的对比。贯串全篇的大波澜仍然是私生活的纠纷所引起的党派斗争，只是规模比《都尔的本堂神甫》更大，作配角的人物更多罢了。置比哀兰德于死命的还是那些复杂而猥琐的情欲和求名求利的野心。农民出身的小商人有了钱，得不到地位名誉而嫉妒同是小商人出身，但早已升格为上层布尔乔亚的前辈；穷途潦倒的律师痛恨当权的帮口；所谓的进步党千方百计反对政府，拿破仑的旧部表示与王政复辟势不两立，骨子里无非都想取而代之，或至少分到一官半职。一朝金钱，权势，名位的欲望满足了，昔日的政敌马上可以握手言欢，变为朋友。拥护路易十八与查理十世的官僚为了保持既得利益和继续升官发财，迫不及待的向七月革命后的新政权卖身投靠。反之，利害关系一有冲突，同一阵营的狐群狗党就拔刀相向，或者暗箭伤人，排挤同伴：古罗上校与维奈律师的明争暗斗便是一例。至于蒂番纳派和维奈派的倾轧，其实只是布尔乔亚内部分赃不均的斗争；因为当时贵族阶级已败落到只有甘心情愿向布尔乔亚投降的份儿，——世家旧族的特·夏日伯甫小姐还不是为了金钱嫁了一个脓包的针线商？

作者在《都尔的本堂神甫》中揭破了教会的假面具，在《比哀兰德》中又指出司法界的黑幕。法律既是统治阶级压迫人民的工具，也是统治阶级内讧的武器。资产阶级动辄以司法独立为幌子，不知他们的法律即使不用纳贿或请托的卑鄙手段，仅仅凭那些繁复的“程序”已足以使穷而无告的人含冤莫诉。不幸巴尔扎克还死抱着天网恢恢，疏而不漏的信念，认为人间的不义，小人的得志，终究逃不过上帝的惩罚。这种永远不会兑现的正义只能使被压迫的弱者隐忍到底，使残酷的刽子手横行无忌到底。用麻醉来止痛，以忍耐代反抗而还自以为苦口婆心，救世救人，是巴尔扎克最大的迷惑之一。因为这缘故，他在《都尔的本堂神甫》中只能暴露教会而不敢有一言半语批判宗教，在《比哀兰德》中妄想以不可知的神的正义来消弭人的罪恶；也因为这缘故，他所有的小说随时随地歌颂宗教，宣传宗教；不用说，在巴尔扎克的作品中，除了拥护君主专政以外，这是我们最需要加以批判的一点。

一九六〇年十二月

致宋奇[1]

一九五一年四月十五日

悌芬：

大半年功夫，时时刻刻想写封信给你谈谈翻译。无奈一本书上了手，简直寝食不安，有时连打中觉也在梦中推敲字句。这种神经质的脾气不但对身体不好，对工作也不好。最近收到来信，正好在我工作结束的当口，所以直到今天才作复。一本 *La Cousine Bette*[2] 花了七个半月，算是改好誊好，但是还要等法国来信解答一些问题，文字也得作一次最后的润色。大概三十万字，前后总要八个月半。成绩只能说“清顺”二字，文体、风格，自己仍是不惬意。大家对我的夸奖，不是因为我的成绩好，而是因为一般的成绩太坏。这不是谦虚的客套，对你还用这一套吗？谈到翻译，我觉得最难应付的倒是原文中最简单最明白而最短的句

---

① 宋奇（1919～1996），笔名林以亮，浙江吴兴人，戏剧家宋春舫之子。文学家、翻译家。曾任香港大学翻译研究中心主任，香港中文大学校长助理。

②《贝姨》。

子。例如 Elle est charmante = She is charming，读一二个月英法文的人都懂，可是译成中文，要传达原文的语气，使中文里也有同样的情调，气氛，在我简直办不到。而往往这一类的句子，对原文上下文极有关系，传达不出这一点，上下文的神气全走掉了，明明是一杯新龙井，清新隽永，译出来变了一杯淡而无味的清水。甚至要显出 She is charming 那种简单活泼的情调都不行。长句并非不困难，但难的不在于传神，而在于重心的安排。长句中往往只有极短的一句 simple sentence，中间夹入三四个副句，而副句中又有 participle 的副句。在译文中统统拆了开来，往往宾主不分，轻重全失。为了保持原文的重心，有时不得不把副句抽出先放在头上，到末了再译那句短的正句。但也有一个弊病，即重复字往往太多。译单字的问题，其困难正如译短句。而且越简单越平常的字越译不好，例如 virtue，spiritual，moral，sentiment，noble，saint，humble，等等。另外是抽象的名词，在中文中无法成立，例如 la vraie grandeur d' âme = the genuine grandeur of soul 译成"心灵真正的伟大"，光是这一个短句似乎还行，可是放在上下文中间就不成，而非变成"真正伟大的心灵"不可。附带的一个困难是中文中同音字太多，倘使一句中有"这个"两字，隔一二字马上有"个别"二字，两个"个"的音不说念起来难听，就是眼睛看了也讨厌。因为中文是单音字，一句中所有的单字都在音量上占同等地位。不比外国文凡是 the，that，都是短促的音，法文的 ce，cet，更其短促。在一句中，article 与 noun 在音量上相差很多，因此宾主分明。一到中文便不然，这又是一个轻重不易安排的症结。

以上都是谈些琐碎的实际问题，现在再提一个原则性的基本问题：

白话文跟外国语文，在丰富、变化上面差得太远。文言在这一点上比白话就占便宜。周作人说过："倘用骈散错杂的文言译出，成绩可以较有把握：译文既顺眼，原文意义亦不距离过远。"这是极有见地的说法。文言有它的规律，有它的体制，任何人不能胡来，词汇也丰富。白话文却是刚刚从民间搬来的，一无规则，二无体制，各人摸索各人的，结果就要乱搅。同时我们不能拿任何一种方言作为白话文的骨干。我们现在所用的，即是一种非南非北、亦南亦北的杂种语言。凡是南北语言中的特点统统要拿掉，所剩的仅仅是一些轮廓，只能达意，不能传情。故生动、灵秀、隽永等等，一概谈不上。方言中最 colloquial 的成分是方言的生命与灵魂，用在译文中，正好把原文的地方性完全抹煞，把外国人变了中国人岂不笑话！不用吧，那么（至少是对话）译文变得生气全无，一味的“新文艺腔”。创作文字犯这个毛病，有时也是因为作者不顾到读者，过于纯粹的方言要妨碍读者了解，于是文章就变成“普通话”，而这普通话其实是一种人工的，artificial 之极的话。换言之，普通话者，乃是以北方话做底子，而把它 colloquial 的成分全部去掉的话。你想这种语言有什么文艺价值？不幸我们写的正是这一种语言。我觉得译文风格的搞不好，主要原因是我们的语言是“假”语言。

其次是民族的 mentality 相差太远。外文都是分析的、散文的，中文却是综合的、诗的。这两个不同的美学原则使双方的词汇不容易凑合。本来任何译文总是在“过与不及”两个极端中荡来荡去，而在中文为尤甚。

《泰德勒》一书，我只能读其三分之一，即英法文对照的部分。其余只有锺书、吴兴华二人能读。但他的理论大致还是不错的。有许多，在我没有读他的书以前都早已想到而坚信的。可见只要真正下过苦功的人，眼光都差不多。例如他说，凡是 idiom，倘不能在译文中找到相等的（equivalent）idiom，那么只能用平易简单的句子，把原文的意义说出来，因为照原文字面搬过来（这是中国译者百分之九十九以上的人所用的办法），使译法变成 intolerable 是绝对不可以的。这就是我多年的主张。

但是我们在翻译的时候，通常总是胆子太小，迁就原文字面、原文句法的时候太多。要避免这些，第一要精读熟读原文，把原文的意义、神韵全部抓握住了，才能放大胆子。煦良有句话说得极中肯，他说：字典上的字等于化学符号，某个英文字，译成中文某字，等于水是 H_2O，我们在译文中要用的是水，而非 H_2O。

我并不说原文的句法绝对可以不管，在最大限度内我们是要保持原文句法的，但无论如何，要叫人觉得尽管句法新奇而仍不失为中文。这一点当然不是容易做得到的，而且要译者的 taste 极高，才有这种判断力。老舍在国内是惟一能用西洋长句而仍不失为中文的惟一的作家。我以上的主张不光是为传达原作的神韵，而是为创造中国语言，加多句法变化等等，必要在这一方面去试验。我一向认为这个工作尤其是翻译的人的工作。创作的人不能老打这种句法的主意，以致阻遏文思，变成“见其小而遗其大”；一味的只想着文法、句法、风格，决没有好的创作可能。

由此连带想到一点，即原文的风格，越到近代越要注重。像 Gide① 之流，甚至再早一点像 Anatole France② 之流，你不在原文的风格上体会，译文一定是像淡水一样。而风格的传达，除了句法以外，就没有别的方法可以传达。

关于翻译，谈是永远谈不完的。今天我只是拉七拉八的信口胡扯一阵。你要译的书，待我到图书馆去找到了，读了再说。但在一九四八年出版的 *British Literature Between Two Wars*③ 中也找不到这作家的名字。我的意思只要你认为好就不必问读者，巴金他们这一个丛书，根本即是以“不问读者”为原则的。要顾到这点，恐怕 Jane Austen 的小说也不会有多少读者。我个人是认为 Austen 的作品太偏重家常琐屑，对国内读者也不一定有什么益处。以我们对 art 的眼光来说，也不一定如何了不起。西禾我这两天约他谈，还想当面与巴金一谈。因西禾此人不能负什么责任。

上星期二，阿聪从昆明回来了，由贵阳——晃县——长沙——南昌这条路来的（共走二十三天，在贵阳等车一星期）。同行是一个二十三

---

① 纪德 André Gide，（1869～1951），法国作家。1947 年获诺贝尔文学奖。

② 法朗士，（1844～1924），法国作家。1921 年获诺贝尔文学奖。

③《两次大战间的英国文学》。

岁的极老练的青年。去年下半年以同等学力考了云大，但仍要补证件方有学籍。在昆明他到处替歌咏团伴奏 Handel 的弥赛亚等等，颇负虚名。师友都再三劝他回来，说在昆明要糟蹋了。他现在仍想弄音乐。我想给他找 Mrs. Paci，把他荒疏的 technique 先恢复了再说。其次沈知白现在住得很近，想叫他去学乐理、和声。英文归我自己。除此也别无出路。幸而你岳母家这几日被逼搬家，piano 就此借了来。也许将来要托你在香港找些乐谱。

在昆明两年半，阿聪在思想、艺术了解上是有进步的，个人生活仍嫌散漫，而且 slow-motion 如雷垣。他在昆明弄得满街朋友，据说他最好的朋友都是年纪大的。一个最好的已经是三十二岁的人。这些地方足见他还有进步的希望。我想你知道这些也很高兴。他嘴巴也和我一样的 talkative。关于西南各省的民族风俗也知道得不少。认识的大半是东西南北各省的人。Bridge 打得亦不坏，昨天居然跟林医生等上过场，playing 着实不错。

不管怎样，我总希望你把眼前这部书结束。凡是你真正爱好的一定译得好。而且我相信你的成绩一定比我好。因为你原来的文章比我活泼，你北方语言的认识与我更不可同日而语。只要有人能胜过我，就表示中国还有人，不至于“廖化当先锋”，那就是我莫大的安慰。而假如这胜过我的人是我至好的朋友，我的喜悦更不在话下。多做，少做，全无关系，只消你继续不断的干下去。我以最大的热忱等着看你的成绩。

希望来信，大家不能再像过去大半年这样隔膜了，尤其为了彼此的工作，需要经常联络。草草，祝

康乐　　并候

文美、希弟均好

安

四月十五日

希弟的朋友几时能回来？

今晨你家伯母到蒲石路公寓去替邝亲家看一眼。下午即把家具迁往

蒲园。老太太气色甚好，人也胖了些。她不但比我们来到时，并且比希弟离沪时，都更好一些。

一九五一年六月十二日

悌芬：

另邮寄上杨绛译的《小癞子》一册。去冬希弟来港时，我曾托他带上《欧也妮·葛朗台》，结果仍在你三楼上。现在要交给平明另排新版，等将来与《贝姨》一同寄你了。巴尔扎克的几种译本，已从三联收回（不要他们的纸型，免多麻烦），全部交平明另排。《克利斯朵夫》因篇幅太多，私人出版商资力不够，故暂不动。《高老头》正在重改，改得体无完肤，与重译差不多。好些地方都译差了，把自己吓了一大跳。好些地方的文字佶屈聱牙，把自己看得头疼。至此为止，自己看了还不讨厌的（将来如何不得而知），只有《文明》与《欧也妮·葛朗台》。

你的奥斯丁全集寄到没有？动手没有？

前周，贺德玄请吃饭，给我看到叶君健用英文写的三种长短篇。梅馥借来看了二册，我无暇去读。此公用英文写的书，过去未听说过，不知你见过没有？

附上证明书一件，乞交希弟收存。白沙枇杷时节又到，你们在港是吃不到的。匆此，即候

双福

希弟均此

安叩

六月十二日夜

附信乞转交吴德铎兄

一九五一年七月二十八日

悌芬：

六月三十日接信，始终未复。今又接二十二日信。这一晌我忙得不

可开交。*La Cousine Bette*[①] 初版与 *Eugénie Grandet*[②] 重版均在看校样，三天两头都有送来。而且每次校，还看出文字的毛病，大改特改（大概这一次的排字工友是很头疼的）。同时《高老头》重译之后早已誊好，而在重读一遍时又要大改特改：几件工作并在一起，连看旁的书的时间都没有，晚上常常要弄到十二点。此种辛苦与紧张，可说生平仅有。结果仍是未能满意，真叫做“徒唤奈何”！我个人最无办法的，第一是对话：生长南方，根本不会说国语，更谈不上北京话。现在大家用的文字上的口语都是南腔北调，到了翻译，更变得非驴非马，或是呆板得要死。原作的精神一点都传达不出。第二是动作的描写，因为我不善于这一套，总没法安排得语句流畅。长句的分拆固然不容易，但与原作的风格关系较小，能做到理路清楚，上下文章贯穿就能交代。我觉得你对我的第一二点困难差不多不成问题，至于第三点，只能尽量丢开原作句法。我举个例告诉你，使你可以大大的放胆。亚仑·坡的小说，句子不算不长。波特莱译本，的确精彩，可是长句句法全照法文，纯粹的法文（当然，波特莱的法文是极讲究的），决不迁就英文，他就是想尽方法，把原作意义曲曲折折的传达出来，绝对不在字面上或句子结构上费心。当然这种功夫其实比顾到原文句法更费心血，因为对原作意义一定要有百分之百的把握才行。你初动笔时恐怕困难极多，希望你勿灰心，慢慢的干下去，将来你的成绩一定超过我，因为你本来的文格句法就比我的灵活。麻烦的是十八世纪人士的谈话，与现代的中国话往往格调不合，顾了这个顾不了那个，要把原作神味与中文的流利漂亮结合，决不是一蹴即成的事。

芝联来看过我，知道北京出版总署召集的翻译会议，是由蒋天佐（代表官方）、卞之琳、杨绛等四个人（另一人忘了名字）出面召集的，开过二次会，讨论应译的古典作品名单。看来杨绛是被硬拉进的，或者

---

①《贝姨》。

②《欧也妮·葛朗台》。

是人家要找锺书而他推杨绛去的。我想写信给她，要她把奥斯丁作品归给你译，则将来出版时不致成问题了。

《四部丛刊》捐献事，已托芝联去信燕京询问，待有回音，再与老太太商酌办理。

志摩译的《曼殊斐尔集》，不敢保险能找到，要多跑旧书摊才有希望。而我的时间与体力都不容许。Kulm 信上有否提及乐谱的事？乞来信告知。吴德铎早来了，一切诚如高论，他对谁都是太厚道，太厚道的人必吃亏，乃是古今中外千古通例。

蒲园事听说老萧部分已查明，认为“并非逆产”，此刻搞到叶鸿头上去了，事情更麻烦。想小陆另有报告给你。前晌你很少家信，老太太牵挂得很，望贤昆仲或文美不时抽空来几个字，长短不拘，只要多来几次，安慰安慰老人家的心。过几日再写，匆此，即候

双福

希弟均此问好

雷叩

七月二十八日

我想托贺德玄写信到英国去，买些乐谱寄到港岛的文化委员会，由你去取，你看怎样？

一九五一年九月十四日

悌芬：

信到多日。以你如此准备功夫，深信一定会做得好。初开手也许感觉沉闷，译过了三四十页，就能顺手。我因为本能关系，总是改的功夫比初译功夫花得更多。暑中收到锺书来信，果不出所料，杨绛是代他出席的。据说定了五十种“数一数二之书，落于不三不四之手”。《傲慢与偏见》，既是杨刚所译，云为“尽信尽达尽雅，不问可知”，至多请原译者重校二遍而已。《匹克威克》交清华审查，结果亦复相同。以上种种，都在我意想之中。破除不了情面，一切等于空言。破除了情面，百分之

九十九点九的翻译书都要打入冷宫。这是一个无法解决的难题。*Emma* 根本未列入表内，故你的翻译与否，不成问题。愚见眼前只能不问将来，只问目前，不求其他，但求自己做些工作。你译的音乐书是哪一本，什么条件？国内何家出版社所约？便乞一告。拙译《贝姨》九月初即印出，因托书店代寄，搁到昨日方始寄出。读后希望提意见。至于对话，以生长南方的人，无论如何免不了南腔北调，即使请教人家，也是东鳞西爪，不能全体一致。Kulm 处请你代写一信，告诉他：Albert 做事，过去往往数年没有回音，故仍请 Kulm 催其将款交存伊处。乐谱亦托伊代为搜购。唱针事最好亦请 Kulm 代办（G. E. Radio-PHOND Combination，MODEL XF152）。

昨日收到董秋斯从英译本译的《战争与和平》，译序大吹一阵（小家子气!），内容一塌糊涂，几乎每行都别扭。董对煦良常常批评罗稷南、蒋天佐，而他自己的东西亦是一丘之貉。想不到中国翻译成绩还比不上创作！大概弄翻译的，十分之九根本在气质上是不能弄文艺的。

《贝姨》那个丛书（叫做文学译林），巴金与西禾非常重视，迄今只收我跟杨绛二人的。健吾再三要挤入这个丛书（他还是“平明”股东呢），都给他们推三阻四，弄到别种名义的丛书中去了。西禾眼力是有的，可惜他那种畏首畏尾的脾气，自己搞不出一些东西来。做事也全无魄力，缺少干练，倒是我竭力想推你跟杨必二人。你译音乐书，我更劝你“力求流畅”，此类书近来很好销，但现有译本都是天书。Kulm 地址在希弟处。匆此，即候

近好

希弟均此

雷叩

九月十四日

青岛已有复信，运费（光是书）约须（老太太说自己担负了）五十万，现已函告芝联，要他向燕京要求，弄一张北京官方的证明，寄往青岛，免起运时受税局留难。芝联复信已到，证明书已与校方接洽。

近已开始准备 *Cousin Pons*①，此书比已译巴尔扎克各书尤麻烦。我近来用脑过度，晚上睡觉大有问题，这样下去恐怕要变得真正神经衰弱，因为觉得恍恍惚惚，不光是疲倦。但是目前书的销数激减，不从量上着想，简直活不下去。而我工作速度奇缓，不得不日夜加工，牛马至此，奈何奈何！Kulm 信请即写为感。

一九五一年十月九日

悌芬：

来信批评《贝姨》各点，我自己亦感觉到，但你提出的“骚动”，西禾说是北方话，可见是南北方都有的名词。译文纯用北方话，在生长南方的译者绝对办不到。而且以北方读者为惟一对象也失之太偏。两湖、云、贵、四川及西北所用语言，并非完全北方话，倘用太土的北京话也看不懂。即如老舍过去写作，也未用极土的辞藻。我认为要求内容生动，非杂糅各地方言（当然不能太土）不可，问题在于如何调和，使风格不致破坏，斯为大难耳。原文用字极广，俗语成语多至不可胜计，但光译其意思，则势必毫无生命；而要用到俗语土语以求肖似书中人物身份及口吻，则我们南人总不免立即想到南方话。你说我请教过许多人倒也未必。上年买了一部国语辞典（有五千余面，八册，系抗战时北平编印），得益不少。又聪儿回来后，在对话上帮我纠正了一些不三不四的地方。他在云大与北京同学相处多，青年人吸收得快，居然知道不少。可惜他健忘，回来后无机会应用，已忘掉不少。又原文是十九世纪的风格，巴氏又不甚修饰文字，滥调俗套在所不免，译文已比原作减少许多。遇到此种情形，有时就用旧小说套语。固然文字随各人气质而异，但译古典作品，译者个人成分往往并不会十分多，事实上不允许你多。将来你动手后亦可知道。煦良要我劝你在动手 *Emma* 之前，先弄几个短篇作试笔，不知你以为如何？我想若要这样做，不妨挑近代的，十

①《邦斯舅舅》。

九世纪的、十八世纪的各一短篇做试验。

再提一提风格问题。

我回头看看过去的译文，自问最能传神的是罗曼·罗兰，第一是同时代，第二是个人气质相近。至于《文明》，当时下过苦功（现在看看，又得重改了），自问对原作各篇不同的气息还能传达。即如巴尔扎克，《高老头》、《贝姨》与《欧也妮·葛朗台》三书也各各不同。鄙见以为凡作家如巴尔扎克，如左拉，如狄更司，译文第一求其清楚通顺，因原文冗长迂缓，常令人如入迷宫。我的译文的确比原作容易读，这一点可说做到了与外国译本一样：即原本比译本难读（吾国译文适为相反）。如福禄贝尔，如梅里美，如莫泊桑，甚至如都德，如法朗士，都要特别注意风格。我的经验，译巴尔扎克虽不注意原作风格，结果仍与巴尔扎克面目相去不远。只要笔锋常带情感，文章有气势，就可说尽了一大半巴氏的文体能事。我的最失败处（也许是中国译者最难成功的一点，因两种文字语汇相差太远），仍在对话上面。

你译十八世纪作品，杨绛的《小癞子》颇可作为参考（杨绛自称还嫌译得太死）。她对某些南方话及旧小说辞汇亦不避免，但问如何安排耳。此乃译者的 taste 问题。

像你这样对原作下过苦功之后，我劝你第一要放大胆子，尽量放大胆子；只问效果，不拘形式。原文风格之保持，决非句法结构之抄袭。（当然原文多用长句的，译文不能拆得太短；太短了要像二十世纪的文章。）有些形容词决不能信赖字典，一定要自己抓住意义之后另找。处处假定你是原作者，用中文写作，则某种意义当用何种字汇。以此为原作，我敢保险译文必有百分之七十以上的成功。我仍是忙，这一年余几乎无日不忙。匆匆，即问

双安

雷叩

十月九日

一九五一年十二月五日

悌芬：

今晨刚寄出一信给希弟。GE图样及尺寸附上。我想东西虽过时，美国一定有得卖，总不成美国人有这种机器的都废置不用，因唱头的system不用晶体，已是战后的新方法。倘叶鸿已回去，可托他买，或说不定东京也有。乐谱一包收到无误，收到时恐怕接连会有新的来，故未即复。希望你先把有贝多芬奏鸣曲上册的一包先寄，因现有的谱均十九世纪的版本，表情记号太少，而阿聪正在弹，急需参考。同时请你先把未寄的另一包书名亦抄给我，因我要先结一结账，请黄君再买一部分。

我托希弟买几条西装裤，因上海货贵，布料子的等于香港呢料价，又不经穿，我们父子又是靠坐功的，裤子特别费。故买的时候，要挑结实一点的料。

《欧也妮·葛朗台》还是第二年在牯岭译完的，一九四九年上海印过一版，此次稍有润色。英文译本我早有，译文亦未见出色。总之翻译在无论何国都不易有成绩。甚至译错的地方也不少。例如《约翰·克利斯朵夫》的英译本（现代丛书一大本）在四十余面中已有二三个大错。我现译的《邦斯舅舅》英译本（人人丛书本）一百五十余面中已发现六七个大错。至于我自己错多少，也不敢说了。《约翰·克利斯朵夫》原译，已发觉有几处文法错误。至于行文欠妥之处，比《高老头》有过之无不及，故改削费时，近乎重译。上海今年算是冷得晚的，我生炉子有十天，你们今天才开始生。匆匆，即候

双福

安叩

十二月五日

锺书报道，燕京有一狂生，未识面，为蒋天佐《匹克威克》校出错误三千余条，写成稿纸四百页寄《翻译通报》，以“态度不好”退回。附告以博一粲。

一九五三年二月七日

悌芬：

信到前一天，阿敏报告，说新华书店还有一本《小癞子》，接信后立刻叫他去买，不料已经卖出了。此书在一九五一年出版后三个月内售罄，迄未再版。最近杨必译的一本 Maria Edgeworth[①]：*Rack-rent*（译名《剥削世家》——是锺书定的）由我交给平明，性质与《小癞子》相仿，为自叙体小说。分量也只有四万余字。我已和巴金谈妥，此书初版时将《小癞子》重印。届时必当寄奉。平明初办时，巴金约西禾合编一个丛书，叫做“文学译林”，条件很严。至今只收了杨绛姊妹各一本，余下的是我的巴尔扎克与《约翰·克利斯朵夫》。健吾老早想挤进去（他还是平明股东之一），也被婉拒了。前年我鼓励你译书，即为此丛书。杨必译的《剥削世家》初稿被锺书夫妇评为不忠实，太自由，故从头再译了一遍，又经他们夫妇校阅，最后我又把译文略为润色。现在成绩不下于《小癞子》。杨必现在由我鼓励，正动手萨克雷的 *Vanity Fair*，仍由我不时看看译稿，提提意见。杨必文笔很活，但翻译究竟是另外一套功夫，也得替她搞点才行。普通总犯两个毛病：不是流利而失之于太自由（即不忠实），即是忠实而文章没有气。倘使上一句跟下一句气息不贯，则每节即无气息可言，通篇就变了一杯清水。译文本身既无风格，当然谈不到传达原作的风格。真正要和原作铢锕悉称，可以说无法兑现的理想。我只能做到尽量的近似。“过”与“不及”是随时随地都可能有的毛病。这也不光是个人的能力、才学、气质、性情的问题，也是中外思想方式基本的不同问题。譬如《红楼梦》第一回极有神话气息及 mysticism，在精神上与罗曼·罗兰某些文字相同，但表现方法完全不同。你尽可以领会，却没法使人懂得罗曼·罗兰的 mysticism 像懂《红楼梦》第一回的那种 mysticism 一样清楚。因为用的典故与 image 很有出入，寄兴的目标虽同，而寄兴的手段不同。最难讨好的便是此等地方。时下

① 埃奇沃思，(1767～1849)，英裔爱尔兰女作家。

译作求能文通字顺已百不得一，欲求有风格（不管与原文的风格合不合）可说是千万不得一；至于与原文风格肖似到合乎艺术条件的根本没有。一般的译文，除开生硬、不通的大毛病以外，还有一个最大的特点（即最大的缺点）是句句断、节节断。连形象都不完整，如何叫人欣赏原作？你说的莎士比亚十四行诗集倘如一杯清水，则根本就不是莎士比亚的十四行诗。没有诗意的东西，在任何文字内都不能称为诗。非诗人决不能译诗，非与原诗人气质相近者，根本不能译那个诗人的作品。

你要的其余两本书，我叫阿敏跑了两个下午都没买来。他最后向柜上去问，据说“尚未出版”。不过我敢预言，那些翻译一定是坏透的。能译费尔丁的人，你我决不会不知道。你我不知道的人译费尔丁或朗斐罗的，必不会好。创作、绘画、弹琴，可能有一鸣惊人的天才，翻译则不大可能。

关于《传奇》的见解，我与你有同感，但楼上楼下都找遍了，只看到苏青的。西洋文学一本也没有。当初我记得放在我处，离沪赴昆以前统统交还你了（还有一本“六艺”）。

我最后一本《约翰·克利斯朵夫》前天重译完，还得从头（即第四册）再改一遍（预计二月底三月初完工）。此书一共花了一年多功夫。我自己还保存着初译本（全新的）三部，特别精装的一部，我预备除留一部作样本外，其余的一并烧毁。你楼上也存有一部，我也想销毁，但既然送了你，事先还须征求你同意。原译之错，使我不敢再在几个好朋友眼里留这个污点。请来信“批准”为幸！这一年来从头至尾只零零星星有点儿休息，工作之忙之紧张，可说平生未有。加以聪儿学琴也要我花很多心，排节目，找参考材料，对 interpretation 提意见（他一九五三年一共出场十四次）。除重译《约翰·克利斯朵夫》外，同时做校对工作，而校对时又须改文章，挑旧字（不光是坏字。故印刷所被我搞得头疼之极!），初二三四校，连梅馥也跟着做书记生，常常整个星期日都没歇。这一下我需要透一口气了。但第三四册的校对工作仍须继续。至此为止，每部稿子，从发排到装订，没有一件事不是我亲自经手的。印封面时（封面的设计当然归我负责）还得跑印刷所看颜色，一忽儿嫌太深，一忽儿嫌太浅，同工友们商量。

以后想先译两本梅里美的（《嘉尔曼》与《高龙巴》）换换口味，再回到巴尔扎克。而下一册巴尔扎克究竟译哪一本迄未决定，心里很急。因为我藏的原文巴尔扎克只是零零星星的，法国买不到全集本（尤其是最好的全集本），所以去年春天我曾想托你到日本的旧书铺去找。再加寄巴黎的书款如此不易，更令人头疼。

最近我改变方针，觉得为了翻译，仍需熟读旧小说，尤其是《红楼梦》。以文笔的灵活，叙事的细腻，心理的分析，镜头的变化而论，我认为在中国长篇中堪称第一。我们翻译时句法太呆，非多多学习前人不可（过去三年我多学老舍）。话一时说不完，暂且带住。匆匆，即候

双福

希弟问好

安叩

二月七日

我家有两部《谈艺录》，要不要寄一本给你？此书以后恐要成为绝版书了。

一九五三年十一月九日

悌芬：

谢谢文美替我跑了一天，把几本乐谱都买到了。因国内无好教师，故古典乐曲尤需多备几种版本互相参考。Busoni① 是近代阐扬 Bach 最有成绩的宗师，他订正的 Bach 乐谱还有多种，想一并请文美代为搜购。凡是港岛没有的，就请琴行代向国外去定，不必自己写信去托人；让琴行多赚几文，省却许多麻烦。琴弦收到，三根纳了一万多元的关税，并

① 布索尼 Ferruccio Busoni，（1866～1924），意大利钢琴家、作曲家。

不贵。还有两根G也请寄到我家里来，免得教林太太上邮局去。（以前是由邮差送到门上的，现在要纳税，故须自去邮局领取。）此外仍请拣E、D线再买二根，A、G你多买一根，留在你处，过几个月再寄来。因此次寄来的货较好，趁市上有的时候多买几根藏起。凡是镍制的都不行。铝及不锈钢的就可以用了。拜托拜托！长命唱针未有寄来，甚望下次寄谱时能附二三支。

你要的书，Bush：*English Literature in the 17th Century*①和梁宗岱的《水仙辞》都找不到。此外如《辞海》，如《庾子山集》二册，一切的事项，都预备分作二包寄给你。其实，《辞海》并无多大用处，倘手头有了《辞源》也就差不多了。

来信提到十九世纪文学作品，我亦有同感。但十七八世纪的东西也未始没有很大的毛病。我越来越觉得中国人的审美观念与西洋人的出入很大，无论读哪个时代的西洋作品，总有一部分内容格格不入。至于国内介绍的轻重问题，我认为还不及介绍的拆烂污问题严重。试问，即以十九世纪而论，有哪几部大作可以让人读得下去的？不懂原文的人连意义都还弄不清，谈什么欣赏！至于罗曼·罗兰那一套新浪漫气息，我早已头疼。此次重译，大半是为了吃饭，不是为了爱好。流弊当然很大，一般青年动辄以大而无当的词藻宣说人生观等等，便是受这种影响。我自己的文字风格，也曾大大的中毒，直到办《新语》才给廓清。司汤达，我还是二十年前念过几本，似乎没有多大缘分。人民文学出版社也提议要我译《红与黑》，一时不想接受。且待有空重读原作后再说。梅里美的《高龙巴》，我即认为远不及《嘉尔曼》，太像侦探小说，plot太巧，穿插的罗曼史也cheap。不知你读后有无此种感觉？叶君健译《嘉尔曼》，据锺书来信说："叶译句法必须生铁打成之肺将打气筒灌满臭气，或可一口气念一句耳。"

什么时候能接洽好法国的书店，请告知。又望向别处书店打听

①《十七世纪的英国文学》。

Groves 音乐辞典（共有五六册?）需价几何？可否代定?

麻烦你的事太多了，不知如何道谢。另有照片直接寄继周，聊作纪念。此次出游，雨多晴少，不免扫兴。雁荡名震天下，其实不及黄山远甚。前人道教思想甚盛，故极称岩洞（所谓洞府），姑且不论，洞则只见其奇，未见其美。且雁荡童山濯濯，树木极少，奇峰怪石多在平地上，像大规模的假山，大抵与桂林山水同属一派。过去写游记的人（徐霞客例外）专好侈言自己所游的山为天下第一，也很可笑。草草，即问双绥不一

安叩

十一月九日

附乐谱表一，书收到后乞来信。倘无暇，即三言两语亦可，但乞告知买书情形即可。巴黎旅行支票事有否打听过？结果如何?

一九五四年四月二十六日

悌芬：

Garnier Classique 巴尔扎克二包，五册，乐谱二包，唱针一枚，均妥收，谢谢。十七日寄上一信，想可收到。令先祖已于上星期六（二十四）安葬虹桥路万国公墓。丧事可说告一结束。林姑丈约月底回津，日内伯母正与其商量析产事，希望在他未走以前把析产协议书写好。至此为止，尚无大困难；主要在于照顾二房生活。梁弟于十九日清晨赶回，那天下午正好是令先祖大殓。

荣宝斋（北京店）用木刻彩印的敦煌壁画已出三辑，每辑十二幅，港岛见过否？望速来信。我预备送你一全份。另外寄一份，托你转送巴黎老同学 Daniélou。因原书各辑，上海荣宝斋不齐，正向京店催寄。原装仅有薄纸封套，不但邮寄易损，即平时保存亦感不便，我拟另做一布套后寄港。

杨绛译的《吉尔·布拉斯》(*Gil Blas*——一部分载《译文》)，你能与原作对了几页，觉得语气轻重与拆句方法仍多可商榷处。足见水平以

上的好译文，在对原作的 interpretation 方面始终存在“见仁见智”的问题。译者的个性、风格，作用太大了。闻杨译经锺书参加意见极多，惟锺书“语语求其破俗”，亦未免矫枉过正。

《夏倍上校》阅后请示尊见。我自己译此书花的时间最久，倒不是原作特别难，而是自己笔下特别枯索呆滞。我的文字素来缺少生动活泼，故越看越无味；不知你们读的人有何感觉。我很怕译的巴尔扎克流于公式刻板的语句。

附小条一，请加封代寄“九龙太子道 310 号二楼”。因你们弟兄俩没空，故照相书托他买的。

唱针仍希于寄巴尔扎克全集时多附几支来，最好将原来黑纸板丢掉，单用玻璃胶纸粘贴。

一切费神，多谢多谢。即问

双绥不一

希弟均此

安叩

四月二十六日

琴谱寄到，阿敏笑逐颜开。聪尚留京，约七八月中出国。

一九五四年七月八日

悌芬：

今日收到照像书二小册，谢谢。给你的《敦煌壁画选》，也于今日无条件寄出了，可是第三份就不能这么通融。希望你寄合“人民币二十二万五千”的港纸来；海关说，要托香港中国银行直接汇“港币”，则到沪后除领款人仍领取人民币外，银行可给予结款单一纸，凭纸向邮局海关寄书。倘在港就结了人民币，到沪后无单可凭，仍是没用。此点望注意。

但你此款到后，我预备交给伯母。第三份仍算我送黄兄的；不是跟你客气，而是了却我一段心事。欠他的情，这也不是第一遭了。四九年我买太古船票回津，也多承黄兄帮忙。届时画册仍寄交希弟转交。

牛宅的因素林[1]，以后仍希望代买为感。戏剧书事你们商量后如何决定，请告知。

最近正翻译服尔德的*Candide*，将与*Ing'enu*合成一本（译作《老实人》——附《天真汉》），交人民文学社出。此书文笔简洁古朴，我犹豫了半年不敢动手。现在试试看，恐怕我拖泥带水的笔调还是译不好的。巴尔扎克几部都移给“人文”去了，因楼适夷在那边当副社长兼副总编辑，跟我说了二年多，不好意思推却故人情意。服尔德译完后，仍要续译巴尔扎克。下一册是*Ursule Mirouet*[2]，再下一册是*César Birotteau*[3]，（这一本真是好书，几年来一直不敢碰，因里头涉及十九世纪法国的破产法及破产程序，连留法研究法律有成绩的老同学也弄不甚清，明年动手以前，要好好下一番功夫呢！）大概以后每年至少要译一部巴尔扎克，“人文”决定合起来冠以“巴尔扎克选集”的总名，种数不拘，由我定。我想把顶好的译过来，大概在十余种。译巴尔扎克同时，也许插一二别的作家的，——也不会多，除了服尔德，恐怕莫泊桑还能胜任——也让我精神上调剂调剂，松一口气。老是巴尔扎克也太紧张了。最近看了莫泊桑两个长篇，觉得不对劲，而且也不合时代需要。布尔乔亚那套谈情说爱的玩艺儿看来不但怪腻的，简直有些讨厌。将来还是译他短篇，可恨我也没有他的全集，挑选起来不方便。

前信提到吴兄的事，想已转知希弟了罢。余再谈，匆此，即候

阖家均好

安

七月八日夜

---

① insulin，胰岛素。

②《于絮尔·弥罗埃》。

③《赛查·皮罗多盛衰记》。

一九五四年十月十日

悌芬：

你二次信中问我要不要莫泊桑全集。以工作论，当然极需要。但怕麻烦人家，尤其是宝熙兄存在巴黎的款子被我挪用，觉得很不好意思。倘若他并无多大困难，请你同他谈谈。

一、他在巴黎有否相当热心的朋友，倘新书店里找不到，能否费心向旧书店找。照过去经验，这类书多半要托相熟的旧书店物色，过一个相当的时期才有希望找到。

二、最好的莫泊桑集子，还是（据我所知）出巴尔扎克全集的那个出版家：

Oeuvres Complètes de Guy de Maupassant en 29 vols

EDITION LOUIS CONARD

6，Place dela Madeleine，PARIS

战后是否又有更好的版本，或是有插图的本子，我消息隔膜，都不得而知，最好也托人仔细打听一下。

三、莫泊桑的长篇我已有几种，都不大喜欢。故买起来最好能只买全部短篇小说，一方面也经济得多。但若全集本不能拆了卖，则亦只能买全集了。

Conard 本共有二十九册，约等于巴集 3/4，价预计当在三万法郎左右。倘能单买短篇小说（游记部分也不要），当然便宜多了（至少可便宜一半）。

讲到一般的翻译问题，我愈来愈感觉到译者的文学天赋比什么都重要。这天赋包括很多，taste，sense 等等都在内。而这些大半是“非学而能”的。所谓“了解”，其实也是天生的，后天只能加以发掘与培养。翻译极像音乐的 interpretation，胸中没有 Schumann① 的气息，无论如何弹不好 Schumann。朋友中很多谈起来头头是道，下笔却无一是处，细

① 舒曼，(1810～1856)，德国著名作曲家、音乐评论家。

拣他们的毛病，无非是了解歪曲，sense 不健全，taste 不高明。

时下的译者十分之九点九是十弃行，学书不成，学剑不成，无路可走才走上了翻译的路。本身原没有文艺的素质、素养；对内容只懂些皮毛，对文字只懂得表面，between lines 的全摸不到。这不但国内为然，世界各国都是如此。单以克利斯朵夫与巴尔扎克，与服尔德几种英译本而论，差的地方简直令人出惊，态度之马虎亦是出人意外。

我在五月中写了一篇对“文学翻译工作”的意见书，长一万五千余言，给楼适夷，向今年八月份全国文学翻译工作会议的筹备会提出。里面我把上述的问题都分析得很详尽，另外也谈了许多问题。据报告：周扬见了这意见书，把他原定七月中交人文社出版的修订本 *Anna Kalerina*，又抽下来，说“还要仔细校过”。

平时谈翻译似乎最有目光的煦良，上月拿了几十页他译的 Moby Dick 来，不料与原文一对之下，错的叫人奇怪，单看译文也怪得厉害。例如“methodically knocked off hat”译作“慢条斯理的……”，“sleepy smoke”译作“睡意的炊烟”。还有许多绝对不能作 adj. 用的中文，都做了 adj. 。所以谈理论与实际动手完全是两回事。否则批评家也可成为大创作家了。

此外，Moby Dick 是本讲捕鲸的小说，一个没海洋生活经验的人如何敢着手这种书？可是国内的译本全是这种作风，不管题材熟悉不熟悉，拉起来就搞，怎么会搞得好？从前鲁迅译日本人某氏的《美术史潮》，鲁迅本人从没见过一件西洋美术原作而译（原作亦极偏，姑不论），比纸上谈兵更要不得。鲁迅尚且如此，余子自不足怪矣！

近来还有人间接托我的熟朋友来问我翻译的事，有的还拿些样品来要我看。单看译文，有时还通顺；一对原文，毛病就多了。原来一般人的粗心大意，远出我们想像之外，甚至主句副句亦都弄不清的，也在译书！或者是想藉此弄几个钱，或者想“脱离原岗位”，改行靠此吃饭！

赵少侯前年评我译的《高老头》，照他的批评文字看，似乎法文还不坏，中文也很通；不过字里行间，看得出人是很笨的。去年他译了一本四万余字的现代小说，叫做《海的沉默》，不但从头至尾错得可以，而且许许多多篇幅，他根本没懂。甚至有“一个门”、“喝我早晨一杯奶”这一类的怪句子。人真是“禁不起考验”，拆穿西洋镜，都是幼稚园里拖鼻涕的小娃娃。至于另有一等，专以冷门唬人而骨子里一无所有的，目前也渐渐的显了原形（显了原形也不相干，译的书照样印出来!），最显著的是罗念孙。关于他的卑鄙勾当，简直写下来也叫人害臊。卞之琳还吃了他的亏呢。

还有一件事，我久已想和你说。就是像你现在这样的过 dilettenti 的生活，我觉得太自暴自弃。你老是胆小，不敢动手，这是不对的。你是知道天高地厚的人，即便目前经验不足，至少练习一个时期之后会有成绩的。身体不好也不成为理由。一天只弄五百字，一月也有一万多字。二年之中也可弄出一部二十余万字的书来。你这样糟蹋自己，走上你老太爷的旧路，我认为大不应该。不知你除了胆小以外，还有别的理由没有？

我素来认为，一件事要做得好，必须有“不计成败，不问效果”的精神；而这个条件你是有的。你也不等着卖稿子来过活，也不等着出书来成名，埋头苦干它几年，必有成绩可见！朋友，你能考虑我的话吗？

荣宝斋说北京总店（总店已改公私合营，上海尚是独立）二年前印过《北平笺谱》，早已售完。听说现在又有一部新的在印。将来会通知我的。匆匆，问

好

怒庵

十月十日

义昌业已正式准备结束，望希弟立即通知香港有关商行，停止送报价报货单（我亦弄不甚清）到上海来，因为来了单子，必须送海关，万一批了一张下来，数目少，生意又不能不做，使结束事又拖下去，极麻烦。故凡希弟知道的行家，请克日通知为要。

一九五五年一月八日

悌芬：

三月余不接来信，今冬身体怎样？用功些什么？十二月一日曾有黄宾翁山水一幅托转黄宝熙，想必收到。莫泊桑短篇小说，巴黎可有回音？定价多少？能将短篇小说从全集中拆买否？

我的服尔德《老实人》（旧译《戆第德》），八月底完成，因人民文学出版社看稿及排印房工作忙，直至十二月中才排好，仍寄北京出版（排的工作在沪进行，归我直接监督），本月底或可出书。巴尔扎克各书移转人文后，先出精装本；但北京印刷条件甚差，公家办事亦欠周到，故样本寄到上海，本本皆有污迹，或装订，或印刷上的毛病。待全部到齐，拟送一整套给黄宝熙。你自己还要吗？请告知。

老方因义昌停薪，生活甚窘。今年起拟向老太太每月借一百万贴补家用，说他儿子以后每月有此数津贴，可以还老太太。老太太不知他此话是否可靠，而不借也为难，因此踌躇得很，要我问问你的意见，究竟该怎办。

新译的巴尔扎克《于絮尔·弥罗埃》，花了一百天初步译完，正在校改，功夫仍不下于初译；预料出书当在今年六七月了。接着巴尔扎克的，尚拟译一部服尔德。明年起则预备每年一部巴尔扎克，一部莫泊桑。

最近人民美术出版社来信，要我译罗曼·罗兰的《米莱传》；据我所知，此书作者系应英国某学术团体请求写的，法文本恐已不可得。不知你能设法弄一本吗？或者问问宝熙。

西禾上月受译文社之托，译了罗曼·罗兰的短篇散文《鼠笼》，把稿子给我看了，短短十一页，错的地方着实不少，文气也大有问题，我一口气拿了原文和他讲了三小时。西禾译笔本算好的，结果尚且如此。后来他全部重译了，在一月号《译文》登出。但我未寓目，不知是否比初稿有所改进。

上月二十一日梅有信托希弟买小提琴弦，想不久可以寄来了吧？

聪在波兰大开音乐会，自十一月二十至十二月十九之间，共有九场，每次 encore 自三次至五次不等。据说他的 technic 大有进步；最近练贝多芬《第四钢琴协奏曲》，只练了一天就上课，已经弹了三个乐章，连 cadenza，且已弹得不错；老师也因之大为惊异。波兰人最赏识他的 *mazurka*，认为比波兰人更有波兰气。因这舞曲纯是波兰民间舞曲的骨子，而加以高度艺术化的：节奏不强也不好，诗意太浓也不好，很难把握的。

第五届国际萧邦钢琴竞赛，二月二十二日起至三月二十一日止在华沙举行，分初、复、决三次淘汰。已报名参加的有一百三十人，评判员包括全球著名的钢琴家、批评家，有三四十人之多。聪因为波兰人对他期望甚高，觉得精神负担极重，恨不得比赛早些过去，精神好松散一下。

近来旧字画价极廉，一二万至六七万颇易买到可看的东西。我也买了些，空下来欣赏欣赏，也是一种调剂。匆匆，即祝
安好，老太太的事希望出点主意！

安

一月八日

先试试港沪航空是否快，请留意收到日期，告诉我！

致郑效洵①

一九五六年六月二十五日

效洵先生：

五月下旬在沪晤教，甚以为快。兹为服尔德《查第格》及巴尔扎克《于絮尔·弥罗埃》二稿事奉渎。弟自胜利以后，所有书稿前后校对，均亲自负责对底，因（一）对于出版格式，可随时批改，力求美观，合理；（二）对内容文字，多看一遍，即可多发现毛病，多修改一次。故一九五三年十月，适夷兄来沪商谈为将拙稿由平明转移人文，并约定以后专为人文翻译时，弟即提出拙稿均在上海发排，以便亲自照顾，免京沪间寄递校样，耽误时日。

至于弟坚持要各章节另起一面的理由，是因为古典名著不能与通俗

① 郑效洵（1907～1999），福建福州人。曾任人民文学出版社副总编辑，著名编辑、学者、翻译家。

文艺同样看待；《查第格》全书不到一八〇面，薄薄的一本，很像小册子，不能单从节省纸张着眼。《于絮尔·弥罗埃》也要每章另起一面，是因为巴尔扎克的作品都很复杂，有时还相当沉闷，每章另起一面可使读者精神上松动些。

总的来说，我处理任何事情，都顾到各个方面。校样从头至尾要亲自看，为的是求文字更少毛病，也为的求书版形式更合理美观，要在上海排，为的是求手续简便，节省时间，也免除与排字房的隔膜。

以上种种，尚望先生与各部门彻底了解后，赐复为感。草草即候

公绥

任叔、适夷二位前乞代道念

弟傅雷

一九五六年六月二十五日

附启：

（一）《查第格》家中尚存有第二道译稿（付排的已属第三道稿），故虽无原来付排稿，还能校对。《于絮尔·弥罗埃》原来只有两道译稿，所存的初译稿与付排稿相差甚多，故无付排稿即难校对。

（二）前承面交世界名著出版计划草案，另邮寄还。因弟去安徽参观，回沪后什务纷繁，仅能过目一遍，未及提出意见，辜负雅望为歉！

一九六二年六月十二日

效洵吾兄先生：

久疏笺候，近想起居清吉为颂。两三月来顽躯善病，除关节炎复发坐立为艰，苦不堪言外，尚经常头晕。因之工作进度奇缓，脑力迟钝尤是苦闷。巴尔扎克重版四种，十日前已收到样书，并闻已扫数送交新华书店，不知该项印数稿酬何时可以汇下？若须等待精装本装齐，则以目前装订情况，恐再阅二三月亦未必全部完竣，因此而使译者久待，似出情理之外，不审贵社对于支付稿酬规章，亦能鉴于装订奇缓情况而灵活运用否？专此奉询。

敬候

时绥

弟傅雷再拜

六月十二日

一九六二年十月三十日

效洵吾兄先生：

前接九月二十三日手教，谓《艺术哲学》已与上海谈妥，代印纸型，可于十月十五日左右到沪。今已届月底，杳无消息，不知是否又有其他困难，若此情形，拙译各书年内恐仍难出版，尤其巴尔扎克各种样书，及鄙处添印数十册，均须“穿线订”，费时既久，更难早日问世矣（尊示及北京穿线订为时需二三个月）。

如何盼　见复为幸，耑此　顺颂

著绥

弟傅雷再拜

一九六二年十月三十日灯下

一九六四年六月十二日

效洵吾兄先生：

拙译《幻灭》原定本月中旬杀青，奈上月二十日突患急性肾炎，在华东医院卧床三周，昨始出院，且尚须继续治疗，短期内难望恢复工作，愆期之罪，务乞见宥。《赛查·皮罗多盛衰记》一书，未有消息，恐第二季度不能出版。查自交稿迄今，已有六载以上，即自修改纸型以来，亦已两年有半，不知印数已否确定，即或一时难以问世，稿费是否可先行结清？便中乞示为感，匆此，顺颂

编绥

弟傅雷再拜

一九六四年六月十二日

一九六四年十月九日

效洵先生：

八月七日寄上《幻灭》三部曲译稿，谅在审阅中。

两阅月来一再考虑，甚难选出适合目前国内读者需要之巴尔扎克其他作品；故拟暂停翻译小说，先译一部巴尔扎克传记。惟传记仅有二种：英法文各一。法文本（André Billy 著，一九四七版）太详，英文本（H. J. Hunt 著，一九五七版）太略，仔细斟酌之下，拟采用法文本（原作约三十余万字）而加以节略。因原作大量征引巴尔扎克书简，对国内读书界言，未免过于琐碎，似以适当删节为宜。且原著叙述方式，又假定读者对巴尔扎克生平已有相当认识，不少段落皆凭空着笔，而一般读者则有茫无头绪之感。此等场合，又需译者适当补充，或加详细注解。换言之，译者翻译时需要有相当自由，不知出版社方面是否认为妥善可行？

法国近二十年来有关巴尔扎克之专题论著已有二千种以上，其中权威作品亦复不少，例如：

《巴尔扎克之政治思想与社会思想》（Guyon 著，一九四七）

《人间喜剧中的经济与社会现实性》（Donnard 著，一九六一）

《巴尔扎克之艺术观》（Laubriet 著，一九六一）

均为极有价值之文献。惟皆篇幅浩繁，每种在五六百面以上。鄙人拟译完传记后，将来逐部加以节译，连同传记一律作为内部资料，供国内专门研究文艺之人参考。不知社方是否赞同？

以上两点，请与总编室各领导研究后，早日赐复为感！耑此　顺颂著绥

傅雷拜上

一九六四年十月九日

一九六四年十一月十三日

效洵先生：

十月十九日大函敬悉。以问题复杂，迟迟未能裁答，至以为歉。

《人间喜剧》共包括九十四个长篇；已译十五种（《夏倍上校》包括三个短篇，《都尔的本堂神甫》二个，《幻灭》为三个中长篇合成，故十本实际是十五种）。虽不能囊括作者全部精华，但比较适合吾国读者的巴尔扎克的最优秀作品，可谓遗漏无多。法国一般文艺爱好者所熟悉之巴尔扎克小说，甚少超出此项范围。以巴尔扎克所代表的十九世纪法国现实主义文学而论，已译十五种对吾国读者亦已足够，不妨暂告段落；即欲补充，为数亦不多，且更宜从长考虑，不急急于连续不断的介绍。

固然，巴尔扎克尚有不少为西方学术界公认之重要著作——或宣扬神秘主义，超凡入定之灵学（如《路易·朗倍》）；既与吾国民族性格格不入，更与社会主义抵触，在资本主义国家亦只有极少数专门学者加以注意；国内欲作巴尔扎克专题研究之人尽可阅读原文，不劳翻译；——或虽带有暴露性质，但传奇（romanesque）气息特浓而偏于黑幕小说一流（如《十三人党》《交际花荣枯记》）；——或宗教意味极重而以宣传旧社会的伦理观念、改良主义、人道主义为基调（如《乡村教士》《乡下医生》）；——或艺术价值极高，开近代心理分析派之先河，但内容专谈恋爱，着重于男女之间极细微的心理变化（如《幽谷百合》《彼阿特利克斯》）；——或写自溺狂而以专门学科为题材，过于枯燥［如《炼丹记》（*A la recherche de l' Absolu*），有人译为绝对的追求，实为大谬，且不可解。Absolu在此是指一种万能的化学物质，相当于吾国古代方士炼丹之"丹"，亦相当于现代之原子能，追求此种物质即等于"炼丹"。故译名应改为《炼丹记》。］之写化学实验，《刚巴拉》之写音乐创作诸如此类之名著，对吾国现代读者不仅无益，抑且甚难理解。

以上所云，虽不敢自命为正确无误，但确系根据作品内容，以吾国民族传统的伦理观、世界观作衡量。况在目前文化革命的形势之下，如何恰当批判资本主义文学尚无把握之际（鉴于古典文学名著编委会迄今未能写出《高老头》之评序，可见批判之难。），介绍西欧作品更不能不郑重考虑，更当力求选题不犯或少犯大错。再按实际情况，《赛查·皮罗多盛衰记》校样改正至今已历三载，犹未付印；足见巴尔扎克作品亦并非急需。故鄙见认为从主观与客观的双重角度着眼，翻译巴尔扎克小说暂告段落应当是适宜的。

反之，作品既已介绍十余种（除莎士比亚与契诃夫外，当为西方作家中翻译最多的一个），而研究材料全付阙如，不能不说是一个大大的缺陷。

近几年来，关于巴尔扎克的世界观与创作问题，以及何谓现实主义问题，讨论甚多；似正需要提供若干文献作参考（至少以内部发行的方式）。一方面，马列主义及毛泽东思想的文艺理论，尚无详细内容可以遵循；另一方面，客观史料又绝无供应（自五四运动以来，任何西欧作家在国内均无一本详尽之传记。），更不必说掌握：似此情形，文艺研究工作恐甚难推进。而弟近年来对于国外研究巴尔扎克之资料略有涉猎，故敢于前信中有所建议，尚望编辑部重行考虑，或竟向中宣部请示。且弟体弱多病，脑力衰退尤甚，亟欲在尚能勉强支持之日，为国内文艺界作些填补空白的工作（此项工作并不省力，文字固不必如翻译纯文艺之推敲，但如何节略大费斟酌。且不熟悉巴尔扎克作品亦无法从事。）。

若社方仍欲维持前信意见，则拟先译三个讨论婚姻问题的短篇（合一册），以作过渡。否则只能暂时搁笔。

如何敬盼赐复为幸。耑此　顺颂

著绥

傅雷拜上

一九六四年十一月十三日

致罗新璋①

一九六三年一月六日

新璋先生：

大札并尊译稿均陆续收到。*René* 与 *Atala* 均系二十一二岁时喜读，归国后逐渐对浪漫派厌倦，原著久已不翼而飞，无从校阅，尚望惠寄。惟鄙人精力日衰，除日课外尚有其他代人校订工作，只能排在星期日为之，而友朋见访又多打扰，尊稿必须相当时日方能细读，尚盼宽假为幸。

鄙人对自己译文从未满意，苦闷之处亦复与先生同感。传神云云，谈何容易！年岁经验愈增，对原作体会愈深，而传神愈感不足。领悟为一事，用中文表达为又一事。况东方人与西方人之思想方式有基本分歧，我人重综合，重归纳，重暗示，重含蓄；西方人则重分析，细微曲折，挖掘惟恐不尽，描写惟恐不周；此两种 mentalité 殊难彼此融洽交流。同为 métaphore，一经翻译，意义即已晦涩，遑论情趣。不若西欧

---

① 罗新璋（1936～ ），中国社会科学院外国文学研究所研究员，著名翻译家。

文字彼此同源，比喻典故大半一致。且我国语体文历史尚浅，句法词汇远不如有二三千年传统之文言；一切皆待文艺工作者长期摸索。愚对译事看法实甚简单：重神似不重形似；译文必须为纯粹之中文，无生硬拗口之病；又须能朗朗上口，求音节和谐；至节奏与 tempo，当然以原作为依归。尊札所称“傅译”，似可成为一宗一派，愧不敢当。以行文流畅，用字丰富，色彩变化而论，自问与预定目标相距尚远。

先生以九阅月之精力抄录拙译，毅力固可佩，鄙人闻之，徒增愧恧。惟抄录校对之余，恐谬误之处必有发现，倘蒙见示，以便反省，无任感激。数年来不独脑力衰退，视神经亦感疲劳过度，往往眼花流泪，译事进度愈慢，而返工愈多；诚所谓眼界愈高，手段愈绌，永远跟不上耳。

至于试译作为练习，鄙意最好选个人最喜欢之中短篇着手。一则气质相投，容易有驾轻就熟之感；二则既深爱好，领悟自可深入一层；中短篇篇幅不多，可于短时期内结束，为衡量成绩亦有方便。事先熟读原著，不厌求详，尤为要著。任何作品，不精读四五遍决不动笔，是为译事基本法门。第一要求将原作（连同思想，感情，气氛，情调等等）化为我有，方能谈到译。平日除钻研外文外，中文亦不可忽视，旧小说不可不多读，充实辞汇，熟悉吾国固有句法及行文习惯。鄙人于此，常感用力不够。总之译事虽近舌人，要以艺术修养为根本：无敏感之心灵，无热烈之同情，无适当之鉴赏能力，无相当之社会经验，无充分之常识（即所谓杂学），势难彻底理解原作，即或理解，亦未必能深切领悟。倘能将英译本与法文原作对读，亦可获益不少。纵英译不尽忠实，于译文原则亦能有所借鉴，增加自信。拙译服尔德，不知曾否对校？原文修辞造句最讲究，译者当时亦煞费苦心，或可对足下略有帮助。

草草先行布复，即候

文绥

傅雷拜启

一九六三年一月六日